TRANZLATY

Language is for everyone

Taal is voor iedereen

Folk Tales of Bengal

Volksverhalen van Bengalen

Part One
Deel één

1 / 2

Lal Behari Day

English / Nederlands

Published by Tranzlaty

ISBN: 978-1-80572-923-5

Original text by Reverend Lal Behari Day

Folk Tales of Bengal

First published in 1912

www.tranzlaty.com

Folk Tales of Bengal
Volksverhalen van Bengalen

Life's Secret
Het geheim van het leven

Once upon a time there was a king.
Er was eens een koning.
This King had married two Queens.
Deze koning was met twee koninginnen getrouwd.
The two queens were called Duo and Suo.
De twee koninginnen heetten Duo en Suo.
Both of the queens were childless.
Beide koninginnen waren kinderloos.
One day a Faquir came to the palace gate.
Op een dag kwam er een Faquir naar de paleispoort.
The Faquir had come to ask for alms.
De Faquir was gekomen om een aalmoes te vragen.
Queen Suo went to the door.
Koningin Suo ging naar de deur.
And she gave him a handful of rice.
En ze gaf hem een handvol rijst.
The mendicant asked her a question.
De bedelaar stelde haar een vraag.
"Do you have any children?"
"Heb je kinderen?"
The queen had no children.
De koningin had geen kinderen.
"I wish had children, but I have none"
"Ik wou dat ik kinderen had, maar ik heb er geen"
The holy man refused to take alms from her.
De heilige man weigerde een aalmoes van haar aan te nemen.
In these times there were different traditions.
In die tijd bestonden er andere tradities.
And the people believed many different things.
En de mensen geloofden veel verschillende dingen.
Don't take charity from the hands of a childless woman.
Neem geen liefdadigheid aan uit de handen van een
kinderloze vrouw.
Such hands were ceremonially unclean.

Zulke handen waren ceremonieel onrein.

The mendicant offered her a drug.

De bedelaar bood haar een medicijn aan.

This drug was to remove her barrenness.

Dit medicijn zou haar onvruchtbaarheid wegnemen.

She expressed her willingness to take the drug.

Ze gaf aan bereid te zijn het medicijn te nemen.

The mendicant told her how to take the drug.

De bedelaar legde haar uit hoe ze het medicijn moest innemen.

"This is the potion you must swallow"

"Dit is het drankje dat je moet slikken"

"Prepare the juice of a pomegranate flower"

"Maak het sap van een granaatappelbloem"

"Swallow the drug with the juice"

"Slik het medicijn door met het sap"

"If you do this, you will soon have a son"

"Als je dit doet, zul je binnenkort een zoon krijgen"

"Your son will be exceedingly handsome"

"Uw zoon zal buitengewoon knap zijn"

"His complexion will be beautiful"

"Zijn teint zal mooi zijn"

"He will have the colour of pomegranate flowers"

"Hij zal de kleur van granaatappelbloemen hebben"

"And you shall call him Dalim Kumar"

"En je zult hem Dalim Kumar noemen"

"But he will also have enemies"

"Maar hij zal ook vijanden hebben"

"They will try to take your son's life"

"Ze zullen proberen het leven van je zoon te nemen"

"But there is a secret to his life"

"Maar er is een geheim in zijn leven"

"And I will tell you this secret"

"En ik zal je dit geheim vertellen"

"In front of your palace is a pond"

"Voor uw paleis ligt een vijver"

"In that pond there is a big Boal fish"

"In die vijver zit een grote Boal-vis"

"Your son's life is connected to that fish"
"Het leven van je zoon is verbonden met die vis"
"In the heart of the fish is a small box"
"In het hart van de vis zit een klein doosje"
"This small box is made of wood"
"Dit kleine doosje is gemaakt van hout"
"In the box of wood is a necklace of gold"
"In de houten doos zit een gouden ketting"
"That necklace is the life of your son"
"Die ketting is het leven van je zoon"
The mendicant gave her the drugs.
De bedelaar gaf haar de medicijnen.
And they said their farewells.
En ze namen afscheid.

Soon all in the palace whispered of an heir.
Al snel fluisterde iedereen in het paleis over een erfgenaam.
Great was the joy of the King.
Groot was de vreugde van de Koning.
He had visions of an heir to the throne.
Hij had visioenen over een troonopvolger.
A never-ending succession of powerful monarchs.
Een oneindige opeenvolging van machtige monarchen.
He dreamt of how they perpetuated his dynasty.
Hij droomde ervan hoe zij zijn dynastie in stand zouden houden.
These ideas floated before his mind.
Deze ideeën spookten door zijn hoofd.
It made him the happiest he had ever been.
Het maakte hem gelukkiger dan ooit.
Many ceremonies were performed for the occasion.
Voor deze gelegenheid werden talrijke ceremonies uitgevoerd.
The people of the kingdom played loud music.
De mensen in het koninkrijk speelden luide muziek.
The birth of a prince was a truly special event.
De geboorte van een prins was een bijzondere gebeurtenis.
Soon queen Suo gave birth to a son.

Kort daarna beviel koningin Suo van een zoon.
He was more beautiful than anyone had imagined.
Hij was mooier dan iedereen zich had voorgesteld.
The King saw his son's face.
De koning zag het gezicht van zijn zoon.
And his heart leaped with joy.
En zijn hart sprong op van vreugde.
Soon the child ate his first rice.
Al snel at het kind zijn eerste rijst.
Mukhe bhaat was celebrated with great joy.
Mukhe bhaat werd met grote vreugde gevierd.
And the whole kingdom was filled with gladness.
En het hele koninkrijk werd vervuld met blijdschap.

Dalim Kumar grew up to be a fine boy.
Dalim Kumar groeide op tot een aardige jongen.
There was one activity he particularly liked.
Er was één activiteit die hij bijzonder leuk vond.
He loved playing with the pigeons.
Hij hield ervan om met de duiven te spelen.
However, the pigeons often flew to Queen Duo.
De duiven vlogen echter vaak naar Queen Duo.
Nobody knows why they did this.
Niemand weet waarom ze dit deden.
And they flew into her apartment.
En ze vlogen haar appartement binnen.
So Dalim Kumar often met Queen Duo.
Dus Dalim Kumar ontmoette Queen Duo vaak.
At first, she happily gave the pigeons back.
In eerste instantie gaf ze de duiven met plezier terug.
But later she wasn't as willing to return the pigeons.
Maar later wilde ze de duiven niet meer teruggeven.
She gave the pigeons up with some reluctance.
Ze gaf de duiven met enige tegenzin op.
She felt she could use this to her advantage.
Ze had het gevoel dat ze dit in haar voordeel kon gebruiken.
She naturally hated the child.

Natuurlijk haatte ze het kind.
Since Dalim's birth the king had neglected her.
Sinds Dalims geboorte had de koning haar verwaarloosd.
And the King idolized the mother of Dalim.
En de koning verafgoodde de moeder van Dalim.
Somehow, she had heard of the mendicant.
Op de een of andere manier had ze van de bedelaar gehoord.
She heard he had given queen Suo a medicine.
Ze hoorde dat hij koningin Suo medicijnen had gegeven.
She had also heard about what he had said.
Zij had ook gehoord wat hij had gezegd.
There was a secret to the prince's life.
Het leven van de prins herbergde een geheim.
She had heard his life was bound to something.
Ze had gehoord dat zijn leven aan iets gebonden was.
But she did not know what his life was bound to.
Maar ze wist niet waar zijn leven naartoe zou leiden.
She was determined to get the secret.
Ze was vastbesloten om het geheim te ontrafelen.

Of course, the pigeons came back to her.
Natuurlijk kwamen de duiven weer naar haar terug.
And the pigeons flew into her room again.
En de duiven vlogen weer haar kamer binnen.
This time she refused to give the pigeons back.
Deze keer weigerde ze de duiven terug te geven.
"I won't just give you your pigeon back"
"Ik geef je duif niet zomaar terug"
"First, you have to tell me something"
"Eerst moet je me iets vertellen"
"What do you want, aunty?" the boy asked.
"Wat wil je, tante?" vroeg de jongen.
"Oh, my darling, do not worry"
"Oh, mijn liefste, maak je geen zorgen"
"It's just a small thing I want"
"Het is maar een klein dingetje dat ik wil"
"I want to know where your life is hidden"

"Ik wil weten waar je leven verborgen is"
The boy was very confused by this.
De jongen raakte hierdoor erg in de war.
"What is that, aunty?"
"Wat is dat, tante?"
"Where can my life be, except in me?"
"Waar kan mijn leven zijn, behalve in mij?"
"No, child, that is not what I meant"
"Nee, kind, dat bedoelde ik niet"
"A holy mendicant told your mother a secret"
"Een heilige bedelmonnik heeft je moeder een geheim verteld"
"Your life is bound up with something"
"Je leven is met iets verbonden"
"I wish to know what that thing is"
"Ik wil weten wat dat ding is "
The boy was confused by what she said.
De jongen raakte in de war door wat ze zei.
"I never heard of any such thing"
"Ik heb nog nooit van zoiets gehoord"
But Queen Duo insisted it was true.
Maar Queen Duo bleef volhouden dat het waar was.
"Promise to find out from your mother"
"Beloof dat je het aan je moeder vraagt"
"Ask her where your life is hidden"
"Vraag haar waar je leven verborgen is"
"Then I will let you have the pigeons"
"Dan laat ik je de duiven houden"
"Otherwise, I will keep the pigeons"
"Anders houd ik de duiven"
The boy wanted his pigeons back.
De jongen wilde zijn duiven terug.
So he agreed to get the information.
Hij ging er dus mee akkoord de informatie te krijgen.
But first she made him promise.
Maar eerst moest hij het beloven.
"Promise me you won't tell your mother"
"Beloof me dat je het je moeder niet vertelt"

And the boy promised not to tell her.
En de jongen beloofde het haar niet te vertellen.
"I promise I won't tell my mum"
"Ik beloof dat ik het mijn moeder niet zal vertellen"
Queen Duo freed the prince's pigeons.
Koningin Duo bevrijdde de duiven van de prins.
Dalim was overjoyed to have his birds again.
Dalim was dolblij dat hij zijn vogels weer terug had.
And he forgot the entire conversation.
En hij vergat het hele gesprek.

The next day Dalim was playing again.
De volgende dag speelde Dalim opnieuw.
You can imagine what happened again.
Je kunt je wel voorstellen wat er toen weer gebeurde.
The pigeons flew to Queen Duo's apartment.
De duiven vlogen naar het appartement van Koningin Duo.
And they flew into her room again.
En ze vlogen weer haar kamer binnen.
Dalim went in to his stepmother's apartment.
Dalim ging naar het appartement van zijn stiefmoeder.
And he asked her for the pigeons.
En hij vroeg haar om de duiven.
Of course she asked him for the information.
Natuurlijk vroeg ze hem om die informatie.
Dalim could not tell her where his life was hidden.
Dalim kon haar niet vertellen waar zijn leven verborgen lag.
"I promise I will ask her today"
"Ik beloof dat ik het haar vandaag zal vragen"
"But please can I have my pigeons"
"Maar mag ik alsjeblieft mijn duiven hebben?"
She didn't give the pigeons back so quickly.
Ze gaf de duiven niet zo snel terug.
But, in the end, he got his pigeons again.
Maar uiteindelijk kreeg hij toch weer duiven.

After playing, Dalim went to his mother.

Na het spelen ging Dalim naar zijn moeder.
"Mamma, please tell me where my life is hidden"
"Mamma, vertel me alsjeblieft waar mijn leven verborgen is"
"What do you mean, child?" asked the mother.
"Wat bedoel je, kind?" vroeg de moeder.
She was astonished at the question.
Ze was verbaasd door de vraag.
Why would her child ask her this?
Waarom zou haar kind haar dit vragen?
"Yes, mamma," replied the child.
"Ja, mama," antwoordde het kind.
"I have heard of a holy mendicant"
"Ik heb gehoord van een heilige bedelmonnik"
"He told you something about my life"
"Hij vertelde je iets over mijn leven"
"He said my life is hidden in something"
"Hij zei dat mijn leven ergens verborgen zit"
"Tell me what that thing is"
"Vertel me wat dat ding is"
"My child, my darling, my treasure"
"Mijn kind, mijn schat, mijn schat"
"My golden moon," his mother pleaded.
"Mijn gouden maan," smeekte zijn moeder.
"Do not ask such a question"
"Stel zo'n vraag niet"
"Cover my enemies' mouths with ashes"
"Bedek de monden van mijn vijanden met as"
"Let my Dalim live forever," she begged.
"Laat mijn Dalim voor altijd leven," smeekte ze.
But the child insisted knowing the secret.
Maar het kind bleef volhouden dat hij het geheim wist.
He refused to eat or drink until he knew.
Hij weigerde te eten of te drinken totdat hij het wist.
Queen Suo had no choice but to tell him.
Koningin Suo had geen andere keus dan het hem te vertellen.
Eventually she told him the secret of his life.
Uiteindelijk vertelde ze hem het geheim van zijn leven.

The next day Dalim was playing again.
De volgende dag speelde Dalim opnieuw.
You can imagine where the pigeons flew.
Je kunt je voorstellen waar de duiven heen vlogen.
Dalim chased after the birds into the apartment.
Dalim jaagde de vogels het appartement in.
His stepmother told him many sweet words.
Zijn stiefmoeder sprak veel lieve woordjes tegen hem.
And finally, she got his secret from him.
En uiteindelijk kreeg ze van hem zijn geheim te horen.
She wasted no time to start her wicked plan.
Ze verspilde geen tijd en begon met haar snode plan.
And she gave orders to her servants.
En zij gaf bevelen aan haar dienaren.
"Get some dried stalk from the hemp plant"
"Haal wat gedroogde stengels van de hennepplant"
"Make sure the stalks are very brittle"
"Zorg ervoor dat de stengels heel broos zijn"
Brittle hemp stalks make a cracking sound.
Broze hennepstelen maken een krakend geluid.
The sound is similar to the cracking of joints.
Het geluid lijkt op het kraken van gewrichten.
And it sounds like the bones of old people.
En het klinkt als de botten van oude mensen.
She put the brittle hemp stalks under her bed.
Ze legde de broze hennepstengels onder haar bed.
And then she lied on her bed.
En toen ging ze op haar bed liggen.
She wanted to test the hemp stalks.
Ze wilde de hennepstengels testen.
The stalks cracked just as much as she wanted.
De stengels kraakten precies zo erg als zij wilde.
She was satisfied with how her plan was going.
Ze was tevreden met hoe haar plan verliep.
She gave more orders to her servants.
Ze gaf haar bedienden meer bevelen.

"Tell the King I am very ill"
"Vertel de koning dat ik erg ziek ben"
"He must come to see me immediately"
"Hij moet onmiddellijk bij mij komen"
The king did not love this queen.
De koning hield niet van deze koningin.
But he still had a duty to care for her.
Maar hij had nog steeds de plicht om voor haar te zorgen.
If she was ill, he had to look after her.
Als ze ziek was, moest hij voor haar zorgen.
The King came to her bedroom.
De koning kwam naar haar slaapkamer.
She rolled on the bed in pain.
Ze rolde van de pijn op bed.
The King heard the cracking of her bones.
De koning hoorde het kraken van haar botten.
He ordered his best physician to attend her.
Hij gaf zijn beste dokter opdracht haar te behandelen.
But the queen had thought of this.
Maar de koningin had hieraan gedacht.
She had already spoken with the physician.
Ze had al met de arts gesproken.
"There is only one remedy," he told the king.
"Er is maar één remedie", zei hij tegen de koning.
"There's a pond in front of the palace"
"Er is een vijver voor het paleis"
"In the pond there's a large Boal fish"
"In de vijver zit een grote Boal-vis"
"The remedy is in that fish"
"Het medicijn zit in die vis"
So the king let the physician catch the fish.
De koning liet de dokter de vis vangen.
Meanwhile Dalim was busy playing.
Ondertussen was Dalim druk aan het spelen.
He knew nothing of his aunt's illness.
Hij wist niets van de ziekte van zijn tante.
The fish was taken out the water.

De vis werd uit het water gehaald.
Dalim fell to the ground immediately.
Dalim viel onmiddellijk op de grond .
He flopped around on the floor.
Hij viel met een slappe lach op de grond.
And he could not breathe.
En hij kon niet ademen.
The guards immediately noticed.
De bewakers merkten het meteen.
Dalim was taken to his mother's room.
Dalim werd naar de kamer van zijn moeder gebracht.
And the King was informed of his son.
En de koning werd over zijn zoon ingelicht.
He couldn't believe his son's illness.
Hij kon niet geloven dat zijn zoon ziek was.
The fish was taken to Queen Duo.
De vis werd naar Queen Duo gebracht.
Queen Duo was being saved.
Koningin Duo werd gered.
At the same time Dalim was dying.
Tegelijkertijd stierf Dalim.
The fish was cut open.
De vis was opengesneden.
And they found the wooden box.
En ze vonden de houten kist.
In the box lay a necklace of gold.
In het doosje lag een gouden ketting.
Queen Duo put on the necklace.
Queen Duo deed de ketting om.
And Dalim died at the very same moment.
En Dalim stierf op hetzelfde moment.

News of the tragedy reached the king.
Het nieuws van de tragedie bereikte de koning.
He was plunged into an ocean of grief.
Hij werd overspoeld door verdriet.
News of Queen Duo's recovery did not help.

Het nieuws over het herstel van Queen Duo hielp niet.
He wept painful and bitter tears.
Hij huilde pijnlijke en bittere tranen.
No one thought he would recover.
Niemand dacht dat hij zou herstellen.
He could not bear to bury his son.
Hij kon het niet verdragen zijn zoon te begraven.
Nor did he allow his body to be burned.
Hij liet ook niet toe dat zijn lichaam verbrand werd.
He could not accept that his son had died.
Hij kon niet accepteren dat zijn zoon was overleden.
His death was so sudden and senseless.
Zijn dood was zo plotseling en zinloos.
He had the dead body moved to a garden-houses.
Hij liet het lijk naar een tuinhuisje brengen.
This garden-house was in the suburbs.
Dit tuinhuisje stond in de buitenwijk.
Here his son was laid in state.
Hier werd zijn zoon opgebaard.
All sorts of provisions were put there.
Er werden allerlei voorzieningen aangelegd.
Although everyone knew it was unnecessary.
Terwijl iedereen wist dat het niet nodig was.
The young boy did not need food anymore.
De jongen had geen eten meer nodig.
The house was kept locked day and night.
Het huis bleef dag en nacht op slot.
Dalim had had one very close friend.
Dalim had één hele goede vriend.
Only this friend was allowed to visit.
Alleen deze vriend mocht op bezoek komen.
He was the son of the prime minister.
Hij was de zoon van de premier.
He was entrusted with the key of the house.
Aan hem werd de sleutel van het huis toevertrouwd.
Once a day he could visit his dead friend.
Eenmaal per dag kon hij zijn overleden vriend bezoeken.

Queen Suo retired after the loss of her son.
Koningin Suo ging met pensioen na het verlies van haar zoon.
Now the King spent the nights with Queen Duo.
Nu bracht de koning de nachten door met koningin Duo.
The Queen wanted to avoid suspicion.
De koningin wilde verdenking vermijden.
So she took the necklace off at night.
Dus deed ze 's nachts haar ketting af.
But Dalim's life was tied to the necklace.
Maar Dalims leven was aan de ketting verbonden.
And his death was not so simple.
En zijn dood was niet zo eenvoudig.
He was dead when the queen wore the necklace.
Hij was al dood toen de koningin de ketting droeg.
But when she took the necklace off, he returned to life.
Maar toen ze de ketting afdeed, kwam hij weer tot leven.
And so he returned to life every night.
En zo kwam hij iedere nacht weer tot leven.
Every morning she put the necklace on again.
Elke ochtend deed ze de ketting opnieuw om.
And so, he died again every morning.
En zo stierf hij elke ochtend opnieuw.
At night he ate whatever food he liked.
's Avonds at hij wat hij maar wilde.
Because there was plenty of food for him.
Omdat er genoeg eten voor hem was.
He walked around in the premises.
Hij liep rond in het pand.
And he meditated on the strangeness of his life.
En hij mediteerde over de vreemdheid van zijn leven.
Dalim's friend only visited him during the day.
Dalims vriend bezocht hem alleen overdag.
So he always saw him as a lifeless corpse.
Daarom zag hij hem altijd als een levenloos lijk.
But his body never seemed to change.
Maar zijn lichaam leek nooit te veranderen.

There was no sign of putrefaction.
Er waren geen tekenen van verrotting.
The body was lifeless and pale.
Het lichaam was levenloos en bleek.
But there were no symptoms of death.
Maar er waren geen symptomen van overlijden.
It all seemed too strange for him.
Het leek hem allemaal te vreemd.
So he decided to watch the corpse more closely.
Daarom besloot hij het lijk beter te bekijken.
And he visited his friend at night.
En 's nachts bezocht hij zijn vriend.
He was astonished at what he saw that night.
Hij was verbijsterd door wat hij die nacht zag.
His dead friend was walking about in the garden.
Zijn dode vriend liep rond in de tuin.
At first he thought Dalim might a ghost.
Eerst dacht hij dat Dalim een geest was.
So he went to see if he could touch him.
Dus ging hij kijken of hij hem kon aanraken.
And then he saw it was really his friend.
En toen zag hij dat het echt zijn vriend was.
Dalim told his friend everything that had happened.
Dalim vertelde zijn vriend alles wat er gebeurd was.
He told him all the circumstances of his death.
Hij vertelde hem alle omstandigheden van zijn dood.
And soon they solved the mystery.
En al snel losten ze het mysterie op.
They understood why he revived only at night.
Ze begrepen waarom hij alleen 's nachts weer tot leven kwam.
Every night the king came to see Queen Duo.
Iedere avond kwam de koning Koningin Duo bezoeken.
When the King visited, she took off her necklace.
Toen de koning op bezoek kwam, deed ze haar ketting af.
The life of the prince depended on the necklace.
Het leven van de prins hing af van de ketting.
So the two friends worked on a plan.

Dus de twee vrienden werkten aan een plan.
Night after night they consulted together.
Avond aan avond overlegden ze met elkaar.
But they could not think of any feasible scheme.
Maar ze konden geen enkel haalbaar plan bedenken.

Eventually the Gods must have taken pity.
Uiteindelijk moeten de goden medelijden met hem hebben gehad.
And they decided to free Dalim.
En ze besloten Dalim vrij te laten.
But we must understand how the Gods work.
Maar we moeten begrijpen hoe de Goden werken.
These things are planned long before.
Dit soort dingen worden lang van tevoren gepland.
The sister of Bidhata-Purusha had had a daughter.
De zus van Bidhata-Purusha had een dochter gekregen.
Bidhata-Purusha was a great fortune teller.
Bidhata-Purusha was een groot waarzegster.
He had written something on the child's forehead.
Hij had iets op het voorhoofd van het kind geschreven.
"This child will marry the dead bridegroom"
"Dit kind zal met de dode bruidegom trouwen"
Her mother was very saddened by this.
Haar moeder was hier erg verdrietig over.
She did not want this destiny for her daughter.
Ze wenste dit lot niet voor haar dochter.
But she could not argue with him.
Maar ze kon het niet met hem oneens zijn.
He never changed what he had written.
Hij veranderde nooit wat hij schreef.
The child became exceedingly beautiful.
Het kind werd buitengewoon mooi.
But the mother could not take any pleasure in this.
Maar de moeder kon daar geen plezier in hebben.
Because she knew the destiny of her child.
Omdat ze het lot van haar kind kende.

Eventually the girl came to marriageable age.
Uiteindelijk bereikte het meisje de huwbare leeftijd.
She had to find a way to avoid her fate.
Ze moest een manier vinden om haar lot te ontlopen.
So the mother fled the country with her child.
De moeder vluchtte dus met haar kind het land uit.
Perhaps she could avoid her dreadful destiny.
Misschien kon ze haar vreselijke lot ontlopen.
But what was written was written.
Maar wat geschreven stond, stond geschreven.
And fate cannot be overruled like this.
En het lot laat zich niet zomaar overheersen.
Together they journeyed through the land.
Samen trokken ze door het land.
You can imagine how fate was working.
Je kunt je voorstellen hoe het lot heeft gewerkt.
They wandered past Dalim's resting place.
Ze liepen langs de laatste rustplaats van Dalim.
The shade of the evening was approaching.
De avondschaduw begon te vallen.
"Mother, I am thirsty," said her child.
"Moeder, ik heb dorst," zei haar kind.
"Sit at this gate," replied her mother.
"Ga bij deze poort zitten," antwoordde haar moeder.
"I will search for water in the village"
"Ik ga in het dorp naar water zoeken"
The girl was curious about the garden.
Het meisje was nieuwsgierig naar de tuin.
And in the garden she saw strange house.
En in de tuin zag ze een vreemd huis.
She pushed the gate, which opened itself.
Ze duwde tegen het hek, waardoor het vanzelf openging.
When she went in, she saw a beautiful palace.
Toen ze naar binnen ging, zag ze een prachtig paleis.
But she had an uneasy feeling about the palace.
Maar ze had een onbehaaglijk gevoel over het paleis.
However, the door had shut itself.

Maar de deur was vanzelf dichtgegaan.
So she had no way of getting out.
Ze kon er dus niet uit.

When night came the prince revived.
Toen de nacht viel, kwam de prins weer tot leven.
As usual, he walked around in the garden.
Zoals gewoonlijk liep hij rond in de tuin.
But this time he saw a female figure.
Maar deze keer zag hij een vrouwenfiguur.
The figure was standing near the gate.
De figuur stond bij de poort.
Soon he saw that it was a girl.
Al snel zag hij dat het een meisje was.
And he saw she was of unsurpassed beauty.
En hij zag dat zij van ongeëvenaarde schoonheid was.
"Who are you?" he asked her.
"Wie ben jij?" vroeg hij haar.
She told Dalim everything that had happened.
Ze vertelde Dalim alles wat er gebeurd was.
All the details of her little history.
Alle details van haar kleine geschiedenis.
"My uncle is the divine Bidhata-Purusha"
"Mijn oom is de goddelijke Bidhata-Purusha"
"He wrote on my forehead at birth"
"Hij schreef op mijn voorhoofd bij mijn geboorte"
"This child will marry the dead bridegroom"
"Dit kind zal met de dode bruidegom trouwen"
"My mother did not want that life for me"
"Mijn moeder wilde dat leven niet voor mij"
"So we left our house and city"
"Dus verlieten we ons huis en onze stad"
"And we wandered through the country"
"En we zwierven door het land"
"We had come to the gate of your palace"
"Wij waren bij de poort van uw paleis aangekomen"
"After our journey I was thirsty"

"Na onze reis had ik dorst"
"So my mother went to look for water"
"Dus mijn moeder ging op zoek naar water"
"And now I am standing here before you"
"En nu sta ik hier voor u"
Dalim Kumar knew the meaning of the story.
Dalim Kumar kende de betekenis van het verhaal.
"I am the dead bridegroom," he told the girl.
"Ik ben de dode bruidegom," zei hij tegen het meisje.
"It is me who you will marry"
"Ik ben degene met wie je gaat trouwen"
"Come with me to the house," he asked of her.
"Kom met mij mee naar huis," vroeg hij haar.
But the girl wasn't so easily persuaded.
Maar het meisje liet zich niet zo makkelijk overtuigen.
"You are standing and speaking to me"
"Je staat daar en spreekt tot mij"
"How can you be the dead bridegroom?"
"Hoe kun jij de dode bruidegom zijn?"
The prince understood her objection.
De prins begreep haar bezwaar.
"You will understand it afterwards"
"Je zult het later wel begrijpen"
The girl followed the prince into the house.
Het meisje volgde de prins het huis in.
She had been fasting the whole day.
Ze had de hele dag gevast.
So the prince gave her wonderful food.
Dus gaf de prins haar heerlijk eten.
Meanwhile, the girl's mother had come back.
Ondertussen was de moeder van het meisje teruggekomen.
She was standing at the gates of the garden.
Ze stond bij de poort van de tuin.
But her daughter was not there anymore.
Maar haar dochter was er niet meer.
She cried out for her daughter.
Ze schreeuwde om haar dochter.

But she got no reply from her daughter.
Maar ze kreeg geen antwoord van haar dochter.
So she went looking for her in the village.
Dus ging ze haar in het dorp zoeken.

As usual, Dalim's friend came that night.
Zoals gewoonlijk kwam Dalims vriend die avond.
Dalim was still entertaining his guest.
Dalim was nog steeds bezig met het vermaken van zijn gast.
He was not expecting to see a stranger.
Hij had niet verwacht een vreemde te zien.
And the girl retold him her story.
En het meisje vertelde hem haar verhaal.
You can imagine his surprise when she told him.
Je kunt je zijn verbazing voorstellen toen ze het hem vertelde.
He was able to confirm Dalim's story.
Hij kon Dalims verhaal bevestigen.
Soon they had all accepted destiny.
Al snel aanvaardden ze allemaal hun lot.
That night they fulfilled their fates.
Die nacht vervulden ze hun lot.
They decided to unite the couple in matrimony.
Ze besloten het stel in het huwelijk te verenigen.
It was going to be impossible to get a priest.
Het zou onmogelijk zijn om een priester te vinden.
So Dalim's friend performed the hymeneal rites.
Dus Dalims vriend voerde de hymeneale rituelen uit.
The friend of the bridegroom left the palace.
De vriend van de bruidegom verliet het paleis.
The newly-weds had the palace to themselves.
Het pasgetrouwde stel had het paleis helemaal voor zichzelf.
The happy couple did not sleep much that night.
Het gelukkige paar sliep die nacht niet veel.
So it was long after sunrise that they woke up.
Het duurde dus lang voordat ze wakker werden.
Of course it was only the young wife that woke up.
Natuurlijk was het alleen de jonge vrouw die wakker werd.

The prince had become a cold corpse again.
De prins was weer een koud lijk geworden.
The queen had put on her necklace.
De koningin had haar ketting omgedaan.
And life had departed from him again.
En het leven verliet hem opnieuw.
You can imagine how the young wife felt.
Je kunt je voorstellen hoe de jonge vrouw zich voelde.
She shook her husband to try and wake him.
Ze schudde haar man om hem wakker te maken.
She kissed him on his cold lips.
Ze kuste hem op zijn koude lippen.
But all her efforts were in vain.
Maar al haar inspanningen waren tevergeefs.
He was as lifeless as a marble statue.
Hij was zo levenloos als een marmeren standbeeld.
The young wife was stricken with horror.
De jonge vrouw was met afschuw vervuld.
She smote her breast with her fists.
Ze sloeg met haar vuisten op haar borst.
She struck her forehead with her palms.
Ze sloeg met haar handpalmen op haar voorhoofd.
And she tore her hair from her head.
En ze trok haar haar uit haar hoofd.
She ran through the garden like a mad woman.
Ze rende als een dwaas door de tuin.
Dalim's friend did not come during the day.
Dalims vriend kwam overdag niet.
He did not want to see his friend this way.
Hij wilde zijn vriend niet zo zien.
The poor girl did not know what to do.
Het arme meisje wist niet wat ze moest doen.
Time could not pass quickly enough.
De tijd kon niet snel genoeg gaan.
The day seemed as long as a year.
De dag leek wel een jaar te duren.
But the even longest day has its end.

Maar ook aan de langste dag komt een einde.
The shades of evening were descending.
De avondschaduw daalde neer.
Her dead husband was awakened into consciousness.
Haar overleden echtgenoot kwam weer bij bewustzijn.
He rose up from his bed again.
Hij stond weer op uit zijn bed.
And he embraced his new wife.
En hij omhelsde zijn nieuwe vrouw.
Again they ate, drank, and became merry.
Opnieuw aten en dronken ze en werden ze vrolijk.
His friend made his usual appearance.
Zijn vriend verscheen zoals gebruikelijk.
And the whole night was spent celebrating.
En de hele nacht werd er feestgevierd.

They spent the next seven years this way.
Zo brachten ze de volgende zeven jaar door.
During the day Dalim was lifeless.
Overdag was Dalim levenloos.
But at night he came to life.
Maar 's nachts kwam hij tot leven.
And their life was quite usual.
En hun leven was heel gewoon.
The princess gave her husband two lovely boys.
De prinses schonk haar man twee prachtige jongens.
They were the exact image of their father.
Ze leken sprekend op hun vader.
Of course the king and Queens did not know.
Natuurlijk wisten de koning en koninginnen dat niet.
They did not know they were grandparents.
Ze wisten niet dat ze grootouders waren.
And they did not know Dalim was alive.
En ze wisten niet dat Dalim nog leefde.
To be precise I should say he was alive at night.
Om precies te zijn, moet ik zeggen dat hij 's nachts nog leefde.
They all thought he had long been dead.

Ze dachten allemaal dat hij allang dood was.
They assumed his corpse would now be gone.
Ze gingen ervan uit dat zijn lijk nu verdwenen zou zijn.
But the heart of Dalim s wife was yearning.
Maar het hart van Dalims vrouw verlangde.
She wanted nothing more than her mother-in-law.
Ze wilde niets liever dan haar schoonmoeder.
Over the years she had come up with a plan.
In de loop der jaren had ze een plan bedacht.
Perhaps she could see her mother-in-law.
Misschien kon ze haar schoonmoeder zien.
Maybe they could get hold of the necklace.
Misschien konden ze de ketting te pakken krijgen.
She asked for the consent of her husband.
Ze vroeg toestemming aan haar man.
And he allowed her to disguise herself.
En hij stond haar toe zich te vermommen.
She took on the appearance of a female barber.
Ze nam het uiterlijk aan van een vrouwelijke kapper.
Like every female barber, she needed equipment.
Net als elke vrouwelijke kapper had ze apparatuur nodig.
She took the following tools;
Ze nam de volgende gereedschappen mee;
An iron instrument for preparing finger nails.
Een ijzeren instrument voor het voorbereiden van
vingernagels.
Another iron instrument for scraping the feet.
Nog een ijzeren instrument om de voeten te schrapen.
A piece of burnt jhama brick.
Een stuk verbrande jhama-steen.
For rubbing the soles of the feet.
Voor het wrijven van de voetzolen.
And paint for the edges of the feet.
En verf voor de randen van de voeten.
She took all her tools with her.
Ze nam al haar gereedschap mee.
And she stood at the gate of the King's palace.

En ze stond bij de poort van het paleis van de koning.
I forgot something else she brought.
Ik vergat nog iets anders dat ze meebracht.
She had come with her two sons.
Ze was met haar twee zonen gekomen.
She spoke with the guards.
Ze sprak met de bewakers.
"I work as a barber"
"Ik werk als kapper"
"I have come to offer my services"
"Ik ben gekomen om mijn diensten aan te bieden"
"I desire to see Queen Suo"
"Ik wil koningin Suo zien"
Queen Suo quickly gave her an interview.
Koningin Suo gaf haar snel een interview.
The queen was quite fond of the two little boys.
De koningin was erg gesteld op de twee kleine jongens.
They strangely reminded her of her own son.
Ze deden haar op een vreemde manier denken aan haar eigen zoon.
And she remembered her lost treasure.
En ze dacht aan haar verloren schat.
Tears fell profusely from her eyes.
Er stroomden tranen uit haar ogen.
She had not the remotest idea who they were.
Ze had geen flauw idee wie ze waren.
Of course we know who they are.
Natuurlijk weten wij wie dat zijn.
The two little boys are her grandsons.
De twee jongetjes zijn haar kleinzonen.
She spoke to the barber.
Ze sprak met de kapper.
"My son died when he was young"
"Mijn zoon stierf toen hij jong was"
"I have given up these vanities"
"Ik heb deze ijdelheden opgegeven"
"I stopped having my feet ceremoniously dyed"

"Ik ben gestopt met het ceremonieel verven van mijn voeten"
"But I would be glad to see your two fine boys"
"Maar ik zou het leuk vinden om je twee fijne jongens te zien"
The barber agreed to let Queen Suo see her boys.
De kapper stemde ermee in dat Koningin Suo haar jongens mocht zien.
But she had one question before she went.
Maar ze had nog één vraag voordat ze ging.
"Are there other ladies in the palace?
"Zijn er nog andere dames in het paleis?
"Someone else I could provide my service to"
"Iemand anders aan wie ik mijn diensten kan aanbieden"
She was told there was another queen.
Er werd haar verteld dat er nog een koningin was.
And she was also allowed to go to that queen.
En ze mocht ook naar die koningin.
Queen Duo allowed her to prepare her nails.
Queen Duo liet haar haar nagels voorbereiden.
And she was allowed to scrape her feet.
En ze mocht haar voeten schrapen.
She painted her feet with alakta.
Ze beschilderde haar voeten met alakta.
And the queen was very pleased with her skill.
En de koningin was zeer tevreden met haar vaardigheid.
She also enjoyed the sweetness of her disposition.
Ze genoot ook van haar zachtaardige karakter.
So she booked to have more of her services.
Daarom boekte ze nog meer van haar diensten.
The female barber had come for something else.
De kapper kwam voor iets anders.
And she quickly noticed the necklace.
En al snel zag ze de ketting.
The necklace was around the Queen's neck.
De ketting hing om de nek van de koningin.

The day of her second visit had come.
De dag van haar tweede bezoek was aangebroken.

She gave her eldest son the instructions.
Ze gaf haar oudste zoon de instructies.
"We are going into the palace again"
"We gaan weer het paleis in"
"When in the palace you have to cry"
"Als je in het paleis bent, moet je huilen"
"Say you would like the queen's necklace"
"Stel dat je de ketting van de koningin wilt"
"Don't stop crying until you have her necklace"
"Stop niet met huilen totdat je haar ketting hebt"
The female barber went to queen Duo's apartment.
De vrouwelijke kapper ging naar het appartement van koningin Duo.
Soon the elder boy started to cry.
Al snel begon de oudste jongen te huilen.
The boy acted his role well.
De jongen speelde zijn rol goed.
Nothing would console the boy.
Niets kon de jongen troosten.
"What is wrong?" Queen Duo asked.
"Wat is er mis ?" vroeg Koningin Duo.
They boy could hardly speak.
De jongen kon nauwelijks praten.
"Your necklace is so beautiful"
"Je ketting is zo mooi"
And he continued to sob.
En hij bleef snikken.
"Can I please hold the necklace?"
"Mag ik de ketting even vasthouden?"
Queen Duo did not want to let him.
Queen Duo wilde dat niet toestaan.
"I cannot part with my necklace"
"Ik kan geen afstand doen van mijn ketting"
"It is my most valuable jewel"
"Het is mijn meest waardevolle juweel"
But the boy did not stop crying.
Maar de jongen hield niet op met huilen.

So she took the necklace off her neck.
Ze deed de ketting van haar nek.
And she put the necklace into the boy's hand.
En ze gaf de ketting aan de jongen.
The boy quickly stopped crying.
De jongen hield snel op met huilen.
And he held the necklace in his hand.
En hij hield de ketting in zijn hand.
The female barber had finished her work.
De vrouwelijke kapper was klaar met haar werk.
She was packing up her tools.
Ze was haar gereedschap aan het inpakken.
And she was about to leave the palace.
En ze stond op het punt het paleis te verlaten.
So the queen wanted the necklace back.
De koningin wilde de ketting dus terug.
But the boy would not let her have the necklace.
Maar de jongen wilde haar de ketting niet geven.
His mother attempted to snatch the necklace from him.
Zijn moeder probeerde de ketting van hem af te pakken.
But he wept bitterly when she tried.
Maar hij huilde bitter toen ze het probeerde.
And he cried as if his heart would break.
En hij huilde alsof zijn hart zou breken.
The female barber politely asked the queen;
De vrouwelijke kapper vroeg beleefd aan de koningin;
"Please let the boy take the necklace home"
"Laat de jongen de ketting alsjeblieft mee naar huis nemen"
"He will fall asleep after drinking his milk"
"Hij zal in slaap vallen nadat hij zijn melk heeft gedronken"
"And then I will bring your necklace back"
"En dan breng ik je ketting terug"
She could see she had no choice.
Ze zag dat ze geen keus had.
The boy would not allow her to take the necklace.
De jongen wilde niet dat ze de ketting meenam.
So she agreed to the proposal.

Ze ging dus akkoord met het voorstel.
"Dalim must now be long dead," she thought.
'Dalim moet nu al lang dood zijn,' dacht ze.
And she had nothing to worry about.
En ze hoefde zich nergens zorgen over te maken.

The princess had the prized necklace.
De prinses droeg de felbegeerde ketting.
The treasure bound to her husband's life.
De schat die verbonden is met het leven van haar man.
She rushed back to the garden-house.
Ze snelde terug naar het tuinhuisje.
And she gave the necklace to Dalim.
En ze gaf de ketting aan Dalim.
Dalim had been alive all morning.
Dalim had de hele ochtend geleefd.
It was the first time he saw the sun again.
Het was de eerste keer dat hij de zon weer zag.
Their joy of his life knew no bounds.
Hun levensvreugde kende geen grenzen.
Their friend advised them to go to the palace.
Hun vriend raadde hen aan om naar het paleis te gaan.
"Go to the palace tomorrow"
"Ga morgen naar het paleis"
"Present yourselves to the King and Queen"
"Pronk aan de koning en koningin"
"Let them know you're alive and well"
"Laat ze weten dat je leeft en het goed maakt"
The couple accepted their friend's advice.
Het echtpaar volgde het advies van hun vriend op.
And they prepared everything for their arrival.
En ze bereidden alles voor op hun komst.
An elephant was brought for the prince.
Er werd een olifant voor de prins meegebracht.
A pair of ponies were brought for the boys.
Voor de jongens werden twee pony's meegebracht.
And there was a grand chaturdala.

En er was een grote chaturdala.
It was furnished with curtains of gold lace.
Het was voorzien van gordijnen van gouden kant.
Word was sent to the king and the Queen Suo.
De koning en koningin Suo werden op de hoogte gebracht.
"Prince Dalim Kumar is alive and well"
"Prins Dalim Kumar is springlevend"
"And he is coming to visit you"
"En hij komt je bezoeken"
"Now he has a wife and two sons"
"Nu heeft hij een vrouw en twee zonen "
The King and Queen Suo could hardly believe it.
Koning en Koningin Suo konden het nauwelijks geloven.
But they were assured that it was all true.
Maar hen werd verzekerd dat het allemaal waar was.
Queen Duo quickly realized her predicament.
Koningin Duo besefte al snel in welk dilemma ze zat.
And she became overwhelmed with grief.
En ze werd overmand door verdriet.
A band of musicians followed the prince.
Een groep muzikanten volgde de prins.
Prince Dalim Kumar approached the palace-gate.
Prins Dalim Kumar naderde de paleispoort.
The King and Queen Suo went to the gates.
Koning en Koningin Suo gingen naar de poorten.
And they welcomed their long-lost son.
En ze verwelkomden hun lang verloren zoon.
You can imagine how happy they were.
Je kunt je voorstellen hoe blij ze waren.
Dalim told his parents of his death.
Dalim vertelde zijn ouders over zijn dood.
He told them of the pond by the palace.
Hij vertelde hen over de vijver bij het paleis.
And he told them of the fish in the pond.
En hij vertelde hen over de vissen in de vijver.
He told them of the wooden box in the fish.
Hij vertelde hen over het houten kistje in de vis.

He told them of the necklace in the wooden box.
Hij vertelde hen over de ketting in het houten kistje.
And he told them the secret of his life.
En hij vertelde hun het geheim van zijn leven.
He told them how he died each night.
Hij vertelde hun elke nacht hoe hij stierf.
Of course he also mentioned his new wife.
Natuurlijk noemde hij ook zijn nieuwe vrouw.
The king was inflamed with rage at the news.
De koning was woedend toen hij dit nieuws hoorde.
He ordered Queen Duo into his presence.
Hij gaf bevel dat Koningin Duo bij hem moest komen.
A large hole was dug in the ground.
Er werd een groot gat in de grond gegraven.
The hole was as deep as the height of a man.
Het gat was zo diep als een man.
Queen Duo was made to stand in the hole.
Queen Duo moest in het gat staan.
Prickly thorns were heaped around her.
Er groeiden overal om haar heen stekelige doornen.
The thorns went up to the crown of her head.
De doornen reikten tot aan haar kruin.
And in this manner she was buried alive.
En zo werd ze levend begraven.

Phakir Chand
Phakir Chand

There was once a king, who had a son.
Er was eens een koning, die een zoon had.
The king's minister also had a son.
De minister van de koning had ook een zoon.
The two sons loved each other dearly.
De twee zonen hielden heel veel van elkaar.
And they did everything together.
En ze deden alles samen.
The two sons sat and stood up together.
De twee zonen zaten samen en stonden samen op.
They walked together to the same places.
Ze liepen samen naar dezelfde plaatsen.
They ate their meals together.
Ze aten samen.
They slept and got up together.
Ze sliepen samen en stonden samen op.
They spent years in each other's company.
Jarenlang waren ze samen.
One day they both felt a new desire.
Op een dag voelden ze beiden een nieuw verlangen.
They wanted to see foreign lands.
Ze wilden vreemde landen zien.
And so they set out on their journey.
En zo gingen ze op reis.
One of them was the son of a king.
Eén van hen was de zoon van een koning.
One of them was the son of his chief minister.
Eén van hen was de zoon van zijn minister-president.
So of course they were both quite rich.
Het was dus logisch dat ze allebei behoorlijk rijk waren.
But they did not take any servants with them.
Maar ze namen geen bedienden mee.
They went by themselves, on horseback.
Ze gingen alleen, te paard.

The horses were beautiful to look at.
De paarden waren prachtig om te zien.
They were Pakshirajes horses.
Het waren Pakshirajes-paarden.
Such horses are known as the kings of birds.
Zulke paarden worden ook wel de koningen onder de vogels
genoemd.
The two sons rode together for many days.
De twee zonen reden vele dagen samen.
They passed through extensive plains.
Ze trokken door uitgestrekte vlakten.
And the plains were covered with paddy.
En de vlakten waren bedekt met rijstvelden.
And they passed through strange cities.
En zij trokken door vreemde steden.
And they passed through towns, and villages.
En zij trokken door steden en dorpen.
They passed through treeless deserts.
Ze trokken door boomloze woestijnen.
And they passed through forests.
En ze trokken door bossen.
And the forests were dense with trees.
En de bossen waren dicht bebost.
These forests were the abode of the tiger.
Deze bossen waren de verblijfplaats van de tijger.
And the bear also lived in these forests.
En ook de beer leefde in deze bossen.
One evening they were overtaken by the night.
Op een avond werden ze overvallen door de nacht.
They had not seen any human habitations.
Ze hadden geen menselijke nederzettingen gezien.
But it was getting darker and darker.
Maar het werd steeds donkerder.
So they dismounted beneath a lofty tree.
Ze stapten dus af onder een hoge boom.
They tied their horses to the tree.
Ze bonden hun paarden aan de boom vast.

And then they climbed up the tree.
En toen klommen ze in de boom.
They covered the branches with thick foliage.
Ze bedekten de takken met dikke bladeren.
So that they could sit on the branches.
Zodat ze op de takken konden zitten.
The tree had grown near a large body of water.
De boom groeide vlak bij een groot wateroppervlak.
The water was as clear as the eye of a crow.
Het water was zo helder als een kraai.
The two friends made themselves comfortable.
De twee vrienden maakten het zich gemakkelijk.
Of course it wasn't very comfortable in a tree.
Natuurlijk was het niet erg comfortabel in een boom.
But it wasn't uncomfortable in the tree either.
Maar het was ook niet oncomfortabel in de boom.
They had decided to spend the night there.
Ze hadden besloten daar te overnachten.
They sometimes chatted together in whispers.
Soms praatten ze fluisterend met elkaar.
They felt whispering was better than talking.
Zij vonden dat fluisteren beter was dan praten.
Because the region seemed very strange to them.
Omdat de streek hen heel vreemd voorkwam.
And soon they were falling into a doze.
En al snel vielen ze in slaap.
But their attention was suddenly jolted.
Maar plotseling werd hun aandacht getrokken.
From the water they heard a noise.
Vanuit het water hoorden ze een geluid.
It sounded like the rushing of water.
Het klonk als stromend water.
In front of them was a terrible sight!
Wat een verschrikkelijk gezicht was het voor hen!
A huge serpent came from under the water.
Er kwam een enorme slang onder het water vandaan.
The snake swam ashore and slithered around.

De slang zwom naar de kust en kronkelde rond.
But something else attracted their attention.
Maar er was nog iets anders dat hun aandacht trok.
The crested hood of the serpent was shining.
De kam van de slang glansde.
The snake had a brilliant manikya embedded.
In de slang zat een schitterende manikya verwerkt.
The jewel shone like a thousand diamonds.
Het juweel schitterde als duizend diamanten.
The crystal lit up the water in the tank.
Het kristal verlichtte het water in het aquarium.
The embankments and trees were irradiated.
De dijken en bomen werden bestraald.
The serpent doffed the jewel from its crest.
De slang trok het juweel van zijn kam.
And the serpent threw the jewel on the ground.
En de slang gooide het juweel op de grond.
And then the serpent went in search of food.
En toen ging de slang op zoek naar voedsel.
They could not believe what they had seen.
Ze konden hun ogen niet geloven.
They stayed in the safety of the tree.
Ze bleven veilig in de boom.
But they greatly admired the jewel.
Maar ze bewonderden het juweel enorm.
The ruby shed an ineffable luster.
De robijn straalde een onuitsprekelijke glans uit.
Everything had a magical glow around it.
Alles straalde een magische gloed uit.
They had never seen anything like it.
Zoiets hadden ze nog nooit gezien.
Although, they had heard of this treasure.
Hoewel ze wel van deze schat hadden gehoord.
The jewel equaled the treasures of seven kings.
Het juweel was evenveel waard als de schatten van zeven
koningen.
But their admiration soon changed to fear.

Maar hun bewondering veranderde al snel in angst.
The serpent came to the foot of their tree.
De slang kwam tot aan de voet van hun boom.
The serpent had found their horses!
De slang had hun paarden gevonden!
The poor horses had been tied to the tree.
De arme paarden waren aan de boom vastgebonden.
The animals had no way of escaping.
De dieren konden niet ontsnappen.
One by one the serpent ate their horses.
Eén voor één at de slang hun paarden op.
But the serpent's appetite did not seem satisfied.
Maar de honger van de slang leek nog niet gestild.
They feared they would be the next victims.
Ze vreesden dat zij de volgende slachtoffers zouden zijn.
But their fears were soon relieved.
Maar hun angst verdween al snel.
The gigantic cobra had not seen them.
De gigantische cobra had ze niet gezien.
And eventually the snake left again.
En uiteindelijk vertrok de slang weer.
The minister's son saw an opportunity.
De zoon van de minister zag een kans.
This was his chance to take the gem.
Dit was zijn kans om de edelsteen te bemachtigen.
But there was one problem they had.
Maar ze hadden één probleem.
The jewel shone incredibly bright.
Het juweel schitterde ongelooflijk helder.
The serpent would know what had happened.
De slang zou weten wat er gebeurd was.
But there was a way to overcome this problem.
Maar er was een manier om dit probleem te overwinnen.
And the minister's son knew the solution.
En de zoon van de minister wist de oplossing.
He had to cover the stone with horse-dung.
Hij moest de steen bedekken met paardenmest.

And there was some horse-dung by the tree.
En er lag wat paardenmest bij de boom.
He quietly came down from the tree.
Hij kwam zachtjes uit de boom naar beneden.
He picked up the horse-dung off the floor.
Hij raapte de paardenmest van de vloer op.
And he threw the dung upon the precious stone.
En hij wierp de mest op de kostbare steen.
And then he climbed up into the tree again.
En toen klom hij weer in de boom.
The serpent noticed something had happened.
De slang merkte dat er iets gebeurd was.
The light of the jewel had vanished.
Het licht van het juweel was verdwenen.
The serpent rushed back with great fury.
De slang snelde woedend terug.
The serpent returned to where it had left the stone.
De slang keerde terug naar de plek waar hij de steen had
achtergelaten.
The serpent let out a frightful hiss at the night.
De slang liet 's nachts een angstaanjagend gesis horen.
The snake's groans and convulsions were terrible.
Het gekreun en de stuiptrekkingen van de slang waren
verschrikkelijk.
The snake went round and round the jewel.
De slang draaide zich om het juweel heen.
But the stone was covered with horse-dung.
Maar de steen was bedekt met paardenmest.
This way the serpent could not see its treasure.
Op deze manier kon de slang zijn schat niet zien.
Finally, the serpent breathed its last breath.
Ten slotte blies de slang zijn laatste adem uit.

The two friends did not sleep much that night.
De twee vrienden sliepen die nacht niet veel.
In the morning they came down from the tree.
's Morgens kwamen ze uit de boom.

They went to where the crest-jewel was.
Ze gingen naar de plek waar het wapenjuweel lag.
The mighty serpent was still laying there.
De machtige slang lag er nog steeds.
But now the snake's body was perfectly lifeless.
Maar nu was het lichaam van de slang volkomen levenloos.
The friend of the prince stepped over the dead snake.
De vriend van de prins stapte over de dode slang.
And he picked up the dung covered jewel.
En hij raapte het met mest bedekte juweel op.
Both of them went to the bank of the water.
Ze gingen allebei naar de waterkant.
And they washed the precious stone.
En ze wasten de edelsteen.
Finally, all the dung had been washed off.
Eindelijk was alle mest weggespoeld.
And the jewel shone as brilliantly as before.
En het juweel schitterde weer even schitterend als voorheen.
The jewel lit up the entire bed of the tank of water.
Het juweel verlichtte de gehele bodem van het waterreservoir.
Now they could see the innumerable fishes.
Nu konden ze de ontelbare vissen zien.
But the light also revealed something else.
Maar het licht onthulde ook nog iets anders.
This astonished them more than all the fishes.
Dit verbaasde hen meer dan alle vissen.
In the bottom of the water there was something.
Er lag iets op de bodem van het water.
They could see there were lofty walls.
Ze zagen hoge muren.
The walls were from a magnificent palace.
De muren waren afkomstig van een prachtig paleis.
The prince's friend was feeling venturesome.
De vriend van de prins voelde zich avontuurlijk.
He convinced the king's son to follow him.
Hij overtuigde de zoon van de koning om hem te volgen.
And then they wanted to swim to the palace below.

En daarna wilden ze naar het paleis beneden zwemmen.
The prince's friend took the jewel in his hand.
De vriend van de prins nam het juweel in zijn hand.
And they both dived into the waters.
En ze doken allebei in het water.
Soon they stood at the gate of the palace.
Al snel stonden ze bij de poort van het paleis.
To their surprise the gate was open.
Tot hun verbazing stond de poort open.
They saw no being, human or superhuman.
Ze zagen geen enkel wezen, mens of bovenmenselijk.
So they decided to venture inside the gate.
Daarom besloten ze om de poort binnen te gaan.
Inside the walls there was a beautiful garden.
Binnen de muren lag een prachtige tuin.
In the middle of the garden was a house.
Midden in de tuin stond een huis.
No one had ever seen so many flowers.
Niemand had ooit zoveel bloemen gezien.
There were roses of all imaginable varieties.
Er waren rozen in alle denkbare soorten.
There were endless numbers of yellow jessamine.
Er waren eindeloos veel gele jasmijn.
And there were numerous white bell flowers.
En er waren veel witte klokjesbloemen.
These flowers were the king of smells.
Deze bloemen waren de koningen der geuren.
The most scented lily of the valley.
Het meest geurende lelietje-van-dalen.
There were the flowers from the champaka tree.
Daar waren de bloemen van de champakaboom.
And a thousand other sweet-scented flowers.
En duizend andere zoetgeurende bloemen.
Acres covered with the delicious jessamine.
Hectaren bedekt met de heerlijke jasmijn.
All the plants were gemmed with flowers.
Alle planten waren bedekt met bloemen.

And all the flowers were in full bloom.
En alle bloemen stonden in volle bloei.
So the air was loaded with rich perfume.
De lucht was dus gevuld met een rijke geur.
A wilderness of sweet scents everywhere.
Overal een wildernis van zoete geuren.
They went through this paradise of perfumery.
Ze bezochten dit parfumparadijs.
And eventually they reached the house.
En uiteindelijk bereikten ze het huis.
The house was surrounded by lofty trees.
Het huis was omgeven door hoge bomen.
Soon they stood at the door of the house.
Al snel stonden ze bij de deur van het huis.
Now they could see it was a fairy palace.
Nu zagen ze dat het een sprookjespaleis was.
The walls were of burnished gold.
De muren waren van gepolijst goud.
Here and there shone diamonds of dazzling hue.
Hier en daar schitterden diamanten met een schitterende
kleur.
But they did not see any beings.
Maar ze zagen geen wezens.
So they went inside the palace.
Ze gingen dus het paleis binnen.
The palace was richly furnished.
Het paleis was rijk gemeubileerd.
They went from room to room.
Ze gingen van kamer naar kamer.
But they did not see anyone.
Maar ze zagen niemand.
It seemed to be a deserted house.
Het leek een verlaten huis.
At last, however, they found a special room.
Maar uiteindelijk vonden ze een speciale kamer.
In this room there was a young lady.
In deze kamer was een jonge dame.

She was sleeping on a golden bed.
Ze sliep op een gouden bed.
The young lady was of exquisite beauty.
De jonge dame was van uitzonderlijke schoonheid.
Her complexion was a mixture of red and white.
Haar huidskleur was een mengeling van rood en wit.
She seemed to be about sixteen years of age.
Ze leek ongeveer zestien jaar oud te zijn.
The two friends gazed upon her.
De twee vrienden keken haar aan.
They were enchanted by her beauty.
Ze waren betoverd door haar schoonheid.
But they could not admire her for long.
Maar ze konden haar niet lang bewonderen.
Because the young lady opened her eyes.
Omdat de jonge dame haar ogen opende.
Her eyes seemed like the eyes of a gazelle.
Haar ogen leken op de ogen van een gazelle.
On seeing the strangers she said;
Toen ze de vreemdelingen zag, zei ze;
"How have you come here, ye unfortunate men?"
"Hoe zijn jullie hier gekomen, jullie ongelukkige mannen?"
"Be gone, be gone! I beg of you two"
"Ga weg, ga weg! Ik smeek jullie twee."
"This is the abode of a mighty serpent"
"Dit is de verblijfplaats van een machtige slang "
"The serpent which has devoured my parents"
"De slang die mijn ouders heeft verslonden"
"And my brothers, and all my relatives"
"En mijn broers en al mijn verwanten"
"I am the only one that he has spared"
"Ik ben de enige die hij heeft gespaard"
"Flee for your lives while you still can"
"Vlucht voor je leven zolang het nog kan"
"Or else the serpent will eat you both"
"Anders zal de slang jullie beiden opeten"
The prince's friend told her what had happened.

De vriend van de prins vertelde haar wat er gebeurd was.
"The serpent has breathed his last breath"
"De slang heeft zijn laatste adem uitgeblazen"
"The snake's body lies lifeless on the floor"
"Het lichaam van de slang ligt levenloos op de grond"
"We took the head-jewel of the serpent"
"Wij namen het hoofdjuweel van de slang"
"The jewel's light showed us to the palace.
"Het licht van het juweel leidde ons naar het paleis.
She thanked the strangers for their bravery.
Ze bedankte de vreemdelingen voor hun moed.
"You have freed me from the infernal serpent"
"Je hebt mij bevrijd van de helse slang"
"Please live with me in my palace"
"Wil je alsjeblieft bij mij in mijn paleis wonen?"
"But please promise never to desert me"
"Maar beloof alsjeblieft dat je me nooit in de steek zult laten"
They gladly accepted the invitation.
Ze namen de uitnodiging graag aan.
The king's son was smitten with the princess.
De zoon van de koning was verliefd op de prinses.
He adored the charms of the peerless princess.
Hij aanbad de charmes van de weergaloze prinses.
And he married her after a short time.
En hij trouwde met haar na korte tijd.
There was no priest at the palace.
Er was geen priester in het paleis.
So the hymeneal knot was tied by other means.
De hymeneale knoop werd dus op een andere manier gelegd.
A simple exchange of garlands of flowers.
Een eenvoudige uitwisseling van bloemenkransen.
The king's son became inexpressibly happy.
De zoon van de koning was onbeschrijfelijk gelukkig.
He delighted in the company of the princess.
Hij genoot van het gezelschap van de prinses.
The prince's friend also had a wife.
De vriend van de prins had ook een vrouw.

Of course she was living in the upper world.
Natuurlijk leefde ze in de bovenwereld.
But he participated in his friend's happiness.
Maar hij deelde in het geluk van zijn vriend.
The time they spent together passed merrily.
De tijd die ze samen doorbrachten, verliep vrolijk.
But they could not live here forever.
Maar ze konden hier niet voor altijd blijven wonen.
The prince had to return to his kingdom.
De prins moest terugkeren naar zijn koninkrijk.
But he knew the return would require some planning.
Maar hij wist dat de terugreis enige planning zou vergen.
The occasion would come with a lot of pomp.
De gelegenheid zou met veel pracht en praal gepaard gaan.
There were going to be many ceremonies.
Er zouden veel ceremonies plaatsvinden.
Because there was a lot to be celebrated.
Omdat er veel te vieren viel.
First the prince's friend was going to go.
Eerst ging de vriend van de prins.
And then he was going to return with the attendants.
En dan zou hij met de begeleiders terugkomen.
Horses, and elephants for the happy pair.
Paarden en olifanten voor het gelukkige paar.
The prince accompanied his friend.
De prins vergezelde zijn vriend.
Together they went back to the surface.
Samen gingen ze terug naar de oppervlakte.
And they saw the upper world again.
En ze zagen de bovenwereld weer.
The two friends bid each other adieu.
De twee vrienden namen afscheid van elkaar.
The prince returned to his lovely wife.
De prins keerde terug naar zijn mooie vrouw.
Before leaving everything had been organized.
Voordat we vertrokken was alles georganiseerd.
The prince's friend arranged his return.

De vriend van de prins regelde zijn terugkeer.
He said when he was going to go the embankment.
Hij zei wanneer hij naar de dijk ging.
He was going to have the horses that they needed.
Hij zou de paarden krijgen die ze nodig hadden.
Elephants were going to be there too, and attendants.
Er zouden ook olifanten aanwezig zijn, en verzorgers.
They were going to wait upon the prince and princess.
Ze gingen de prins en prinses opwachten.
The snake-jewel gave them the rights to this.
Het slangenjuweel gaf hen de rechten hierop.
The prince's friend went back to his country.
De vriend van de prins ging terug naar zijn land.
To prepare for the return of his friend.
Om zich voor te bereiden op de terugkeer van zijn vriend.

One day the prince was sleeping.
Op een dag sliep de prins.
He had just had his midday meal.
Hij had net zijn middagmaal gegeten.
The princess had never seen the upper regions.
De prinses had de bovenste regionen nog nooit gezien.
She felt the desire to see the upper world.
Ze voelde de wens om de bovenwereld te zien.
For this she needed the snake-jewel.
Hiervoor had ze het slangenjuweel nodig.
Only this could help her through the water.
Alleen dit kon haar door het water helpen.
The jewel was shining its bright light in the room.
Het juweel scheen met zijn heldere licht in de kamer.
She took the snake-jewel into her hand.
Ze nam het slangenjuweel in haar hand.
And then she left the palace and the garden.
En toen verliet ze het paleis en de tuin.
She successfully swam to the upper world.
Ze zwom succesvol naar de bovenwereld.
No mortal had caught sight of her.

Geen sterveling had haar gezien.
At the edge of the water were some steps.
Aan de rand van het water waren enkele treden.
The steps were for the convenience of bathers.
De trappen waren er voor het gemak van de badgasten.
And this is also where she sat.
En hier zat ze ook.
She scrubbed her body with the sand.
Ze schrobde haar lichaam met het zand.
She washed her hair with the fresh water.
Ze waste haar haar met het frisse water.
And she played with the water for fun.
En ze speelde met het water, voor de lol.
She walked about on the water's edge.
Ze liep langs de waterkant.
And she admired all the scenery around.
En ze bewonderde het landschap om haar heen.
But finally she returned back to her palace.
Maar uiteindelijk keerde ze terug naar haar paleis.
Her husband was still deep in sleep.
Haar man sliep nog steeds diep.
But eventually he had slept enough.
Maar uiteindelijk had hij genoeg geslapen.
She did not tell him about her adventures.
Ze vertelde hem niets over haar avonturen.
The next day her husband fell asleep again.
De volgende dag viel haar man weer in slaap.
And again she paid a visit the upper world.
En opnieuw bezocht ze de bovenwereld.
And she remained unnoticed by mortal man.
En ze bleef onopgemerkt door de sterfelijke mens.
Her success was starting to give her courage.
Haar succes gaf haar moed.
So she repeated her adventure a third time.
Dus herhaalde ze haar avontuur voor de derde keer.
The rajah's son was out hunting that day.
De zoon van de radja was die dag op jacht.

He had his tent not far from the water.
Hij had zijn tent niet ver van het water staan.
His attendants were cooking his meal.
Zijn bedienden waren zijn maaltijd aan het koken.
So, he wandered about along the water.
Hij wandelde dus langs het water.
Nearby an old woman was gathering sticks.
Vlakbij was een oude vrouw bezig hout te verzamelen.
She was collecting dried branches of trees.
Ze verzamelde gedroogde takken van bomen.
She needed the sticks for kindling wood.
Ze had de stokken nodig als aanmaakhout.
This was when the princess came out the water.
Toen kwam de prinses uit het water.
She gazed around and she saw a man.
Ze keek om zich heen en zag een man.
And then she saw there was also a woman.
En toen zag ze dat er ook een vrouw was.
The princess knew she didn't want to be seen.
De prinses wist dat ze niet gezien wilde worden.
So she went back down to her palace.
Ze ging dus terug naar haar paleis.
But the rajah's son had caught a glimpse of her.
Maar de zoon van de radja had haar gezien.
And the old woman gathering sticks saw her too.
En de oude vrouw die hout aan het sprokkelen was, zag haar
ook.
The rajah's son stood gazing on the waters.
De zoon van de radja stond naar het water te kijken.
He had never seen such a beautiful woman.
Hij had nog nooit zo'n mooie vrouw gezien.
She seemed to him to be a deva-kanyas.
Zij leek hem een deva-kanyas.
Heavenly goddesses he had read of in old books.
Hemelse godinnen had hij in oude boeken gelezen.
They are said to visit the upper world.
Er wordt gezegd dat ze de bovenwereld bezoeken.

And the upper world is honored to have them.
En de bovenwereld is er trots op dat ze er zijn.
But it is said to happen only rarely.
Maar het schijnt slechts zelden voor te komen.
The way that angels only visit rarely.
Het is net alsof engelen ons maar zelden bezoeken.
He had seen the princess' unearthly beauty.
Hij had de buitenaardse schoonheid van de prinses gezien.
She had made a deep impression on his heart.
Ze had een diepe indruk op hem gemaakt.
Although he had seen her only for a moment.
Alhoewel hij haar maar even had gezien.
But her beauty distracted his mind.
Maar haar schoonheid leidde zijn gedachten af.
He stood there like a statue, for hours.
Urenlang stond hij daar, als een standbeeld.
All he could do was gaze into the waters.
Het enige wat hij kon doen was in het water staren.
In the hope of seeing the lovely figure again.
In de hoop dat we dat mooie figuur nog eens terugzien.
But all his time was spent in vain.
Maar al zijn tijd was voor niets.
The princess did not appear again.
De prinses verscheen niet meer.
The rajah's son became mad with love.
De zoon van de radja werd gek van liefde.
He kept muttering, "now here, now gone!"
Hij bleef mompelen: "Nu hier, nu weg!"
He refused to leave the water's edge.
Hij weigerde het water te verlaten.
His attendants had to forcibly remove him.
Zijn begeleiders moesten hem met geweld weghalen.
They took him to his father's palace.
Ze brachten hem naar het paleis van zijn vader.
But he was in a state of hopeless insanity.
Maar hij verkeerde in een staat van hopeloze krankzinnigheid.
He couldn't be made to speak to anyone.

Hij kon met niemand praten.
And he spent his days sobbing heavily.
En hij bracht zijn dagen snikkend door.
No others words came out of his mouth.
Er kwamen geen andere woorden uit zijn mond.
"Now here, now gone!"
"Nu hier, nu weg!"
"Now here, now gone!"
"Nu hier, nu weg!"
You can imagine the rajah's grief.
Je kunt je het verdriet van de radja voorstellen.
"What could have deranged my son's mind?"
"Wat zou de geest van mijn zoon in de war kunnen hebben
gebracht?"
"'Now here, now gone,' what does it mean?"
"'Nu hier, nu weg,' wat betekent dat?"
He could not unravel the words' meaning.
Hij kon de betekenis van de woorden niet achterhalen.
His attendants couldn't decipher the words either.
Ook zijn bedienden konden de woorden niet ontcijferen.
The land's best physicians were consulted.
Er werd overleg gepleegd met de beste artsen van het land.
But their consultation had no effect.
Maar hun overleg had geen effect.
The sons of æsculapius were not able to help.
De zonen van Aesculapius konden geen hulp bieden.
No one could ascertain the cause of the madness.
Niemand kon de oorzaak van de waanzin vaststellen.
Without knowing the cause there was no cure.
Zonder kennis van de oorzaak was er geen genezing.
The physicians tried to ask the prince.
De artsen probeerden het aan de prins te vragen.
But all he said was, "now here, now gone!"
Maar het enige wat hij zei was: "Nu hier, nu weg!"
The rajah was distracted with grief.
De radja was afgeleid door verdriet.
Day and night he worried for his son.

Dag en nacht maakte hij zich zorgen om zijn zoon.
He wished for his son's intellects to return.
Hij wenste dat het intellect van zijn zoon zou terugkeren.
A proclamation was made in the capital.
In de hoofdstad werd een proclamatie uitgevaardigd.
Town criers were sent into the city.
Er werden stadsomroepers naar de stad gestuurd.
And they beat their drums for attention.
En ze slaan op hun trommels om aandacht te krijgen.
"The rajah's son has lost his mental faculties"
"De zoon van de radja heeft zijn verstandelijke vermogens verloren"
"The rajah seeks a cure for his son"
"De radja zoekt genezing voor zijn zoon"
"A reward is offered for the cure"
"Voor de genezing wordt een beloning uitgeloofd"
"The hand of the rajah's daughter"
"De hand van de dochter van de radja"
"Her hand comes with half his kingdom"
"Haar hand komt met de helft van zijn koninkrijk"
The drum was beaten around the city.
Er werd in de stad op de trom geslagen.
But no one felt they could touch the drum.
Maar niemand had het gevoel dat ze de trommel konden aanraken.
No one knew the cause of his madness.
Niemand wist wat de oorzaak van zijn waanzin was.
At last an old woman came forward.
Eindelijk kwam er een oude vrouw naar voren.
And she stepped up to touch the drum.
En ze stapte naar voren om de trommel aan te raken.
"I will discover the cause of his madness"
"Ik zal de oorzaak van zijn waanzin ontdekken"
"And I will cure him from his disease"
"En Ik zal hem van zijn ziekte genezen"
She had seen what happened to the boy.
Ze had gezien wat er met de jongen was gebeurd.

She was at the water's edge that day.
Ze was die dag aan de waterkant.
It was her who was gathering up sticks.
Zij was degene die takken verzamelde.
This woman had a crack-brained son.
Deze vrouw had een zoon met een idioot brein.
Her son was named of Phakir-Chand.
Haar zoon heette Phakir-Chand.
So she was called Phakir's mother.
Daarom werd ze Phakir's moeder genoemd.
The woman was brought before the rajah.
De vrouw werd voor de radja gebracht.
And the following conversation took place.
En het volgende gesprek vond plaats.
"You are the woman that touched the drum"
"Jij bent de vrouw die de trommel aanraakte"
"You know the cause of my son's madness?"
"Weet je wat de oorzaak is van de waanzin van mijn zoon?"
"Yes, oh incarnation of justice!"
"Ja, oh incarnatie van gerechtigheid!"
"I know the cause of your son's madness"
"Ik weet de oorzaak van de waanzin van uw zoon"
"But I will not say the cause of his madness"
"Maar ik zal niet zeggen wat de oorzaak is van zijn waanzin."
"First I will cure your son of his madness"
"Eerst zal ik uw zoon van zijn waanzin genezen"
"How can I believe you are able to?"
"Hoe kan ik geloven dat jij dat kunt?"
"The best physicians of the land have failed"
"De beste artsen van het land hebben gefaald"
"You need not now believe, my king"
"U hoeft nu niet meer te geloven, mijn koning"
"Wait till I have performed the cure"
"Wacht tot ik de genezing heb uitgevoerd"
"Many an old woman knows many secrets"
"Veel oude vrouwen kennen veel geheimen"
"Secrets wise men are unacquainted with"

"Geheimen waar wijze mannen niet van op de hoogte zijn"
"Very well, let me see what you can do"
"Goed, laat me eens kijken wat je kunt doen."
"In what time will you perform the cure?"
"In welke tijd zult u de genezing uitvoeren?"
"It is impossible to fix the time"
"Het is onmogelijk om de tijd vast te leggen"
"Ff course I will begin work immediately"
"Natuurlijk ga ik meteen aan de slag"
"But I need your lordship's assistance"
"Maar ik heb de hulp van uwe Lordschap nodig"
"What help do you require from me?"
"Welke hulp heb je van mij nodig?"
"Your lordship will please order a hut"
"Uw lordschap zal alstublieft een hut bestellen"
"Have the hut raised on the embankment of the water"
"Laat de hut op de oever van het water staan"
"Where your son first caught the disease"
"Waar uw zoon voor het eerst de ziekte opliep"
"I mean to live in that hut for a few days"
"Ik ben van plan om een paar dagen in die hut te wonen"
"And please order some of your servants"
"En geef alstublieft een bevel aan een aantal van uw dienaren"
"They have to be in attendance at a distance"
"Ze moeten op afstand aanwezig zijn"
"Tell them to be about a hundred yards away"
"Zeg ze dat ze ongeveer honderd meter verderop moeten zijn"
"That way I can call them over when we need them"
"Op die manier kan ik ze bellen als we ze nodig hebben"
The king had listened attentively.
De koning had aandachtig geluisterd.
"I will order that to be immediately done"
"Ik zal bevelen dat dit onmiddellijk gebeurt"
"Do you want anything else?"
"Wil je nog iets anders?"
"Those are all the preparations I need"
"Dat zijn alle voorbereidingen die ik nodig heb"

"But let me remind you of the agreement"
"Maar laat me je aan de overeenkomst herinneren"
"You promised the hand of your daughter"
"Je hebt de hand van je dochter beloofd"
"And you promised half your kingdom"
"En je beloofde de helft van je koninkrijk"
"But I can't marry your daughter"
"Maar ik kan niet met je dochter trouwen"
"Because your daughter has to marry a man"
"Omdat je dochter met een man moet trouwen"
"But I also have a son of marriageable age"
"Maar ik heb ook een zoon van huwbare leeftijd"
"Allow my son to marry your daughter"
"Laat mijn zoon met jouw dochter trouwen"
"Allow him to have half of your kingdom"
"Laat hem de helft van je koninkrijk hebben"
The king was agreed with the terms.
De koning ging akkoord met de voorwaarden.
"If you find a cure, he marries my daughter"
"Als je een geneesmiddel vindt, trouwt hij met mijn dochter"
"And half of my kingdom shall be his"
"En de helft van mijn koninkrijk zal van hem zijn"
A temporary hut was quickly erected.
Er werd snel een tijdelijke hut neergezet.
The hut was built on the embankment of the water.
De hut werd gebouwd op de oever van het water.
And Phakir's mother took up her abode.
En Phakir's moeder nam haar intrek.
An outpost was also erected at some distance.
Ook werd er op enige afstand een buitenpost opgericht.
Because the woman might require some attendance.
Omdat de vrouw misschien wat aandacht nodig heeft.
Strict orders were given by Phakir's mother.
De moeder van Phakir gaf strenge bevelen.
No one was allowed to go near the water.
Niemand mocht in de buurt van het water komen.
Only she was allowed to stay by the water.

Zij was de enige die bij het water mocht blijven.

But let us leave Phakir's mother at the water.
Maar laten we Phakir's moeder bij het water achterlaten.
Let us hasten down the subterranean palace.
Laten we snel naar het ondergrondse paleis gaan.
To see what the prince and the princess are doing.
Om te zien wat de prins en de prinses aan het doen zijn.
The princess did want to go up again.
De prinses wilde toch nog een keer naar boven.
But she now knew that it would be dangerous.
Maar ze wist nu dat het gevaarlijk zou zijn.
And she had given up the idea of a fourth visit.
En ze had het idee van een vierde bezoek al laten varen.
But women generally have greater curiosity.
Maar vrouwen zijn over het algemeen nieuwsgieriger.
And the princess was no exception to the rule.
En de prinses vormde geen uitzondering op de regel.
One day her husband was asleep.
Op een dag sliep haar man.
He always slept after his noonday meal.
Hij ging altijd slapen na zijn middagmaal.
She took the snake-jewel in her hand.
Ze nam het slangenjuweel in haar hand.
And she rushed out of the palace.
En ze snelde het paleis uit.
And she came up to the upper world.
En ze kwam in de bovenwereld terecht.
There was an upheaval in the waters.
Er ontstond beroering in het water.
And Phakir's mother was on high alert.
En Phakir's moeder was in opperste staat van paraatheid.
She was hiding in the hut.
Ze verstopte zich in de hut.
And she was looking through the chinks.
En ze keek door de kieren.
The princess saw no human being nearby.

De prinses zag geen mens in de buurt.
So she came to the bank of the water.
Ze kwam dus bij de waterkant terecht.
Phakir's mother showed herself outside the hut.
Phakir's moeder verscheen buiten de hut.
And she addressed the princess politely.
En ze sprak de prinses beleefd aan.
"Come, my child, thou queen of beauty"
"Kom, mijn kind, jij koningin van schoonheid"
"Come to me, and I will help you to bathe"
"Kom naar mij toe, dan zal ik je helpen met baden"
So saying, she approached the princess.
Terwijl ze dat zei, liep ze naar de prinses toe.
The princess saw she was just an old woman.
De prinses zag dat ze slechts een oude vrouw was.
So she made no resistance to her offer.
Ze verzette zich dus niet tegen haar aanbod.
The old woman was washing the princess' hair.
De oude vrouw waste het haar van de prinses.
And she noticed the bright jewel in her hand.
En ze zag het schitterende juweel in haar hand.
"Out the jewel here till you are bathed"
"Laat het juweel hier liggen tot je gewassen bent"
Now the jewel was in the hands of Phakir's mother.
Nu was het juweel in handen van Phakir's moeder.
She wrapped the jewel up in a cloth.
Ze wikkelde het juweel in een doek.
And she wrapped the cloth around her waist.
En ze wikkelde de doek om haar middel.
Now the princess was unable to escape.
Nu kon de prinses niet meer ontsnappen.
And Phakir's mother gave the signal.
En Phakir's moeder gaf het teken.
The attendants rushed to the water.
De begeleiders renden naar het water.
And they took the princess captive.
En ze namen de prinses gevangen.

The news soon reached the city.
Het nieuws bereikte al snel de stad.
"Phakir's mother had captured a water-nymph"
"Phakirs moeder had een waternimf gevangen"
And the people rejoiced at the news.
En de mensen waren blij met het nieuws.
All came to see the"daughter of the immortals"
Allen kwamen om de "dochter van de onsterfelijken" te zien
She was brought to the palace.
Ze werd naar het paleis gebracht.
And she was brought to the rajah's son.
En zij werd naar de zoon van de radja gebracht.
The rajah's son was still of impaired intellect.
De zoon van de radja had nog steeds een verstandelijke
beperking.
But that cloud on his brain soon dissipated.
Maar de donkere wolk die om zijn hoofd hing, verdween al
snel.
"I have found you! I have found you!"
"Ik heb je gevonden! Ik heb je gevonden!"
His eyes had been vacant and lusterless.
Zijn ogen waren leeg en dof.
But now his eyes had the fire of intelligence.
Maar nu straalde er een vurige intelligentie uit zijn ogen.
He had almost lost the use of his tongue.
Hij kon zijn tong bijna niet meer gebruiken.
"Now here, now gone!" was all he had been able to say.
"Nu hier, nu weg!" was alles wat hij had kunnen zeggen.
But this sense too was restored.
Maar ook dit gevoel werd hersteld.
The joy of the rajah knew no bounds.
De vreugde van de radja kende geen grenzen.
There was great festivity in the city.
Er was een groot feest in de stad.
The people praised Phakir-Chand's mother.
De mensen prezen de moeder van Phakir-Chand.
And everyone soon expected the marriage.

En iedereen keek uit naar het huwelijk.
The rajah's son was to wed the water-nymph.
De zoon van de radja zou met de waternimf trouwen.
The princess, however, had made a promise.
De prinses had echter een belofte gedaan.
She told Phakir's mother of her promise.
Ze vertelde Phakir's moeder over haar belofte.
"I won't as much as look at another man"
"Ik kijk niet eens meer naar een andere man"
"For one year my vows shall last"
"Mijn geloften zullen één jaar duren"
"The marriage cannot happen in that time"
"Het huwelijk kan in die tijd niet plaatsvinden"
The rajah's son was somewhat disappointed.
De zoon van de radja was enigszins teleurgesteld.
But he readily agreed to the delay.
Maar hij stemde zonder aarzelen in met het uitstel.
"Delay enhances the sweetness of the pleasure"
"Uitstel versterkt de zoetheid van het plezier"
Of course the princess spent her time in sorrow.
Uiteraard bracht de prinses haar tijd in verdriet door.
She spent her days and nights sighing.
Ze bracht haar dagen en nachten zuchtend door.
And she lamented her idle curiosity.
En ze betreurde haar ijdele nieuwsgierigheid.
The curiosity that led her to the upper world.
De nieuwsgierigheid die haar naar de bovenwereld leidde.
The curiosity that separated her from her husband.
De nieuwsgierigheid die haar van haar man scheidde.
She thought of her unfortunate husband.
Ze dacht aan haar ongelukkige echtgenoot.
She had left him all alone below the waters.
Ze had hem helemaal alleen onder water achtergelaten.
And she wept bitter tears each day.
En elke dag huilde ze bittere tranen.
She wished that she could run away.
Ze wenste dat ze kon wegrennen.

But that would have been impossible.
Maar dat zou onmogelijk zijn geweest.
Because she was immured within walls.
Omdat ze opgesloten zat tussen muren.
And there were walls within the walls.
En er waren muren binnen de muren.
And what use was getting out the palace?
En wat had het voor zin om het paleis te verlaten?
She couldn't get to her husband anyway.
Ze kon toch niet bij haar man komen.
She didn't have the serpent jewel.
Zij had het slangenjuweel niet.
The ladies of the palace tried to comfort her.
De dames van het paleis probeerden haar te troosten.
And Phakir's mother tried to divert her mind.
En Phakir's moeder probeerde haar gedachten af te leiden.
But their efforts were in vain.
Maar hun pogingen waren tevergeefs.
She took pleasure in nothing.
Ze vond nergens plezier in.
She hardly spoke to anyone.
Ze sprak bijna met niemand.
She wept throughout the day.
Ze huilde de hele dag.
And she wept through the night.
En ze huilde de hele nacht.

The year of her vow was drawing to a close.
Het jaar van haar gelofte liep ten einde.
But she was still disconsolate.
Maar ze was nog steeds ontroostbaar.
The marriage, however, had to be celebrated.
Maar het huwelijk moest gevierd worden.
The rajah consulted the astrologers.
De radja raadpleegde de astrologen.
The day and the hour had been decided.
De dag en het uur waren vastgesteld.

The nuptial knot was to be tied.
De huwelijkssluiting zou plaatsvinden.
Great preparations were made.
Er zijn uitgebreide voorbereidingen getroffen.
The confectioners were busy day and night.
De banketbakkers waren dag en nacht druk bezig.
They prepared all sorts of sweetmeats.
Ze maakten allerlei soorten zoetigheid klaar.
Milkmen supplied the palace with tanks of curds.
Melkboeren voorzagen het paleis van tanks vol wrongel.
Great quantities of gunpowder were manufactured.
Er werden grote hoeveelheden buskruit geproduceerd.
There were going to be grand fireworks.
Er zou een groot vuurwerk zijn.
Stages were erected everywhere.
Overal werden podia opgericht.
And musicians were selected to play music.
En er werden muzikanten geselecteerd om muziek te maken.
All the city assumed an air of mirth.
Er hing een vrolijke sfeer in de stad.
All looked forward to the festivities.
Iedereen keek uit naar de festiviteiten.

We must return out attention to the minister's son.
Wij moeten onze aandacht weer op de zoon van de minister
richten.
He had left his friend in the subterranean palace.
Hij had zijn vriend in het ondergrondse paleis achtergelaten.
And he had gone to his country.
En hij was naar zijn land gegaan.
He was bringing horses and elephants.
Hij bracht paarden en olifanten mee.
And he had with him many attendants.
En hij had veel dienaren bij zich.
For the return of the king's son.
Voor de terugkeer van de zoon van de koning.
And for the return of his lovely princess.

En voor de terugkeer van zijn mooie prinses.
So that the ceremony had due pomp.
Zodat de ceremonie de nodige pracht en praal kreeg.
The preparations took him many months.
De voorbereidingen kostten hem vele maanden.
But eventually all was prepared.
Maar uiteindelijk was alles voorbereid.
And the minister's son started on his journey.
En de zoon van de minister ging op reis.
He was accompanied by a long train of elephants.
Hij werd vergezeld door een lange stoet olifanten.
And behind the elephants were horses.
En achter de olifanten stonden paarden.
And all the horses had their own attendants.
En alle paarden hadden hun eigen verzorgers.
He reached the water ahead of schedule.
Hij bereikte het water eerder dan gepland.
So he had two or three days to spare.
Hij had dus nog twee of drie dagen over.
Tents were pitched in the mango slopes.
Op de hellingen van de mangobomen stonden tenten opgeslagen.
So the men and cattle had accommodation.
Dus de mannen en het vee hadden onderdak.
The minister's son kept his eyes on the water.
De zoon van de minister hield zijn ogen op het water gericht.
The sun of the appointed day sank below the horizon.
De zon van de vastgestelde dag verdween onder de horizon.
But there was no sign of the prince.
Maar de prins was nergens te bekennen.
Nor did the princess come to the surface.
Ook de prinses kwam niet naar boven.
He waited two or three days longer.
Hij wachtte nog twee of drie dagen.
Still the prince did not make his appearance.
De prins verscheen nog steeds niet.
What could have happened to his friend?

Wat zou er met zijn vriend gebeurd zijn?
And where was his beautiful wife?
En waar was zijn mooie vrouw?
Had another serpent beaten them to death?
Waren ze door een andere slang doodgeslagen?
Possibly the mate of the one that had died.
Mogelijk de partner van degene die overleden was.
Had they somehow lost the serpent-jewel?
Waren ze op de een of andere manier het slangenjuweel
kwijtgeraakt?
Or had they perhaps visited the upper world?
Of hadden ze misschien de bovenwereld bezocht?
And had they been captured in the upper world?
En waren ze gevangen in de bovenwereld?
Such were the reflections of the prince's friend.
Dit waren de gedachten van de vriend van de prins.
The prince's friend was overwhelmed with grief.
De vriend van de prins was overmand door verdriet.
The waters were quite close to the city.
Het water lag vrij dicht bij de stad.
And often the sound of music could be heard.
En vaak was er ook muziek te horen.
He asked passers-by what that music meant.
Hij vroeg aan voorbijgangers wat die muziek betekende.
He was told about the rajah's son.
Hem werd verteld over de zoon van de radja.
And he was told of a wonderful young lady.
En hij hoorde over een wonderbaarlijke jonge dame.
And he was told they were going to marry.
En hem werd verteld dat ze gingen trouwen.
And he was told more about the wonderful lady.
En er werd hem meer verteld over de wonderlijke dame.
She had come out of the waters he was waiting by.
Ze was uit het water gekomen waar hij wachtte.
The marriage ceremony was in two days.
De huwelijksceremonie zou over twee dagen plaatsvinden.
The minister's son made the connection.

De zoon van de minister legde de link.
The wonderful young lady was the wife of his friend.
De beeldschone jonge dame was de vrouw van zijn vriend.
He resolved, therefore, to go into the city.
Hij besloot daarom naar de stad te gaan.
And he was going to find out all he could.
En hij zou alles te weten komen wat hij kon.
If he could, he would rescue the princess.
Als hij kon, zou hij de prinses redden.
He told the attendants to go home.
Hij zei tegen de begeleiders dat ze naar huis moesten gaan.
And he told them to take the elephants.
En hij zei dat ze de olifanten moesten meenemen.
And he told them to take the horses.
En hij zei dat ze de paarden moesten meenemen.
And he himself went to the city.
En hij ging zelf naar de stad.
And he took up his abode in the house of a Brahman.
En hij vestigde zich in het huis van een brahmaan.
First, he rested from his journey.
Eerst rustte hij uit van zijn reis.
Then the prince's friend had his dinner.
Daarna ging de vriend van de prins eten.
And then he spoke to the Brahman.
En toen sprak hij tot de Brahman.
"Throughout the city there are musicians and bands"
"Overal in de stad zijn er muzikanten en bands"
"What is the cause of all the celebrations?
"Wat is de reden voor al dat feestvieren?
The Brahman was rather surprised.
De Brahman was nogal verrast.
"From what part of the world have you come?"
"Uit welk deel van de wereld kom je?"
"What rock have you been living under?"
"Onder welke steen heb jij geleefd?"
"Have you not heard the wonderful news?"
"Heb je het geweldige nieuws niet gehoord?"

"A young lady of heavenly beauty"
"Een jonge dame van hemelse schoonheid"
"She rose out of the waters"
"Ze kwam uit het water"
"And she is going to the son of our rajah"
"En ze gaat naar de zoon van onze radja"
The prince's friend wanted to know more.
De vriend van de prins wilde meer weten.
The information could be useful.
Deze informatie kan nuttig zijn.
"I have not heard of this news"
"Ik heb dit nieuws nog niet gehoord"
"I have come from a distant country"
"Ik kom uit een ver land"
"The story has not reached us yet"
"Het verhaal heeft ons nog niet bereikt"
"Will you kindly tell me the particulars?"
"Wilt u mij de details vertellen?"
The Brahman was happy to relay the story.
De Brahman vertelde het verhaal graag.
"The rajah's son went out hunting"
"De zoon van de radja ging op jacht"
"It must have been about this time last year"
"Het moet ongeveer deze tijd vorig jaar zijn geweest"
"They pitched their tents by the waters in the suburbs"
"Ze sloegen hun tenten op bij het water in de buitenwijken"
"One day, the rajah's son was walking near the water"
"Op een dag liep de zoon van de radja langs het water"
"On this day, he saw a young woman"
"Op die dag zag hij een jonge vrouw"
"I have to mention she was of uncommon beauty"
"Ik moet zeggen dat ze van een buitengewone schoonheid
was"
"She had risen from the depth of the waters"
"Zij was opgestaan uit de diepte van het water"
"She gazed about for a minute or two"
"Ze keek een minuut of twee rond"

"And then the beautiful lady disappeared"
"En toen verdween de mooie dame"
"The rajah's son, however, had seen her"
"De zoon van de radja had haar echter gezien"
"He had been struck by her heavenly beauty"
"Hij was getroffen door haar hemelse schoonheid"
"And so he became desperately enamored by her"
"En zo raakte hij wanhopig verliefd op haar"
"Indeed, she had affected him greatly"
"Ze had hem inderdaad erg beïnvloed"
"And his mental faculties gave way to passion"
"En zijn geestelijke vermogens maakten plaats voor passie"
"He was carried home as a mad man"
"Hij werd als een gek naar huis gedragen"
"He spoke no words except a few"
"Hij sprak geen woorden, behalve een paar"
"'now here, now gone!' was all he said"
"'Nu hier, nu weg!' was alles wat hij zei"
"The rajah sent for all the best physicians"
"De radja liet de beste artsen komen"
"They tried to restore his son to reason"
"Ze probeerden zijn zoon weer tot rede te brengen"
"But the physicians were powerless"
"Maar de artsen waren machteloos"
"At last the rajah made a proclamation"
"Eindelijk maakte de radja een proclamatie"
"And he had the drum beat around the kingdom"
"En hij liet de trom door het koninkrijk roffelen"
"There was a reward for anyone who cured his son"
"Er was een beloning voor iedereen die zijn zoon genas"
"They would become the rajah's son-in-law"
"Ze zouden de schoonzoon van de radja worden"
"And they would get half the kingdom"
" En ze zouden de helft van het koninkrijk krijgen"
"An old woman answered the call of the drum"
"Een oude vrouw beantwoordde de roep van de trom"
"All knew her as Phakir's mother"

"Iedereen kende haar als Phakir's moeder"
"She said she could cure the rajah's son"
"Ze zei dat ze de zoon van de radja kon genezen"
"She had a hut built outside the town"
"Ze liet een hut buiten de stad bouwen"
"In the suburbs, next to the waters"
"In de buitenwijken, aan het water"
"An in the hut she took her abode"
"En in de hut nam ze haar intrek"
"She also had some huts erected close by"
"Ze liet ook een paar hutten in de buurt bouwen"
"And in those huts attendants waited"
"En in die hutten wachtten bedienden"
"In case she might need their help"
"Voor het geval ze hun hulp nodig zou hebben"
"It seems the goddess rose from the waters"
"Het lijkt erop dat de godin uit het water is opgestegen"
"Phakir's mother and the attendants seized her"
"Phakirs moeder en de bedienden grepen haar"
"And they carried her in a palki to the palace"
"En ze droegen haar in een palki naar het paleis"
"The rajah's son saw the water-nymph"
"De zoon van de radja zag de waternimf"
"And he was soon restored to his senses"
"En hij kwam spoedig weer bij zinnen"
"They would have married there and then"
"Ze zouden daar en toen getrouwd zijn"
"But the water goddess had made a vow"
"Maar de watergodin had een gelofte gedaan"
"She wouldn't look at a man for one year"
"Ze keek een jaar lang niet naar een man"
"The year of the vow is now over"
"Het jaar van de gelofte is nu voorbij"
"The music is from the rajah's palace"
"De muziek komt uit het paleis van de radja"
"This, in brief, is the story"
"Dit is, in het kort, het verhaal"

The prince's friend could put the story together.
De vriend van de prins kon het verhaal in elkaar zetten.
"a truly wonderful story!"
"Een werkelijk prachtig verhaal!"
"So where is Phakir's mother?"
"Waar is Phakir's moeder?"
"And where is Phakir-Chand himself?"
"En waar is Phakir-Chand zelf?"
"Has he received the hand of the rajah's daughter?"
"Heeft hij de hand van de dochter van de radja ontvangen?"
"And has he received half the kingdom?"
"En heeft hij de helft van het koninkrijk ontvangen?"
The Brahman could also answer these questions.
De Brahman kon deze vragen ook beantwoorden.
"No, they have not married yet"
"Nee, ze zijn nog niet getrouwd"
"And he doesn't yet have half the kingdom"
"En hij heeft nog niet de helft van het koninkrijk"
"And, I should say, he is a dimwitted lad"
"En ik moet zeggen, hij is een domme jongen"
"In fact, no one knows where the lad is"
"Niemand weet waar de jongen is"
"He has been away from home for more than a year"
"Hij is al meer dan een jaar van huis"
"That is his manner," he explained.
"Dat is zijn manier van doen," legde hij uit.
"He stays away for a long time"
"Hij blijft lang weg"
"And then suddenly he comes home"
"En dan komt hij ineens thuis"
"And then suddenly he leaves again"
"En dan ineens is hij weer weg"
"I believe his mother expects him to come soon"
"Ik geloof dat zijn moeder verwacht dat hij binnenkort komt"
This was very useful information.
Dit was zeer nuttige informatie.
"What is he like?" he asked.

"Hoe is hij?" vroeg hij.
"And what does he do when he returns home?"
"En wat doet hij als hij thuiskomt?"
These questions the Brahman could also answer.
Op deze vragen kon de Brahman ook antwoord geven.
"Well, he is about your height"
"Nou, hij is ongeveer even lang als jij."
"Though he is somewhat younger than you"
"Hoewel hij iets jonger is dan jij"
"He wears a small piece of cloth round his waist"
"Hij draagt een klein stukje stof om zijn middel"
"And he rubs his body with ashes"
"En hij wrijft zijn lichaam in met as"
"He carries the branch of a tree in his hand"
"Hij draagt de tak van een boom in zijn hand"
"And there is a tune to which he dances"
"En er is een melodie waarop hij danst"
"He comes to the door of the hut of his mother"
"Hij komt bij de deur van de hut van zijn moeder"
"And he sings 'dhoop! dhoop! dhoop!'"
"En hij zingt 'dhoop! dhoop! dhoop!'"
"His articulation is very indistinct"
"Zijn articulatie is erg onduidelijk"
"'Come, stay with your mother,' she says"
' Kom, blijf bij je moeder,' zegt ze.
"And he always gives the same answer"
"En hij geeft altijd hetzelfde antwoord"
"'No, I won't remain,' he says unintelligibly"
'Nee, ik blijf niet,' zegt hij onverstaanbaar.
"You should hear him when he wants to say yes"
"Je moet naar hem luisteren als hij ja wil zeggen"
"To answer in the affirmative he says 'hoom'"
"Om bevestigend te antwoorden zegt hij 'hoom'"
A flood of light entered the prince's friend.
Een vloedgolf van licht stroomde de vriend van de prins
binnen.
He now saw very well how matters stood.

Hij zag nu heel goed hoe de zaken ervoor stonden.
The princess must have taken the snake-jewel.
De prinses heeft vast het slangenjuweel meegenomen.
And she must have left the palace alone.
En ze moet het paleis met rust hebben gelaten.
And she was captured without the king's son.
En ze werd gevangen genomen zonder de zoon van de koning.
Phakir's mother must have the snake-jewel.
De moeder van Phakir moet het slangenjuweel hebben.
His friend was still below the water.
Zijn vriend was nog steeds onder water.
The prince had no means of escape.
De prins had geen mogelijkheid om te ontsnappen.
He could imagine his friends desolate state.
Hij kon zich de troosteloze toestand van zijn vrienden voorstellen.
And he could imagine how hopeless he must be.
En hij kon zich voorstellen hoe hopeloos hij moest zijn.
The prince's friend was filled with grief.
De vriend van de prins was vervuld van verdriet.
But that was not cause to give up hope.
Maar dat was geen reden om de hoop op te geven.
Perhaps he could rescue his friend.
Misschien kon hij zijn vriend redden.
"I must get the jewel from the old woman"
"Ik moet het juweel van de oude vrouw halen"
"Can I not do it by personating Phakir-Chand?"
"Kan ik dat niet doen door me voor te doen als Phakir-Chand?"
"His mother is expecting him soon"
"Zijn moeder verwacht hem binnenkort"
"Maybe I can rescue the princess the same way"
"Misschien kan ik de prinses op dezelfde manier redden"

He resolved to act the role of Phakir-Chand.
Hij besloot de rol van Phakir-Chand te spelen.

In the morning he left the Brahman's house.
De volgende ochtend verliet hij het huis van de Brahman.
And he went to the outskirts of the city.
En hij ging naar de buitenwijken van de stad.
He divested himself of his usual clothing.
Hij ontdeed zich van zijn gebruikelijke kleding.
Around his waist he put a narrow piece of cloth.
Om zijn middel legde hij een smal stuk stof.
The cloth scarcely reached his knees.
De stof reikte nauwelijks tot zijn knieën.
And he rubbed his body well with ashes.
En hij wreef zijn lichaam goed in met as.
And finally he broke some twigs off a tree.
En tenslotte brak hij wat takjes van een boom.
And thus he was ready to play his role.
En dus was hij klaar om zijn rol te spelen.
He went to the door of the hut of Phakir's mother.
Hij ging naar de deur van de hut van Phakir's moeder.
And he commenced the operation by dancing.
En hij begon de operatie dansend.
He danced in a most violent manner.
Hij danste op een zeer gewelddadige manier.
And he sung to the tune of"dhoop! dhoop! dhoop!"
En hij zong op de melodie van "dhoop! dhoop! dhoop!"
The dancing attracted the notice of the old woman.
Het dansen trok de aandacht van de oude vrouw.
The critical moment had come.
Het kritieke moment was aangebroken.
The old woman looked to her door.
De oude vrouw keek naar haar deur.
"Phakir-Chand, my son, have you come?"
"Phakir-Chand, mijn zoon, ben je gekomen?"
"my darling; the gods have become propitious to us"
"Mijn liefste, de goden zijn ons gunstig gezind"
Her supposed son uttered the monosyllable, "hoom"
Haar veronderstelde zoon sprak de monosyllabische "hoom"
uit

And he danced more violent than before.
En hij danste nog heftiger dan voorheen.
And he waved the twig in his hand.
En hij zwaaide met het takje in zijn hand.
"this time you must not go away"
"Deze keer mag je niet weggaan"
"you must remain with me"
"Je moet bij mij blijven"
"no, I won't remain," said the prince's friend.
"Nee, ik blijf niet", zei de vriend van de prins.
"remain with me," the mother tried again.
"Blijf bij mij," probeerde de moeder opnieuw.
"i'll get you married to the rajah's daughter"
"Ik zal je laten trouwen met de dochter van de radja"
"will you marry, Phakir-Chand?"
"Wil je trouwen, Phakir-Chand?"
The minister's son replied—"hoom, hoom"
De zoon van de minister antwoordde: "Hoom, hoom"
And he danced even more like a madman.
En hij danste nog gekker.
"will you come with me to the rajah's house?"
"Ga je met mij mee naar het huis van de radja?"
"I'll show you a princess of uncommon beauty"
"Ik zal je een prinses van buitengewone schoonheid laten zien"
"She rose from the waters"
"Zij rees op uit het water"
"hoom, hoom," was the answer from his lips.
"Hoem, hoem," was het antwoord van zijn lippen.
And his feet stomped violently to"dhoop! dhoop!"
En zijn voeten stampten heftig: "dhoop! dhoop!"
"Do you wish to see a jewel, Phakir?"
"Wil je een juweel zien, Phakir?"
"The crest jewel of the serpent"
"Het kamjuweel van de slang"
"The treasure of seven kings"
"De schat van zeven koningen"
"hoom, hoom," was the reply.

"Hoem, hoem," was het antwoord.
The old woman went back into the hut.
De oude vrouw ging terug naar de hut.
And she brought out the snake-jewel.
En ze haalde het slangenjuweel tevoorschijn.
She put the jewel into the hand of her supposed son.
Ze legde het juweel in de hand van haar zogenaamde zoon.
The minister's son took the snake-jewel.
De zoon van de minister nam het slangenjuweel aan.
He wrapped the jewel up in the piece of cloth.
Hij wikkelde het juweel in het stuk stof.
And he wrapped the cloth around his waist.
En hij wikkelde de doek om zijn middel.
Phakir's mother was delighted beyond measure.
Phakir's moeder was enorm blij.
Her son had come at just the right time.
Haar zoon kwam precies op het juiste moment.
She went to the rajah's house.
Ze ging naar het huis van de radja.
She announced the news of Phakir's appearance.
Ze maakte het nieuws over Phakir's verschijning bekend.
And also in order to show Phakir the princess.
En ook om Phakir de prinses te laten zien.
They were given access to the rajah's palace.
Ze kregen toegang tot het paleis van de radja.
And all parts of the palace were open to them.
En alle delen van het paleis waren voor hen open.
The old woman had saved the rajah's son.
De oude vrouw had de zoon van de radja gered.
So she was the most important person in the kingdom.
Zij was dus de belangrijkste persoon in het koninkrijk.
She took her supposed son around the palace.
Ze leidde haar zogenaamde zoon rond in het paleis.
And she took him to the princess' room.
En ze nam hem mee naar de kamer van de prinses.
Phakir's mother introduced her son to the princess.
Phakir's moeder stelde haar zoon voor aan de prinses.

You can imagine the princess was not best impressed.
Je kunt je voorstellen dat de prinses niet erg onder de indruk
was.
She did not appreciate the company of a madman.
Ze kon het gezelschap van een gek niet waarderen.
A madman, half naked, and covered in ash.
Een gek, halfnaakt en bedekt met as.
And he kept dancing in a wild manner.
En hij bleef maar wild dansen.

The three had spent the day together.
De drie hadden de dag samen doorgebracht.
It was soon going to be sunset.
Het zou bijna zonsondergang worden.
The woman asked her son to come with her.
De vrouw vroeg haar zoon om met haar mee te gaan.
But the supposed Phakir-Chand refused to comply.
Maar de zogenaamde Phakir-Chand weigerde hieraan mee te
werken.
He said he would stay there that night.
Hij zei dat hij daar die nacht zou blijven.
His mother tried to persuade him to come with her.
Zijn moeder probeerde hem over te halen om met haar mee te
gaan.
But he persisted in his determination.
Maar hij bleef vastberaden.
He said he would remain with the princess.
Hij zei dat hij bij de prinses zou blijven.
Phakir's mother went home without him.
Phakir's moeder ging zonder hem naar huis.
And she told the guards to look after her son.
En ze zei tegen de bewakers dat ze op haar zoon moesten
letten.
Eventually all the palace retired to rest.
Uiteindelijk ging het hele paleis rusten.
The supposed Phakir spoke to the princess again.
De zogenaamde Phakir sprak opnieuw met de prinses.

But this time he spoke in his own voice.
Maar deze keer sprak hij met zijn eigen stem.
"Princess! do you not recognize me?"
"Prinses! Herken je mij niet?"
"I am the prince's friend"
"Ik ben de vriend van de prins"
"I am the friend of your princely husband"
"Ik ben de vriend van je prinselijke echtgenoot"
The princess was astonished for a moment.
De prinses was even verbaasd.
"Who? the prince's friend?"
"Wie? De vriend van de prins?"
"Oh, my husband's best friend"
" Oh, de beste vriend van mijn man"
"Please rescue me from this terrible captivity"
"Red mij alstublieft uit deze vreselijke gevangenschap"
"This is worse than death"
"Dit is erger dan de dood"
"All of this is my own fault"
"Dit is allemaal mijn eigen schuld"
"Rescue me, oh please, thou best of friends!"
"Red mij, alsjeblieft, beste vriend!"
She then burst into tears.
Toen barstte ze in tranen uit.
The prince's friend spoke again.
De vriend van de prins sprak opnieuw.
"Do not be disconsolate"
"Wees niet ontroostbaar"
"I will try my best to rescue you"
"Ik zal mijn best doen om je te redden"
"I will try to have you out of here tonight"
"Ik zal proberen je vanavond hier weg te krijgen"
"But you must do whatever I tell you"
"Maar je moet doen wat ik je zeg."
The princess trusted the prince's friend.
De prinses vertrouwde de vriend van de prins.
"I will do anything you tell me"

"Ik zal alles doen wat je me zegt"
After this the supposed Phakir left the room.
Hierna verliet de vermeende Phakir de kamer.
He passed through the courtyard of the palace.
Hij liep door de binnenplaats van het paleis.
Some of the guards challenged him.
Enkele bewakers daagden hem uit.
"hoom hoom!" he replied.
"Hoem hoem!" antwoordde hij.
"I'm just going out for a minute"
"Ik ga even weg"
"And then I will come back again"
"En dan kom ik weer terug"
They understood that it was the madcap Phakir.
Ze begrepen dat het de dolle Phakir was.
True to his word he did come back shortly.
Hij hield woord en kwam al snel terug.
And again he went to the princess.
En opnieuw ging hij naar de prinses.
An hour afterwards he again went out.
Een uur later ging hij weer naar buiten.
And again he was challenged by the guards.
En opnieuw werd hij door de bewakers uitgedaagd.
He made the same reply as at the first time.
Hij gaf hetzelfde antwoord als de eerste keer.
The guards began to talk among themselves.
De bewakers begonnen met elkaar te praten.
"This Phakir surely has no sense"
"Deze Phakir heeft zeker geen verstand"
"He will go out and come in all night"
"Hij gaat de hele nacht uit en komt weer binnen"
"Let us leave him to do what he likes"
"Laten we hem laten doen wat hij wil"
"There's no use guarding him all night"
"Het heeft geen zin hem de hele nacht te bewaken"
The minister's son had worn down the guards.
De zoon van de minister had de bewakers uitgeput.

And he was looking for a way to escape.
En hij zocht een manier om te ontsnappen.
He kept going in and out until three at night.
Hij bleef maar in en uit gaan tot drie uur 's nachts.
This time there were no guards there.
Deze keer waren er geen bewakers.
Because all the guards had fallen asleep.
Omdat alle bewakers in slaap waren gevallen.
He was overjoyed at the auspicious circumstance.
Hij was dolblij met deze gunstige omstandigheid.
Then he went back to the princess.
Toen ging hij terug naar de prinses.
"Now, princess, is the time for escape"
"Nu, prinses, is het tijd om te ontsnappen"
"The guards are all asleep"
"De bewakers slapen allemaal"
"You must mount on my back"
"Je moet op mijn rug klimmen"
"Tie the locks of your hair round my neck"
"Bind je haarlokken om mijn nek"
"And keep tight hold of me"
"En houd mij stevig vast"
The princess did what she was asked of.
De prinses deed wat haar gevraagd werd.
He passed unchallenged through the courtyard.
Hij liep ongehinderd door de binnenplaats.
And he had a lovely burden on his back.
En hij had een zware last op zijn rug.
Eventually he got to the gate of the palace.
Uiteindelijk bereikte hij de poort van het paleis.
And he went through without being challenged.
En hij deed het zonder enige tegenspraak.
Then they went to the outskirts of the city.
Vervolgens gingen ze naar de buitenwijken van de stad.
Eventually he reached the outer suburbs.
Uiteindelijk bereikte hij de buitenwijken.
They reached the water from which the princess had risen.

Ze bereikten het water waaruit de prinses was opgestaan.

The princess rejoiced at her escape.

De prinses was blij met haar ontsnapping.

But she was still trembling with fear.

Maar ze beefde nog steeds van angst.

The prince's friend untied the snake-jewel.

De vriend van de prins maakte het slangenjuweel los.

And together they ascended into the water.

En samen stegen ze het water in.

And soon they found back to the subterranean palace.

En al snel kwamen ze weer terecht in het ondergrondse paleis.

You can imagine how happy the prince was.

Je kunt je voorstellen hoe blij de prins was.

He had nearly died of grief.

Hij was bijna gestorven van verdriet.

And you can imagine the princess' happiness too.

En je kunt je ook de vreugde van de prinses voorstellen.

All the three of them were mad with joy.

Ze waren alle drie dolgelukkig.

For three days they remained in the palace.

Drie dagen lang bleven ze in het paleis.

And they retold the prince the whole story.

En ze vertelden de prins het hele verhaal opnieuw.

They told of how the princess was seized.

Ze vertelden hoe de prinses werd gevangengenomen.

They told him of her captivity in the palace.

Ze vertelden hem over haar gevangenschap in het paleis.

They described the marriage that was planned.

Ze vertelden over het geplande huwelijk.

They told him of the old woman.

Ze vertelden hem over de oude vrouw.

And they told him all about her Phakir-Chand.

En ze vertelden hem alles over haar Phakir-Chand.

They told him how he had impersonated him.

Ze vertelden hem hoe hij zich voordeed als hem.

And they told him how he freed the princess.

En ze vertelden hem hoe hij de prinses had bevrijd.

I don't need to tell you how grateful they were.
Ik hoef je niet te vertellen hoe dankbaar ze waren.
The prince's friend truly was a good friend.
De vriend van de prins was werkelijk een goede vriend.
They thanked him in the warmest terms.
Ze bedankten hem op de warmste wijze.
And they vowed to always follow his counsel.
En zij beloofden zijn raad altijd op te volgen.

They were all resolved to return home.
Ze waren allemaal vastbesloten om naar huis terug te keren.
They wanted to return to their native country.
Ze wilden terug naar hun geboorteland.
The king's son, the minister's son, and the princess.
De zoon van de koning, de zoon van de minister en de
prinses.
They left the subterranean palace together.
Ze verlieten samen het ondergrondse paleis.
They lighted the passage with the snake-jewel.
Ze verlichtten de doorgang met het slangenjuweel.
And they made their way to the upper world.
En ze gingen op weg naar de bovenwereld.
They had neither elephants nor horses waiting for them.
Er waren geen olifanten of paarden die op hen wachtten.
So they had no choice but to travel on foot.
Ze hadden dus geen andere keuze dan te voet te reizen.
The two friends had been bred in the lap of luxury.
De twee vrienden waren opgegroeid in weelde.
Both of them found walking troublesome.
Beiden vonden het lopen lastig.
But the princess found it infinitely more troublesome.
Maar de prinses vond het oneindig veel lastiger.
She was used to even finer treatment.
Ze was gewend aan een nog fijnere behandeling.
The stones of the road were too rough for her.
De stenen van de weg waren te ruw voor haar.
And the rough stones wounded her tender feet.

En de ruwe stenen verwondden haar tere voeten.
Eventually her feet became very sore.
Uiteindelijk werden haar voeten erg pijnlijk.
At times the king's son carried her on his shoulders.
Soms droeg de zoon van de koning haar op zijn schouders.
The load he was carrying was of course lovely.
De last die hij droeg was natuurlijk prachtig.
But although lovely, she was heavy to carry.
Maar hoewel ze mooi was, was ze ook zwaar om te dragen.
And she could not be carried a great distance.
En ze kon niet over een grote afstand worden gedragen.
And therefore she too had to walk often.
En daarom moest ook zij vaak lopen.
One evening they arrived beneath a tree.
Op een avond kwamen ze onder een boom terecht.
There were no visible signs of human habitations.
Er waren geen zichtbare tekenen van menselijke bewoning.
So they decided to make the tree their sleeping place.
Daarom besloten ze om de boom als slaapplaats te gebruiken.
The prince's friend offered to keep guard.
De vriend van de prins bood aan de wacht te houden.
"Both of you can go to sleep"
"Jullie kunnen allebei gaan slapen"
"I will keep watch over you both tonight"
"Ik zal vannacht over jullie beiden waken"
"In order to prevent any danger"
"Om elk gevaar te voorkomen"
The royal couple soon dozed off.
Het koningspaar viel al snel in slaap.
And they were locked in the arms of sleep.
En ze werden opgesloten in de armen van de slaap.
The faithful friend of the prince did not sleep.
De trouwe vriend van de prins sliep niet.
He stayed awake and watched for danger.
Hij bleef wakker en hield zijn ogen open voor gevaar.
It so happened they camped under a special tree.

Het toeval wilde dat ze onder een bijzondere boom
kampeerden.
In the tree swung the nest of two birds.
In de boom hingen twee vogelnestjes.
The immortal birds Bihangama and Bihangami.
De onsterfelijke vogels Bihangama en Bihangami.
These birds were endowed with human speech.
Deze vogels waren begiftigd met een menselijk
spraakvermogen.
And they could also see into the future.
En ze konden ook in de toekomst kijken.
The minister's son listened the bird's conversation.
De zoon van de minister luisterde naar het gesprek van de
vogel.
He was more than a little astonished at what he heard!
Hij was meer dan verbaasd door wat hij hoorde!
Bihangama: "The prince's friend risked his own life"
Bihangama: "Vriend van de prins riskeerde zijn eigen leven"
"He did everything for the safety of his friend"
"Hij deed alles voor de veiligheid van zijn vriend"
"But more dangers will befall the king's son"
"Maar er zullen nog meer gevaren de zoon van de koning
treffen"
"And he will find it difficult to save the prince"
"En het zal voor hem moeilijk zijn de prins te redden"
Bihangami: "Why is that?"
Bihangami: "Waarom is dat?"
Bihangama: "Many dangers await the king's son"
Bihangama: "Er wachten de koningszoon veel gevaren"
"The prince's father will hear of his son's approach"
"De vader van de prins zal horen van de komst van zijn zoon"
"He will send for him an elephant and some horses"
"Hij zal een olifant en wat paarden voor hem sturen"
"And he will arrange attendants to meet him"
"En hij zal dienaren regelen om hem te ontmoeten"
"The king's son will ride the elephant"
"De zoon van de koning zal op de olifant rijden"

"But he will fall from the back of the elephant"
"Maar hij zal van de rug van de olifant vallen"
"And he will die from his fall from the elephant"
"En hij zal sterven door zijn val van de olifant"
Bihangami: "But suppose someone prevented this?"
Bihangami: "Maar stel dat iemand dit zou voorkomen?"
"Suppose the king's son is not going to ride on the elephant"
"Stel dat de zoon van de koning niet op de olifant gaat rijden"
"What might happen if he rides on a horse instead?"
"Wat zou er gebeuren als hij in plaats daarvan op een paard rijdt?"
"Will he not in that case be saved?"
"Zal hij in dat geval niet gered worden?"
Bihangama: "Yes, in that case he would escape that fate"
Bihangama: "Ja, in dat geval zou hij aan dat lot ontsnappen"
"But then a fresh danger would await him"
"Maar dan wacht hem een nieuw gevaar"
"When the king's son is in sight of his father's palace"
"Wanneer de zoon van de koning het paleis van zijn vader ziet"
"When he is in the act of passing through the lion-gate"
"Wanneer hij bezig is door de leeuwenpoort te gaan"
"In that moment the lion-gate will fall upon him"
"Op dat moment zal de leeuwenpoort op hem vallen"
"And the stones will crush him to death"
"En de stenen zullen hem verpletteren tot de dood"
Bihangami: "But suppose someone gets there first"
Bihangami: "Maar stel dat iemand er als eerste is"
"Suppose someone destroys the lion-gate"
"Stel dat iemand de leeuwenpoort vernietigt"
"If that happens the king's son couldn't go through the lion-gate"
"Als dat gebeurt, kan de zoon van de koning niet door de leeuwenpoort."
"Will not the king's son in that case be saved?"
"Zal de zoon van de koning in dat geval niet gered worden?"

Bihangama: "Yes, in that case he would escape his fate"
Bihangama: "Ja, in dat geval zou hij aan zijn lot ontsnappen"
"But then a fresh danger would await him"
"Maar dan wacht hem een nieuw gevaar"
"When the king's son reaches the palace"
"Wanneer de zoon van de koning het paleis bereikt"
"When he sits at a feast prepared for him"
"Wanneer hij aan een feestmaal zit dat voor hem is bereid"
"The head of a fish will be cooked for him"
"De kop van een vis zal voor hem gekookt worden"
"He will put into his mouth the head of the fish"
"Hij zal de kop van de vis in zijn mond steken"
"But the head of the fish will stick in his throat"
"Maar de kop van de vis zal in zijn keel blijven steken"
"And he will choke to death on the head of the fish"
"En hij zal stikken in de kop van de vis"
Bihangami: "But suppose someone snatches the fish"
Bihangami: "Maar stel dat iemand de vis grijpt"
"Suppose someone takes the head of the fish from his plate"
"Stel dat iemand de kop van de vis van zijn bord neemt"
"Suppose he can't put the fish's head in his mouth"
"Stel dat hij de kop van de vis niet in zijn bek kan stoppen"
"Will not the king's son in that case be saved?"
"Zal de zoon van de koning in dat geval niet gered worden?"
Bihangama: "Yes, in that case he will escape his fate"
Bihangama: "Ja, in dat geval zal hij aan zijn lot ontsnappen"
"But a fresh danger would await him"
"Maar er wachtte hem een nieuw gevaar"
"When the prince and princess retire after dinner"
"Als de prins en prinses na het diner met pensioen gaan"
"When they go into their sleeping apartment"
"Als ze hun slaapappartement binnengaan"
"They will lie together in bed"
"Ze zullen samen in bed liggen "
"A terrible cobra will come into the room"
"Er komt een verschrikkelijke cobra de kamer binnen"
"And the cobra will bite the king's son to death"

"En de cobra zal de zoon van de koning doodbijten"
Bihangami: "But suppose someone was in the room"
Bihangami: "Maar stel dat er iemand in de kamer was"
"Suppose this person was waiting for the snake"
"Stel dat deze persoon op de slang wachtte"
"And suppose that this person cuts the snake into pieces"
"En stel dat deze persoon de slang in stukken snijdt"
"Will not the king's son in that case be saved?"
"Zal de zoon van de koning in dat geval niet gered worden?"
Bihangama: "Yes, in that case he will escape his fate"
Bihangama: "Ja, in dat geval zal hij aan zijn lot ontsnappen"
"In that case the life of the king's son will be saved"
"In dat geval zal het leven van de koningszoon gered worden"
"But he who saves him can't repeat these words"
"Maar degene die hem redt, kan deze woorden niet herhalen"
"If he tells his secret he will be turned into marble"
"Als hij zijn geheim vertelt, zal hij in marmer veranderen"
Bihangami: "Can the statue be returned to life?"
Bihangami: "Kan het beeld weer tot leven worden gewekt?"
Bihangama: "Yes, the marble statue can be restored to life"
Bihangama: "Ja, het marmeren beeld kan weer tot leven
worden gewekt"
"The princess will give birth to a child"
"De prinses zal een kind baren"
"They must wash the statue with the blood of the infant"
"Ze moeten het beeld wassen met het bloed van het kind"
The prophetical birds had spoken until that point.
Tot dat moment hadden de profetische vogels gesproken.
But then they were interrupted by the craw of crows.
Maar toen werden ze onderbroken door het gekrabbel van
kraaien.
The eastern sky tinted in a reddish hue.
De oostelijke hemel kleurde roodachtig.
And the travelers beneath the tree bestirred themselves.
En de reizigers onder de boom kwamen in beweging.
The prophetic conversation came to an end.
Het profetische gesprek liep ten einde.

But the prince's friend had heard everything.
Maar de vriend van de prins had alles gehoord.

The next morning they continued their journey.
De volgende morgen vervolgden ze hun reis.
The prince, the princess, and the prince's friend.
De prins, de prinses en de vriend van de prins.
Soon they met the king's procession.
Al snel kwamen ze de stoet van de koning tegen.
There was an elephant, a horse, and a palki.
Er was een olifant, een paard en een palki.
And there was a large number of attendants.
En er waren heel veel aanwezigen.
These animals and men had been sent by the king.
Deze dieren en mensen waren door de koning gestuurd.
The king heard his son was with his friend.
De koning hoorde dat zijn zoon bij zijn vriend was.
And he had heard that his son had married.
En hij had gehoord dat zijn zoon getrouwd was.
And he heard they were not far from the capital.
En hij hoorde dat ze niet ver van de hoofdstad waren.
The elephant had been richly caparisoned.
De olifant was rijkelijk versierd.
The elephant was intended for the prince.
De olifant was bedoeld voor de prins.
The framework of the palki was of silver.
Het frame van de palki was van zilver.
The palki was meant for the princess.
De palki was bedoeld voor de prinses.
And the horse was for the prince's friend.
En het paard was voor de vriend van de prins .
The prince was about to mount on the elephant.
De prins stond op het punt om op de olifant te klimmen.
But then his friend spoke to him.
Maar toen sprak zijn vriend hem aan.
"Allow me to ride on the elephant, please"
"Sta mij toe om op de olifant te rijden, alstublieft"

"And you can ride back on horseback"
"En je kunt te paard terugrijden"
The prince was not a little surprised.
De prins was niet weinig verbaasd.
The proposal had been made in a very cold manner.
Het voorstel werd op een zeer koele manier gedaan.
Maybe his friend felt a little too entitled.
Misschien vond zijn vriend dat hij er te veel recht op had.
And the king's son was slightly annoyed.
En de zoon van de koning was een beetje geïrriteerd.
But he remembered what his friend had done for him.
Maar hij herinnerde zich wat zijn vriend voor hem had
gedaan.
And he remembered how he saved the princess.
En hij herinnerde zich hoe hij de prinses had gered.
So he mounted the horse without objecting.
Hij besteeg het paard dus zonder bezwaar.
But his mind became somewhat alienated from him.
Maar zijn geest raakte enigszins vervreemd van hem.
The procession towards the capital started again.
De processie naar de hoofdstad begon opnieuw.
After some time they came in sight of the palace.
Na een tijdje kregen ze het paleis in zicht.
The lion-gate had been gaily adorned.
De leeuwenpoort was vrolijk versierd.
There was a grand reception for the prince.
De prins werd met groot enthousiasme ontvangen.
And the princess was equally anticipated.
En de prinses werd eveneens met spanning verwacht.
But the prince's friend seemed to have an objection.
Maar de vriend van de prins leek bezwaar te hebben.
"I want the lion-gate to be broken down"
"Ik wil dat de leeuwenpoort wordt afgebroken"
The prince was astounded at the proposal.
De prins was verbijsterd door het voorstel.
The request was very out of the ordinary.
Het verzoek was zeer ongebruikelijk.

And he had given no reason for his demand.
En hij gaf geen reden voor zijn eis.
But he remembered all his friend had done for him.
Maar hij herinnerde zich alles wat zijn vriend voor hem had
gedaan.
And he remembered how he saved the princess.
En hij herinnerde zich hoe hij de prinses had gered.
So he complied with the wish of his friend.
Hij gaf dus gehoor aan de wens van zijn vriend.
And the beautiful lion-gate was torn down.
En de prachtige leeuwenpoort werd afgebroken.
But his mind became even more estranged from him.
Maar zijn geest raakte steeds meer van hem vervreemd.
The procession now went into the palace.
De processie ging vervolgens naar het paleis.
The king gave a warm reception to his son.
De koning verwelkomde zijn zoon hartelijk.
He welcomed his daughter-in-law equally warmly.
Hij verwelkomde zijn schoondochter even hartelijk.
And he was very pleased to see the prince's friend.
En hij was erg blij om de vriend van de prins te zien.
The story of their adventures was related.
Het verhaal van hun avonturen werd verteld.
The king expressed great astonishment at the tale.
De koning toonde zich zeer verbaasd over het verhaal.
And his courtiers were equally impressed.
En zijn hovelingen waren eveneens onder de indruk.
All praised the minister's son's devotion.
Iedereen was vol lof over de toewijding van de zoon van de
minister.
And the ladies of the palace praised the princess.
En de dames van het paleis prezen de prinses.
The connoisseurs of beauty praised the princess.
De schoonheidskenners prezen de prinses.
Her complexion was a mixture of milk and vermilion.
Haar huidskleur was een mengsel van melk en vermiljoen.
Her neck was like that of a swan.

Haar nek leek op die van een zwaan.

Her eyes were like those of a gazelle.

Haar ogen leken op die van een gazelle.

Her lips were as red as the berry bimba.

Haar lippen waren zo rood als de bessenbimba.

Her cheeks were as lovely as they could be.

Haar wangen waren zo mooi als ze maar konden zijn.

And her nose was straight and high.

En haar neus was recht en hoog.

Her hair reached down to her ankles.

Haar haar reikte tot aan haar enkels.

Her walk was as graceful as that of a young elephant.

Haar manier van lopen was zo sierlijk als die van een jonge olifant.

The princess whom destiny had brought to them.

De prinses die het lot hun had gebracht.

They sat around her wanting to know everything.

Ze zaten om haar heen en wilden alles weten.

And they put to her a thousand questions.

En ze stelden haar duizend vragen.

They asked her about her parents.

Ze vroegen haar naar haar ouders.

They asked her about the subterranean palace.

Ze vroegen haar over het ondergrondse paleis.

And they asked her all about the serpent.

En ze ondervroegen haar alles over de slang.

The serpent which had killed all her relatives.

De slang die al haar familieleden had gedood.

Soon it was time for the new arrivals to dine.

Al snel was het tijd voor de nieuwkomers om te dineren.

The dinner was served up in dishes of gold.

Het diner werd geserveerd op gouden schalen.

All sorts of delicacies were on the table.

Er stonden allerlei lekkernijen op tafel.

The most conspicuous dish was the head of a rohita fish.

Het meest opvallende gerecht was de kop van een rohita-vis.

The large fish's head was placed in a golden cup.

De kop van de grote vis werd in een gouden beker gezet.
And the cup was placed near the prince's plate.
En de beker werd naast het bord van de prins gezet.
All were eating and retelling the adventure.
Iedereen was aan het eten en vertelde opnieuw over het avontuur.
And suddenly the prince's friend snatched the head.
En plotseling greep de vriend van de prins het hoofd.
He took the fish's head from the prince's plate.
Hij nam de kop van de vis van het bord van de prins.
"Let me, prince, eat this rohita's head"
"Laat mij, prins, het hoofd van deze Rohita opeten"
The king's son was quite indignant.
De zoon van de koning was zeer verontwaardigd.
But he remembered all his friend had done for him.
Maar hij herinnerde zich alles wat zijn vriend voor hem had gedaan.
And he remembered how he saved the princess.
En hij herinnerde zich hoe hij de prinses had gered.
And so he made no objection to the request.
Hij maakte dan ook geen bezwaar tegen het verzoek.
But he could not hide his terrible rage.
Maar hij kon zijn verschrikkelijke woede niet verbergen.
Of course the prince's friend noticed this.
Natuurlijk zag de vriend van de prins dit.
But there was nothing else he could have done.
Maar hij had niets anders kunnen doen.
His conduct, however strange, was necessary.
Zijn gedrag, hoe vreemd ook, was noodzakelijk.
It was for the safety of his friend's life.
Het was om het leven van zijn vriend te redden.
Nor could he tell his friend the reason.
Ook kon hij zijn vriend niet vertellen wat de reden was.
Else he would be transformed into a marble statue.
Anders zou hij in een marmeren standbeeld veranderen.
Soon the dinner was going to be over.
Het diner zou spoedig afgelopen zijn.

The prince's friend had one more request.

De vriend van de prins had nog een verzoek.

The two friends had spent every night together.

De twee vrienden brachten elke nacht samen door.

But tonight he wanted to go to his own house.

Maar vanavond wilde hij naar zijn eigen huis.

The prince was also shocked at his strange conduct.

Ook de prins was geschokt door zijn vreemde gedrag.

But he remembered all his friend had done for him.

Maar hij herinnerde zich alles wat zijn vriend voor hem had gedaan.

And he remembered how he saved the princess.

En hij herinnerde zich hoe hij de prinses had gered.

And he also agreed to this request of his friend.

En ook hij ging akkoord met het verzoek van zijn vriend.

The prince's friend, however, had other plans.

De vriend van de prins had echter andere plannen.

He had no intentions of going to his own house.

Hij had niet de intentie om naar zijn eigen huis te gaan.

He was resolved to avert the last peril.

Hij was vastbesloten het laatste gevaar af te wenden.

The last thing to threaten the life of his friend.

Het laatste wat het leven van zijn vriend in gevaar zou brengen.

Accordingly, he took a sword into his hand.

Daarom nam hij het zwaard ter hand.

And he stealthily entered the royal room.

En hij ging heimelijk de koninklijke kamer binnen.

The room of the prince and the princess.

De kamer van de prins en de prinses.

He ensconced himself under the bedstead.

Hij kroop onder het bed.

The bed was furnished with mattresses of down.

Het bed was voorzien van donzen matrassen.

The mosquito curtains were of the richest silk.

De klamboes waren van de mooiste zijde.

And all the bedding was laced with gold.

En al het beddengoed was met goud doorspekt.
Soon the prince and princess came into the bedroom.
Al snel kwamen de prins en prinses de slaapkamer binnen.
They undressed themselves and went to bed.
Ze kleedden zich uit en gingen naar bed.
And soon the royal couple were asleep.
En al snel sliep het koningspaar.
At midnight he heard the slithering of a snake.
Om middernacht hoorde hij het kronkelen van een slang.
The sound was coming from a water passage.
Het geluid kwam uit een watergang.
A snake of gigantic size entered the room.
Er kwam een gigantische slang de kamer binnen.
The serpent climbed up the frame of the bed.
De slang klom langs het bedframe omhoog.
The minister's son rushed out with the sword.
De zoon van de minister stormde naar voren met het zwaard.
And he killed the serpent with one blow.
En hij doodde de slang met één slag.
And then he cut the snake into smaller pieces.
En toen sneed hij de slang in kleinere stukken.
He put the pieces in the dish for holding betel-leaves.
Hij legde de stukken in de schaal waar de betelbladeren in
bewaard zouden worden.
But as he did this, he spilled a drop of blood.
Maar terwijl hij dit deed, vergoot hij een druppel bloed.
The drop of blood fell on the breast of the princess.
De druppel bloed viel op de borst van de prinses.
Because the mosquito curtains had not been let down.
Omdat de horren niet naar beneden waren.
He worried for the health of the princess.
Hij maakte zich zorgen om de gezondheid van de prinses.
The blood might be of some sort of poison.
Het bloed zou een soort gif kunnen bevatten.
So he resolved to lick up the blood.
Hij besloot daarom het bloed op te likken.
But he could not look at the naked princess.

Maar hij kon niet naar de naakte prinses kijken.
It would have been a great sin.
Dat zou een grote zonde zijn geweest.
So he blindfolded himself with seven-fold cloth.
Hij deed dus een blinddoek om en bedekte zichzelf met een zevenvoudig laken.
And he licked off the drop of blood.
En hij likte de druppel bloed af.
But just at this time the princess awoke.
Maar precies op dat moment werd de prinses wakker.
Her scream roused her husband from his sleep.
Haar schreeuw wekte haar man uit zijn slaap.
And he could not believe what he was seeing.
En hij kon zijn ogen niet geloven.
The prince fell into a great rage.
De prins werd woedend.
And he was prepared to kill his friend.
En hij was bereid zijn vriend te vermoorden.
But he gave his friend a chance to speak.
Maar hij gaf zijn vriend de kans om te spreken.
"Please, my friend, restrain your anger"
"Alsjeblieft, mijn vriend, beheers je woede"
"I have done this only to save your life"
"Ik heb dit alleen gedaan om je leven te redden"
The prince was more confused than before.
De prins was nog verwarder dan voorheen.
"I do not understand what you mean"
"Ik begrijp niet wat je bedoelt"
"From the time we came out of the subterranean palace"
"Vanaf het moment dat we uit het ondergrondse paleis kwamen"
"You have been behaving in a most extraordinary way"
"Je hebt je op een heel buitengewone manier gedragen"
"First, you insisted on riding my elephant"
"Ten eerste stond je erop op mijn olifant te rijden"
"The elephant my father had sent for me"
"De olifant die mijn vader voor mij had gestuurd"

"I thought it was vain of you to ask"
"Ik vond het ijdel van je om te vragen"
"But I remembered what you had done for me"
"Maar ik herinnerde mij wat je voor mij had gedaan"
"And I decided to let the matter pass"
"En ik besloot de zaak te laten rusten"
"And instead I rode back on horseback"
"En in plaats daarvan reed ik te paard terug"
"Secondly, you insisted on destroying the lion-gate"
"Ten tweede, je stond erop de leeuwenpoort te vernietigen"
"The lion-gate my father had adorned for me"
"De leeuwenpoort die mijn vader voor mij heeft versierd"
"I thought it was strange of you to ask"
"Ik vond het vreemd van je om te vragen"
"But I remembered what you had done for me"
"Maar ik herinnerde mij wat je voor mij had gedaan"
"And I decided to let the matter pass"
"En ik besloot de zaak te laten rusten"
"And I had the lion-gate destroyed"
"En ik liet de leeuwenpoort vernietigen"
"Thirdly, at dinner you behaved most shamefully"
"Ten derde, bij het diner gedroeg u zich zeer schandelijk"
"You snatched the rohita's head from my plate"
"Je hebt het hoofd van de rohita van mijn bord gegrist"
"And you insisted on eating the fish head"
"En jij bleef erop staan de vissenkop op te eten"
"I thought you felt too entitled"
"Ik dacht dat je je te veel bevoorrecht voelde"
"But I remembered what you had done for me"
"Maar ik herinnerde mij wat je voor mij had gedaan"
"So I decided to let the matter pass"
"Dus besloot ik de zaak te laten rusten"
"You then pretended that you were going home"
"Je deed toen alsof je naar huis ging"
"And I was very glad you were going home"
"En ik was erg blij dat je naar huis ging"
"Because you had made yourself very disagreeable"

"Omdat je jezelf heel onaangenaam hebt gemaakt"
"And now you are actually in my bedroom"
"En nu ben je daadwerkelijk in mijn slaapkamer"
"You are bending over the naked bosom of my wife"
"Je buigt je over de naakte boezem van mijn vrouw"
"You must have had some evil plan"
"Je moet een kwaadaardig plan hebben gehad"
"And now you pretend you are saving my life"
"En nu doe je alsof je mijn leven redt"
"But I don't believe you want to save my life"
"Maar ik geloof niet dat je mijn leven wilt redden."
"I believe you want to destroy my wife's chastity"
"Ik geloof dat je de kuisheid van mijn vrouw wilt vernietigen."
The prince's friend knew how things looked.
De vriend van de prins wist hoe de zaken ervoor stonden.
"Oh, do not harbor such thoughts in your mind"
"Oh, koester zulke gedachten niet in je geest"
"Please do not think badly against me"
"Denk alsjeblieft niet slecht over mij"
"The gods know what I have done"
"De goden weten wat ik heb gedaan"
"They know I did it to save your life"
"Ze weten dat ik het deed om je leven te redden"
"You would see the reasonableness of my conduct"
"Je zou de redelijkheid van mijn gedrag inzien"
"But I don't have liberty to state my reasons"
"Maar ik heb niet de vrijheid om mijn redenen te vermelden"
The prince asked him to explain himself.
De prins vroeg hem om uitleg.
"And why are you not at liberty?"
"En waarom ben je niet op vrije voeten?"
"Who has put a seal upon your mouth?"
"Wie heeft uw mond verzegeld?"
And the prince's friend answered.
En de vriend van de prins antwoordde.
"Destiny has put a seal upon my mouth"
"Het lot heeft een zegel op mijn mond gelegd"

"If I told you, I would be transformed into marble"
"Als ik het je vertelde, zou ik in marmer veranderen"
The prince grew angrier with his friend.
De prins werd steeds bozer op zijn vriend.
"You should be transformed into a marble statue!"
"Je zou in een marmeren standbeeld moeten veranderen!"
"You must take me to be a simpleton"
"Je moet me wel voor een simpele ziel houden"
"You can't expect me to believe this nonsense"
"Je kunt toch niet van mij verwachten dat ik deze onzin geloof
"

The minister's son made one last request.
De zoon van de minister deed nog een laatste verzoek.
"Do you wish me then, friend, for me to tell you?
"Wil je dan dat ik het je vertel, vriend?
"You would make your friend turn into stone?"
"Zou jij je vriend in steen laten veranderen?"
The prince wanted to hear the reason.
De prins wilde de reden horen.
He did not care about the consequences.
De gevolgen interesseerden hem niet.
"Tell me, or else you are a dead man"
"Vertel het me, anders ben je ten dode opgeschreven"
The prince's friend wanted to clear his name.
De vriend van de prins wilde zijn naam zuiveren.
He wanted no foul accusations brought against him.
Hij wilde niet dat er vuile beschuldigingen tegen hem werden
ingebracht.
And he deemed it his duty to reveal the secret.
En hij beschouwde het als zijn plicht om het geheim te
onthullen.
Even if this would put his life at risk.
Zelfs als dat zijn leven in gevaar zou brengen.
He again warned the prince not to ask him.
Hij waarschuwde de prins opnieuw dat hij het hem niet moest
vragen.
But the prince remained inexorable.

Maar de prins bleef onverbiddelijk.
The prince's friend then told him his secret.
De vriend van de prins vertelde hem vervolgens zijn geheim.
"While sleeping under a lofty tree one night"
"Terwijl ik op een nacht onder een hoge boom sliep"
"I overheard a conversation between two birds.
"Ik hoorde een gesprek tussen twee vogels.
"The prophesizing birds Bihangama and Bihangami"
"De profeterende vogels Bihangama en Bihangami"
"Bihangama predicted all the dangers in your life"
"Bihangama voorspelde alle gevaren in je leven"
"First the bird predicted your father would send an elephant"
"Eerst voorspelde de vogel dat je vader een olifant zou sturen"
"The bird said you would fall from the elephant"
"De vogel zei dat je van de olifant zou vallen"
"And the bird said you would die from the fall"
"En de vogel zei dat je door de val zou sterven"
At this point the minister's son's legs turned to stone.
Op dat moment veranderden de benen van de zoon van de minister in steen.
"See? my legs have already turned to stone"
"Zie je wel? Mijn benen zijn al in steen veranderd."
"Go on with your story," said the prince.
"Ga maar verder met je verhaal," zei de prins.
And the prince's friend continued the story.
En de vriend van de prins vervolgde het verhaal.
"The bird said the lion-gate would be gaily decorated"
"De vogel zei dat de leeuwenpoort vrolijk versierd zou worden"
"And the bird said the lion-gate would collapse on you"
"En de vogel zei dat de leeuwenpoort op je zou instorten"
"If the lion-gate had fallen on you, you would have died"
"Als de leeuwenpoort op je was gevallen, zou je gestorven zijn"
At this point the minister's son's torso turned to stone.

Op dat moment veranderde de torso van de zoon van de minister in steen.

But the prince insisted the minister's son continues.

Maar de prins stond erop dat de zoon van de minister doorging.

"Go on with your story," said the prince.

"Ga maar verder met je verhaal," zei de prins.

"The bird said there would be the head of a fish"

"De vogel zei dat er een viskop zou zijn"

"And the bird predicted you would choke on the fish"

"En de vogel voorspelde dat je in de vis zou stikken"

Now his head was the only thing not of stone.

Nu was zijn hoofd het enige dat niet van steen was.

"See? my whole body has turned to stone"

"Zie je wel? Mijn hele lichaam is in steen veranderd."

"If I continue, I will become a man of stone"

"Als ik doorga, word ik een man van steen"

"Do you wish me to tell the rest"

"Wil je dat ik de rest vertel?"

"Go on with your story," said the prince.

"Ga maar verder met je verhaal," zei de prins.

"Very well, I will go on to the end"

"Goed, ik ga door tot het einde"

"But you may repent after I tell you"

"Maar je mag berouw tonen nadat ik het je heb verteld"

"And you may wish to restore me to life"

"En misschien wilt u mij weer tot leven wekken"

"I will tell you how to reverse the spell"

"Ik zal je vertellen hoe je de betovering kunt omkeren"

"In a few months the princess will bear a child"

"Over een paar maanden zal de prinses een kind baren"

"Wait for the birth of the child"

"Wacht op de geboorte van het kind"

"Besmear my statue with the infant's blood"

"Besmeur mijn beeld met het bloed van het kind"

"Only then will I be restored back to life"

"Pas dan zal ik weer tot leven komen"

The last word left his lips, and he turned to stone.
Het laatste woord verliet zijn lippen en hij veranderde in steen.
The princess jumped out of bed.
De prinses sprong uit bed.
She opened the vessel for betel-leaves and spices.
Ze opende het vat voor de betelbladeren en de specerijen.
And she saw the pieces of a serpent.
En ze zag de stukken van een slang.
The prince and the princess were now convinced.
De prins en de prinses waren nu overtuigd.
They saw the good faith of their departed friend.
Ze zagen het goede vertrouwen van hun overleden vriend.
They saw the benevolence of his actions.
Ze zagen de welwillendheid van zijn daden.
They went to the marble statue.
Ze gingen naar het marmeren beeld.
But the statue of their friend was lifeless.
Maar het standbeeld van hun vriend was levenloos.
They let out a loud cry lamentation.
Ze lieten een luide kreet en klaagzang horen.
But their cries were to no purpose.
Maar hun geschreeuw was zinloos.
Because the statue was not moved by tears.
Omdat het beeld niet door tranen werd bewogen.
The prince and princess knew what they had to do.
De prins en prinses wisten wat ze moesten doen.
They concealed the marble figure in a safe place.
Ze verstopten het marmeren beeld op een veilige plek.
And they waited for the birth of their child.
En ze wachtten op de geboorte van hun kind.
In process of time the hour came.
Na verloop van tijd kwam het uur.
The princess's travail had arrived.
De bevalling van de prinses was aangebroken.
The princess bore a beautiful boy.
De prinses kreeg een prachtige zoon.

The child was the perfect image of his mother.
Het kind leek sprekend op zijn moeder.
The beauty of their child was striking.
De schoonheid van hun kind was indrukwekkend.
And they were in awe of him.
En ze hadden ontzag voor hem.
They would have spared his life.
Ze zouden zijn leven hebben gespaard.
But they remembered their best friend.
Maar ze herinnerden zich hun beste vriend.
They remembered all he had done for them.
Ze herinnerden zich alles wat hij voor hen had gedaan.
But now he was a lifeless stone.
Maar nu was hij een levenloze steen.
And they remembered the vows they had made.
En ze herinnerden zich de geloften die ze hadden gedaan.
And they cut the child into two.
En ze sneden het kind in tweeën.
They besmeared the statue with the child's blood.
Ze smeerden het beeld in met het bloed van het kind.
And their friend became animated back to life.
En hun vriend kwam weer tot leven.
They were glad to see him alive again.
Ze waren blij hem weer levend te zien.
But the prince's friend was overwhelmed with grief.
Maar de vriend van de prins was overmand door verdriet.
Because he saw the new-born in a pool of blood.
Omdat hij de pasgeborene in een plas bloed zag.
So he picked up the dead infant.
Dus pakte hij het dode kind op.
He carefully wrapped the child in a towel.
Hij wikkelde het kind zorgvuldig in een handdoek.
And he resolved to get the child restored to life.
En hij besloot het kind weer tot leven te wekken.
He consulted all the physicians of the country.
Hij raadpleegde alle artsen van het land.
They all told him the same thing.

Ze vertelden hem allemaal hetzelfde.

A cure can be found for any illness.

Voor elke ziekte bestaat een geneesmiddel.

But life requires the spark of life.

Maar het leven heeft de vonk van het leven nodig.

When the spark is gone, it is beyond their jurisdiction.

Zodra de vonk verdwenen is, valt het onderwerp buiten hun rechtsgebied.

And so they had to go on with their lives.

En dus moesten ze verder met hun leven.

Eventually the prince's friend returned to his wife.

Uiteindelijk keerde de vriend van de prins terug naar zijn vrouw.

She was a devoted worshipper of the goddess kali.

Zij was een toegewijde aanbidster van de godin Kali.

She was the only one who could return life.

Zij was de enige die het leven terug kon geven.

His wife was living in a distant town.

Zijn vrouw woonde in een afgelegen stad.

So he set out on a journey to the town.

Hij ging dus op reis naar de stad.

His wife still lived in her father's house.

Zijn vrouw woonde nog steeds in het huis van haar vader.

Adjoining the house there was a garden.

Aan het huis grensde een tuin.

And in the garden there was a tree.

En in de tuin stond een boom.

The child had been stored in that tree.

Het kind zat in die boom opgeborgen.

His wife was overjoyed to see her husband.

Zijn vrouw was dolblij haar man te zien.

She had not seen him for a long time.

Ze had hem al een hele tijd niet meer gezien.

But she was surprised when she saw him.

Maar toen ze hem zag, was ze verrast.

Her husband was very melancholy that day.

Haar man was die dag erg melancholisch.

He spoke very little to his wife.

Hij sprak heel weinig met zijn vrouw.

And his wife knew that he was not himself.

En zijn vrouw wist dat hij niet zichzelf was.

He was brooding over something in his mind.

Hij zat ergens over te piekeren.

She asked the reason for his melancholy.

Ze vroeg naar de reden van zijn melancholie.

But he kept quiet, and wouldn't tell her.

Maar hij hield zijn mond en wilde het haar niet vertellen.

One night they were lying together in bed.

Op een nacht lagen ze samen in bed.

The wife got up and left the marital bed.

De vrouw stond op en verliet het echtelijk bed.

She opened the door and went into the garden.

Ze opende de deur en ging de tuin in.

Her husband had not been able to sleep well.

Haar man kon niet goed slapen.

Therefore he awoke from the movement of his wife.

Hij werd wakker door de beweging van zijn vrouw.

He heard her leave in the dead of the night.

Hij hoorde haar midden in de nacht weggaan.

And he was determined to follow her.

En hij was vastbesloten haar te volgen.

But he was also determined not to be noticed.

Maar hij was ook vastbesloten om niet op te vallen.

She went to a temple of the goddess kali.

Ze ging naar een tempel van de godin Kali.

The temple was at no great distance from her house.

De tempel lag niet ver van haar huis.

She worshipped the goddess with flowers.

Zij aanbad de godin met bloemen.

And she worshiped the goddess with sandal-wood perfume.

En ze aanbad de godin met sandelhoutparfum.

"Oh mother kali! have mercy upon me"

"Oh moeder Kali! heb medelijden met mij"

"Deliver me out of all my troubles"
"Verlos mij uit al mijn problemen"
The goddess replied to the woman.
De godin antwoordde de vrouw.
"Why, what further grievance have you?
"Wat is uw verdere grief?
"You long prayed for the return of your husband"
"Je hebt lang gebeden voor de terugkeer van je man"
"And your prayers have been answered"
"En uw gebeden zijn verhoord"
"Your husband has returned to you"
"Uw man is bij u teruggekeerd"
"So then, what ails thee now?"
"Wat scheelt er nu weer?"
The woman answered the goddess.
De vrouw antwoordde de godin.
"True, oh mother, my husband has come to me"
"Het is waar, oh moeder, mijn man is naar mij toe gekomen"
"But he has come to me in a melancholy mood"
"Maar hij is in een melancholische stemming naar mij toe
gekomen"
"He hardly speaks to me when I speak to him"
"Hij spreekt nauwelijks met mij als ik met hem spreek"
"He takes no delight in me when he is with me"
"Hij heeft geen behagen in mij als hij bij mij is"
"All he does is sit melancholy in a corner"
"Het enige wat hij doet is melancholisch in een hoekje zitten"
The goddess replied to her devotee.
De godin antwoordde haar toegewijde.
"Ask your husband why he feels melancholy"
"Vraag je man waarom hij zich melancholisch voelt"
"When he tells you, let me know the reason"
"Als hij het je vertelt, laat me dan de reden weten"
The minister's son overheard the conversation.
De zoon van de minister hoorde het gesprek.
But he stayed unnoticed by the goddess.
Maar hij bleef onopgemerkt door de godin.

And his wife did not notice him either.
En zijn vrouw merkte hem ook niet op.
He quietly slunk away before his wife.
Hij sloop stilletjes voor zijn vrouw weg.
And he returned back to bed before her.
En hij ging nog vóór haar terug naar bed.
The following day the wife asked her husband.
De volgende dag vroeg de vrouw het aan haar man.
"My dear husband, why are you in a melancholy mood?"
"Mijn lieve man, waarom bent u zo somber?"
Her husband retold the whole story.
Haar man vertelde het hele verhaal opnieuw.
He told her about the jewel serpent.
Hij vertelde haar over de juweelslang.
He told her about the subterranean palace.
Hij vertelde haar over het ondergrondse paleis.
He told her about the princess being captured.
Hij vertelde haar over de gevangenneming van de prinses.
He told her how he freed the princess.
Hij vertelde haar hoe hij de prinses had bevrijd.
And he told her about Bihangama and Bihangami.
En hij vertelde haar over Bihangama en Bihangami.
He told her how he had turned to stone.
Hij vertelde haar dat hij in steen was veranderd.
And he told her how he was returned back to life.
En hij vertelde haar hoe hij weer tot leven was gekomen.
So he told her also about the killing of the child.
Hij vertelde haar ook over de moord op het kind.
That night his wife left the bed again.
Die nacht verliet zijn vrouw opnieuw het bed.
And she returned to the goddess kali's temple.
En ze keerde terug naar de tempel van de godin Kali.
And she told the goddess of her husband's melancholy.
En ze vertelde de godin over de melancholie van haar man.
The goddess listened intently to what was said.
De godin luisterde aandachtig naar wat er gezegd werd.
"Bring the child here and I will restore it to life"

"Breng het kind hier en ik zal het weer tot leven brengen"
The next night she left the marital bed again.
De volgende nacht verliet ze het echtelijk bed opnieuw.
She went to the tree in the garden.
Ze ging naar de boom in de tuin.
And she took the child from the tree.
En ze haalde het kind uit de boom.
And she took the child to the goddess kali.
En ze bracht het kind naar de godin Kali.
And the goddess kali returned the child back to life.
En de godin Kali bracht het kind weer tot leven.
The prince's friend was entranced with joy.
De vriend van de prins was verrukt van vreugde.
He picked up the reanimated child.
Hij tilde het gereanimeerde kind op.
And he ran as fast as he could to his friend.
En hij rende zo snel als hij kon naar zijn vriend toe.
And he gave him his child, alive and well.
En hij gaf hem zijn kind, levend en wel.
They all rejoiced with exceedingly great joy.
Zij waren allen buitengewoon blij.
And they lived together happily till the day of their death.
En ze leefden gelukkig samen tot aan hun dood.

The Indignant Brahman
De verontwaardigde Brahman

There was once a poor Brahman.
Er was eens een arme Brahman.
This poor Brahman had a wife.
Deze arme brahmaan had een vrouw.
And he also had four children.
En hij had ook vier kinderen.
He was a very poor man.
Hij was een heel arme man.
And he had no resources in the world.
En hij had geen hulpbronnen in de wereld.
He lived from the charity of others.
Hij leefde van de liefdadigheid van anderen.
During marriages he earned well.
Tijdens zijn huwelijken verdiende hij goed.
And he earned well during funerals.
En hij verdiende goed tijdens begrafenissen.
But his parishioners did not marry daily.
Maar zijn parochianen trouwden niet dagelijks.
And they did not die every day either.
En ze stierven ook niet elke dag.
It was difficult to make the two ends meet.
Het was moeilijk om de eindjes aan elkaar te knopen.
His wife often rebuked him.
Zijn vrouw maakte hem vaak verwijten.
"Why can you not support me?"
"Waarom kun je mij niet steunen?"
"Our children run around naked"
"Onze kinderen rennen naakt rond"
"And they suffer from hunger"
"En ze lijden honger"
Though poor, he was a good man.
Ook al was hij arm, hij was een goed mens.
And he was diligent in his devotions.
En hij was ijverig in zijn toewijding.

Every day he said his prayers.

Elke dag bad hij.

He prayed at the same time each day.

Hij bad elke dag op hetzelfde tijdstip.

His tutelary deity was the Goddess Durga.

Zijn beschermgodheid was de godin Durga.

She is the consort of Shiva.

Zij is de echtgenote van Shiva.

She is the creative energy of the universe.

Zij is de creatieve energie van het universum.

Every day he wrote the name of Durga.

Elke dag schreef hij de naam van Durga.

He wrote the name in red ink.

Hij schreef de naam met rode inkt.

At least one hundred and eight times.

Minstens honderdacht keer.

He did not drink or eat till he did this.

Hij heeft tot dan toe niet gegeten of gedronken.

throughout the day he uttered prayers.

de hele dag door bad hij.

"O Durga! have mercy upon me"

"O Durga! heb medelijden met mij"

He prayed whenever he felt anxious.

Hij bad wanneer hij zich angstig voelde.

And he often felt anxious.

En hij voelde zich vaak angstig.

Because he lived in poverty.

Omdat hij in armoede leefde.

He prayed when his worries were too much.

Hij bad als zijn zorgen te veel werden.

And there were many things he worried about.

En er waren veel dingen waar hij zich zorgen over maakte.

He worried about his wife and children.

Hij maakte zich zorgen om zijn vrouw en kinderen.

And he worried about supporting them.

En hij maakte zich zorgen over de vraag of hij hen wel kon steunen.

One day he was very sad.

Op een dag was hij erg verdrietig.

On this day he went to a forest.

Op deze dag ging hij naar een bos.

The forest was far outside the village.

Het bos lag ver buiten het dorp.

He let out all his grief.

Hij gaf uiting aan al zijn verdriet.

And he wept bitter tears.

En hij huilde bittere tranen.

"O Durga! O Mother Bhagavati!"

"O Durga! O Moeder Bhagavati!"

"Please put an end to my misery?"

"Maak alsjeblieft een einde aan mijn ellende?"

"I wish I were alone in the world"

"Ik wou dat ik alleen op de wereld was"

"Then my poverty wouldn't worry me"

"Dan zou mijn armoede mij niet meer deren"

"But thou hast given me a wife"

"Maar jij hebt mij een vrouw gegeven"

"And my wife has given me children"

"En mijn vrouw heeft mij kinderen gegeven"

"O Mother, I beg of you"

"O Moeder, ik smeek u"

"Give me the means to support them"

"Geef mij de middelen om hen te onderhouden"

Shiva and his wife Durga happened to be there.

Shiva en zijn vrouw Durga waren daar toevallig.

They were taking their morning walk.

Ze maakten hun ochtendwandeling.

The Goddess Durga saw the Brahman at a distance.

De Godin Durga zag de Brahman van een afstand.

"O Lord of Kailas, do you see that Brahman?"

"O Heer van Kailas, zie jij die Brahman?"

"He is always taking my name on his lips"

"Hij neemt altijd mijn naam op zijn lippen"

"He prays I deliver him from his troubles"
"Hij bidt dat ik hem uit zijn problemen verlos"
"Can we not do something for the poor Brahman?"
"Kunnen we niet iets doen voor de arme Brahman?"
"He is oppressed with many cares"
"Hij wordt gekweld door vele zorgen"
"And he deeply cares for his growing family"
"En hij geeft veel om zijn groeiende gezin"
"We should make his life more comfortable"
"We moeten zijn leven comfortabeler maken"
"Because the poor man never has enough to eat"
"Omdat de arme man nooit genoeg te eten heeft"
"And his family doesn't have enough to eat either"
"En zijn familie heeft ook niet genoeg te eten"
"Let us give him a pot"
"Laten we hem een pot geven"
"A pot with an infinite supply of murukku"
"Een pot met een oneindige voorraad murukku"
The divine consort was right.
De goddelijke echtgenote had gelijk.
The Lord of Kailas agreed to the proposal.
De Heer van Kailas ging akkoord met het voorstel.
On the spot he created a magical pot.
Ter plekke creëerde hij een magische pot.
Durga went to the poor Brahman.
Durga ging naar de arme Brahman.
"O Brahman! My loyal devotee"
"O Brahman! Mijn trouwe toegewijde"
"I have often thought of your pitiable case"
"Ik heb vaak aan uw beklagenswaardige toestand gedacht"
"Your repeated prayers have moved my compassion"
"Uw herhaalde gebeden hebben mijn medeleven gewekt"
"Here is a pot for you"
"Hier is een pot voor je"
"You must turn the pot upside down"
"Je moet de pot omdraaien"
"And then you must shake the pot"

"En dan moet je de pot schudden"
"The finest murukku will pour out"
"De beste murukku zal worden geschonken"
"The murukku will keep pouring out forever"
"De murukku zal voor altijd blijven stromen"
"Until you put the pot upright again"
"Totdat je de pot weer rechtop zet"
"You can eat as much murukku as you like"
"Je kunt zoveel murukku eten als je wilt"
"Your wife and children will hunger no more"
"Uw vrouw en kinderen zullen geen honger meer lijden"
"And you can sell the murukku if you like"
"En je mag de murukku verkopen als je wilt."
The Brahman was delighted beyond measure.
De Brahman was buitengewoon verrukt.
He had received a truly valuable treasure.
Hij had een werkelijk waardevolle schat ontvangen.
He made his deepest obeisance to the goddess.
Hij bracht zijn diepste buiging aan de godin.
And he expressed his eternal gratefulness.
En hij sprak zijn eeuwige dankbaarheid uit.

The Brahman had started walking home.
De brahmaan liep inmiddels naar huis.
But first he had to test his magical pot.
Maar eerst moest hij zijn magische pot testen.
He wanted to see if the pot really worked.
Hij wilde kijken of de pot echt werkte.
He turned the pot upside down.
Hij draaide de pot om.
And he shook the pot, as instructed.
En hij schudde de pot, zoals hem was opgedragen.
Lo and behold! The pot really did work.
En kijk eens aan! De pot werkte echt.
The finest murukku fell to the ground.
De mooiste murukku viel op de grond.
He tied the sweetmeat in his sheet.

Hij bond het snoepje vast in zijn laken.
And he walked on, towards his village.
En hij liep verder, in de richting van zijn dorp.
By noon the Brahman had gotten hungry.
Tegen de middag kreeg de brahmaan honger.
But he could not eat without his ablutions.
Maar hij kon niet eten zonder zijn wassing.
First, he had to say his prayers.
Eerst moest hij bidden.
There was an inn on his way.
Onderweg kwam hij een herberg tegen.
Close to the inn there was a water tank.
Dichtbij de herberg was een watertank.
So, he intended to halt there.
Hij wilde daar dus stoppen.
In order to bathe and say his prayers.
Om te baden en te bidden.
After this he could eat all the murukku.
Hierna kon hij alle murukku opeten.
The Brahman sat at the innkeeper's shop.
De Brahman zat in de winkel van de herbergier.
The shopkeeper was smoking tobacco.
De winkelier rookte tabak.
He put the pot near the shopkeeper.
Hij zette de pot bij de winkelier neer.
And he asked him to look after the pot.
En hij vroeg hem om voor de pot te zorgen.
"Please take special care of this pot"
"Wees extra voorzichtig met deze pot"
"I must bathe and say my prayers"
"Ik moet baden en mijn gebeden zeggen"
"Please look after this pot for me"
"Zorg alsjeblieft voor deze pot voor mij"
"Make sure nothing happens to this pot"
"Zorg ervoor dat er niets met deze pot gebeurt"
He thought it was a strange request.
Hij vond het een vreemd verzoek.

But he agreed to look after the pot.

Maar hij was bereid om voor de pot te zorgen.

And the Brahman gave him the pot.

En de Brahman gaf hem de pot.

He besmeared his body with mustard oil.

Hij smeerde zijn lichaam in met mosterdolie.

And he went to do his ablutions.

En hij ging zijn wassing verrichten.

The innkeeper grew curious about the pot.

De herbergier werd nieuwsgierig naar de pot.

"This pot must have something valuable in it"

"Er moet iets waardevols in deze pot zitten"

"Why else would he be so careful?"

"Waarom zou hij anders zo voorzichtig zijn?"

His curiosity had been excited.

Zijn nieuwsgierigheid was geprikkeld.

So, he opened the pot.

Dus hij opende de pot.

To his surprise the pot was empty.

Tot zijn verbazing was de pot leeg.

"What can be the meaning of this?"

"Wat kan dit betekenen?"

"Why does he care so much for an empty pot?"

"Waarom maakt hij zich zoveel zorgen om een lege pot?"

He began to examine the pot more carefully.

Hij begon de pot nauwkeuriger te bekijken.

During his inspection he turned the pot upside down.

Tijdens zijn inspectie draaide hij de pot om.

And then the finest murukku fell out from the pot.

En toen viel de mooiste murukku uit de pot.

And the murukku didn't stop falling out.

En de murukku bleef maar uitvallen.

The innkeeper called his wife and children.

De herbergier riep zijn vrouw en kinderen.

He wanted them to witness what had happened.

Hij wilde dat ze getuige zouden zijn van wat er gebeurd was.

An unexpected stroke of good fortune!

Een onverwachte meevaller!
The pot gave copious showers of sugared paddy.
De pot gaf overvloedige hoeveelheden gesuikerde rijst af.
He filled all his pots and jars.
Hij vulde al zijn potten en kruiken.
He knew he had to have this pot.
Hij wist dat hij deze pot moest hebben.
So, he replaced the pot with another one.
Hij verving de pot dus door een andere.
He had a pot of the same size and color.
Hij had een pot van dezelfde grootte en kleur.

The Brahman had finished his ablutions.
De brahmaan had zijn wassing voltooid.
He had performed all of his devotions.
Hij had al zijn devoties vervuld.
He came back to the shop in wet clothes.
Hij kwam terug naar de winkel in natte kleren.
He was still reciting holy texts of the Vedas.
Hij reciteerde nog steeds heilige teksten uit de Veda's.
He put back on his dry clothes.
Hij trok zijn droge kleren weer aan.
In red ink he wrote the name of Durga.
Met rode inkt schreef hij de naam Durga.
He wrote her name one hundred and eight times.
Hij schreef haar naam honderdacht keer.
After doing this he broke his fast.
Hierna verbrak hij zijn vasten.
And he ate the murukku he had in his sheet.
En hij at de murukku op die in zijn laken zat.
He was refreshed from the meal.
Hij was opgefrist na de maaltijd.
Now he could resume his journey home.
Nu kon hij zijn reis naar huis voortzetten.
So he called to the innkeeper.
Hij riep dus de herbergier.
"Please could I get my pot back"

"Kan ik alsjeblieft mijn wiet terugkrijgen?"
The innkeeper gave him back his pot.
De herbergier gaf hem zijn pot terug.
"There, sir, here is your pot"
"Daar, meneer, hier is uw pot"
"The pot is exactly where you had put it"
"De pot staat precies waar je hem neerzette"
"Your pot is just as you left it"
"Je pot is precies zoals je hem hebt achtergelaten"
"I made sure no one has touched your pot"
"Ik heb ervoor gezorgd dat niemand je pot heeft aangeraakt"
The Brahman didn't suspect a thing.
De Brahman vermoedde niets.
He picked up the pot.
Hij pakte de pot op.
And he proceeded on his journey home.
En hij vervolgde zijn reis naar huis.

On his journey he had to think.
Tijdens zijn reis moest hij nadenken.
He congratulated his good fortune.
Hij feliciteerde hem met zijn geluk.
"My wife will be most pleasantly surprised!"
"Mijn vrouw zal zeer aangenaam verrast zijn!"
"The children will devour the murukku!"
"De kinderen zullen de murukku verslinden!"
"I shall soon become rich"
"Ik zal binnenkort rijk worden"
"I will be able to lift my head up high"
"Ik zal mijn hoofd hoog kunnen optillen"
The pains of travelling had been reduced.
De pijn van het reizen was verminderd.
Now his problems were much more pleasant.
Nu waren zijn problemen veel aangenamer.
Only anticipation made the journey difficult.
Alleen de verwachting maakte de reis moeilijk.
He finally reached his home again.

Eindelijk bereikte hij zijn huis weer.
He called to his wife and children.
Hij riep zijn vrouw en kinderen.
"Look at what I have brought"
"Kijk eens wat ik heb meegebracht"
"This pot is an unfailing source of wealth".
"Deze pot is een onuitputtelijke bron van rijkdom".
"We will never have to struggle again"
"We hoeven nooit meer te strijden"
"I will turn the pot upside down"
"Ik zal de pot op zijn kop zetten"
"And then you will see something.
"En dan zul je iets zien.
"Something you've never seen before"
"Iets wat je nog nooit eerder hebt gezien"
"A stream of the finest murukku will flow"
"Een stroom van de fijnste murukku zal vloeien"
You can imagine what his wife was thinking.
Je kunt je voorstellen wat zijn vrouw dacht.
"My husband has gone mad," she thought.
"Mijn man is gek geworden", dacht ze.
She was soon confirmed in her opinion.
Al snel kreeg ze bevestiging van haar gelijk.
Nothing fell from the pot, as promised.
Er viel niets uit de pot, zoals beloofd.
He turned the pot upside down again and again.
Hij draaide de pot steeds weer op zijn kop.
The Brahman was overwhelmed with grief.
De Brahman was overmand door verdriet.
He realized that he had been tricked.
Hij besefte dat hij bedrogen was.
The innkeeper must have swapped the pot.
De herbergier heeft de pot waarschijnlijk omgeruild.
He must have stolen Durga's pot.
Hij moet Durga's pot gestolen hebben.
And he must have replaced the pot with a normal one.
En hij heeft de pot vast vervangen door een normale.

He went back to the innkeeper the next day.

De volgende dag ging hij terug naar de herbergier.

And he accused him of having changed his pot.

En hij beschuldigde hem ervan dat hij zijn pot had verwisseld.

At first the innkeeper acted surprised.

In eerste instantie leek de herbergier verbaasd.

Then he pretended to be angry at the accusation.

Vervolgens deed hij alsof hij boos was over de beschuldiging.

Finally, he chased him out of his shop.

Uiteindelijk joeg hij hem uit zijn winkel.

He had no way of getting the pot back.

Hij had geen manier om de pot terug te krijgen.

The Brahman knew what he had to do.

De Brahman wist wat hij moest doen.

He went to see the goddess Durga again.

Hij ging opnieuw naar de godin Durga.

Siva and Durga honored him with their presence.

Siva en Durga eerden hem met hun aanwezigheid.

Durga spoke to the poor Brahman.

Durga sprak tot de arme Brahman.

"So, you have lost the pot I gave you"

"Dus je bent de pot kwijt die ik je gaf"

"I take pity on your situation"

"Ik heb medelijden met je situatie"

"Here is another magical pot"

"Hier is nog een magische pot"

"Take this pot, and make good use of it"

"Neem deze pot en maak er goed gebruik van"

The Brahman was elated with joy.

De Brahman was opgetogen van vreugde.

He made obeisance to the divine couple.

Hij bracht een buiging voor het goddelijke paar.

And he took the pot with him.

En hij nam de pot mee.

Again he had to see if the pot worked.

Opnieuw moest hij kijken of de pot het deed.

He turned the pot upside down.
Hij draaide de pot om.
And he shook the pot as before.
En hij schudde de pot zoals eerder.
And he waited for the murukku to fall out.
En hij wachtte tot de murukku eruit zou vallen.
But no, horror of horrors!
Maar nee hoor, wat een gruwel!
Murukku did not fall from the pot.
Murukku viel niet uit de pot.
Instead of murukku, demons jumped out.
In plaats van murukku sprongen er demonen uit.
They began to beat the astonished Brahman.
Ze begonnen de verbaasde Brahman te slaan.
The Brahman received punches and kicks.
De Brahman kreeg stoten en trappen.
But he kept his presence of mind.
Maar hij behield zijn tegenwoordigheid van geest.
He turned the pot the right way up.
Hij draaide de pot weer rechtop.
And he covered the pot up again.
En hij dekte de pot weer af.
Fortunately his quick thinking worked.
Gelukkig had zijn snelle denkwerk succes.
The demons disappeared as soon as he did this.
Zodra hij dit deed, verdwenen de demonen onmiddellijk.
The Brahman tried to understand what this meant.
De Brahman probeerde te begrijpen wat dit betekende.
It must be to punish the innkeeper!
Het zal wel een straf zijn voor de herbergier!
So he went to the innkeeper again.
Hij ging dus opnieuw naar de herbergier.
He gave him the new pot.
Hij gaf hem de nieuwe pot.
He begged of him to look after the pot.
Hij smeekte hem om op de pot te letten.
Just like he had done before.

Precies zoals hij eerder had gedaan.
He went for his ablutions and prayers.
Hij ging erheen voor zijn wassing en gebeden.
The innkeeper was delighted.
De herbergier was opgetogen.
He had been given a second godsend.
Hij had nog een tweede geschenk uit de hemel gekregen.
He agreed to take the greatest care of the pot.
Hij beloofde de grootste zorg aan de pot te besteden.
He waited for the Brahman to go.
Hij wachtte tot de Brahman weg was.
And he called his wife and children.
En hij belde zijn vrouw en kinderen.
"This is another pot from the Brahman"
"Dit is nog een pot van de Brahman"
"This time I hope it is not murukku"
"Deze keer hoop ik dat het geen murukku is"
"I hope this pot is full of sandesa"
"Ik hoop dat deze pot vol sandesa zit"
"Come, be ready with the baskets"
"Kom, maak de manden klaar"
"I will turn the pot upside down"
"Ik zal de pot op zijn kop zetten"
"And then I will shake the pot"
"En dan schud ik de pot"
And he did what he said he would do.
En hij deed wat hij beloofd had.
But the room did not fill with food.
Maar de kamer werd niet gevuld met eten.
This time the room filled with demons.
Deze keer vulde de kamer zich met demonen.
The demons caught hold of the innkeeper.
De demonen grepen de herbergier vast.
And the demons also caught his family.
En de demonen namen ook zijn familie te pakken.
And the demons beat them mercilessly.
En de demonen sloegen hen genadeloos.

They would have completely destroyed the shop.
Ze zouden de winkel compleet vernield hebben.
But the victims ran to the Brahman.
Maar de slachtoffers renden naar de Brahman.
The Brahman had returned from his ablutions.
De Brahman was teruggekeerd van zijn wassing.
The Brahman showed mercy to them.
De Brahman toonde genade aan hen.
And he accepted their request.
En hij accepteerde hun verzoek.
But there was one condition to his help.
Maar er was één voorwaarde voor zijn hulp.
"I will only help if I get my pot back"
"Ik help alleen als ik mijn wiet terugkrijg"
The innkeeper didn't have much choice.
De herbergier had niet veel keus.
He had to accept the Brahman's conditions.
Hij moest de voorwaarden van de Brahman accepteren.
The Brahman put the pot upright again.
De Brahman zette de pot weer rechtop.
And he put the lid on the pot.
En hij deed het deksel op de pot.
He took his pot back from the innkeeper.
Hij nam zijn pot terug van de herbergier.
And he returned back to his village.
En hij keerde terug naar zijn dorp.
Now the Brahman had two magical pots.
De Brahman had twee magische potten.
The Brahman shut the door of his house.
De Brahman sloot de deur van zijn huis.
And he called his family again.
En hij belde zijn familie opnieuw.
He turned the murukku-pot upside down.
Hij draaide de murukku-pot om.
And he shook the murukku-pot as before.
En hij schudde de murukku-pot zoals eerder.
This time the magic pot worked.

Deze keer werkte de toverpot.
An endless stream of the finest murukku.
Een eindeloze stroom van de mooiste murukku.
The family devoured the sweetmeat.
Het gezin smulde van de lekkernij.
They ate to their hearts' content.
Ze aten tot ze honger hadden.
All the pots and pans were filled.
Alle potten en pannen waren gevuld.

The next day the Brahman became confectioner.
De volgende dag werd de Brahman banketbakker.
He opened a shop in his house.
Hij opende een winkel in zijn huis.
And he sold the best murukku.
En hij verkocht de beste murukku.
The whole village came to the Brahman's house.
Het hele dorp kwam naar het huis van de brahmaan.
They all wanted to buy the wonderful murukku.
Ze wilden allemaal de prachtige murukku kopen.
They had never seen such murukku in their life.
Ze hadden nog nooit in hun leven zoiets murukku gezien.
It was the most delicious murukku they ever had.
Het was de lekkerste murukku die ze ooit hadden gegeten.
No one had ever made anything like this dessert.
Niemand had ooit zoiets als dit dessert gemaakt.
The reputation of the Brahman's murukku spread.
De reputatie van de murukku van de Brahman verspreidde
zich.
Soon people from outside the city came.
Al snel kwamen er mensen van buiten de stad.
Cartloads of the sweetmeat were sold every day.
Elke dag werden er karrenvrachten vol van dit lekkers
verkocht.
The Brahman quickly became very rich.
De Brahman werd al snel heel rijk.
He built a large brick house.

Hij bouwde een groot bakstenen huis.
And he lived like a nobleman of the land.
En hij leefde als een edelman van het land.
Once, however, his luck almost changed.
Maar op een gegeven moment keerde het geluk bijna.
His children had taken the wrong pot.
Zijn kinderen hadden de verkeerde pot gepakt.
A large number of demons came out.
Er kwamen een groot aantal demonen naar buiten.
And they caught hold of the Brahman's wife.
En ze grepen de vrouw van de Brahman vast.
And they also caught his children.
En ook zijn kinderen werden gevangen genomen.
They were striking them mercilessly.
Ze sloegen genadeloos.
Fortunately the Brahman came back into the house.
Gelukkig kwam de Brahman weer het huis binnen.
He turned the pot back to its proper position.
Hij draaide de pot terug naar de juiste positie.
He wanted to prevent a similar catastrophe.
Hij wilde een soortgelijke ramp voorkomen.
So the Brahman had a private room built.
De Brahman liet dus een privékamer bouwen.
And he put the pot in a secret place.
En hij zette de pot op een geheime plek.
Mortals, however, do not have the luck of Gods.
Stervelingen hebben echter niet het geluk van goden.
Uninterrupted prosperity is not their fortune.
Ononderbroken welvaart is niet hun lot.
The demon-pot had been put out of the way.
De demonenpot was uit de weg geruimd.
But why might accident not befall the murukku pot?
Maar waarom zou het ongeluk de murukku-pot niet
overkomen?
One day the Brahman and his wife were absent.
Op een dag waren de brahmaan en zijn vrouw afwezig.
The children decided to shake the pot.

De kinderen besloten de pot te schudden.
Each of them wanted to do the honors.
Ze wilden allebei de honneurs waarnemen.
So there was a fight to get the pot.
Er ontstond dus een gevecht om de pot.
In the struggle the pot fell to the ground.
Door de worsteling viel de pot op de grond.
Like any other earthen pot, it broke.
Net als elke andere aardewerken pot brak hij.
Eventually the Braham came back home again.
Uiteindelijk kwam Braham weer thuis.
You can imagine how the news grieved him.
Je kunt je voorstellen hoe verdrietig hij was toen hij dit hoorde.
Of course the children were well cudgeled.
Uiteraard werden de kinderen flink geknuffeld.
But anger could not replace the pot.
Maar woede kon de pot niet vervangen.
After some days he went to the forest again.
Na een paar dagen ging hij weer naar het bos.
He offered many a prayer for Durga's favor.
Hij bad veelvuldig voor de gunst van Durga.
At last Siva and Durga appeared to him.
Eindelijk verschenen Siva en Durga aan hem.
They listened to how the pot had been broken.
Ze luisterden naar het gebroken potje.
Durga decided to give him another pot.
Durga besloot hem nog een pot te geven.
But this pot was accompanied with a caution.
Maar deze pot ging gepaard met een waarschuwing.
"Brahman, take care of this pot"
"Brahman, zorg goed voor deze pot"
"Do not break or lose this pot again"
"Breek of verlies deze pot niet meer"
"Next time I will not give you another pot"
"De volgende keer geef ik je geen nieuwe pot"
The Brahman made obeisance to the Gods.

De Brahman bracht zijn eerbetuigingen aan de Goden.
And he went straight back to his house.
En hij ging meteen terug naar huis.
This time he did not halt at the innkeepers'.
Deze keer bleef hij niet bij de herbergiers staan.
He shut the door of his house.
Hij deed de deur van zijn huis dicht.
He called his family to him.
Hij riep zijn familie bij zich.
And he turned the pot upside down.
En hij draaide de pot om.
And then he began to shake the pot.
En toen begon hij de pot te schudden.
They were only expecting murukku.
Ze verwachtten alleen maar murukku.
But this time it was not murukku.
Maar deze keer was het geen murukku.
A stream of beautiful sandesa poured out.
Een stroom van prachtige sandesa stroomde eruit.
It was the finest sandesa you can imagine.
Het was de mooiste sandesa die je je maar kunt voorstellen.
It truly was the food of Gods.
Het was werkelijk het voedsel van de goden.
The Brahman set up another shop.
De Brahman opende nog een winkel.
Now he was selling sandesa.
Nu verkocht hij sandesa.
The fame of his shop soon drew large crowds.
De bekendheid van zijn winkel trok al snel grote menigten.
People came from all over the country.
Mensen kwamen uit het hele land.
At all festivals and marriage feasts.
Op alle feesten en huwelijksfeesten.
And at all funeral celebrations in the area.
En bij alle begrafenissen in de regio.
No one bought any other sandesa.
Niemand kocht een andere sandesa.

All day long the pot produced sandesa.
De hele dag door produceerde de pot sandesa.
Gigantic jars were filled with sweet.
Enorme potten waren gevuld met snoep.
And the jars were sent all over the country.
En de potten werden door het hele land verzonden.

The Brahman's wealth made the Zemindar jealous.
De rijkdom van de Brahman maakte de Zemindar jaloers.
In these days all villages had a Zemindar.
In die tijd hadden alle dorpen een Zemindar.
He had heard strange things about the sandesa.
Hij had vreemde dingen gehoord over de sandesa.
He heard the dessert came from a magic pot.
Hij hoorde dat het dessert uit een magische pot kwam.
So he devised a plan to get this pot.
Dus bedacht hij een plan om deze pot te bemachtigen.
His son was going to get married.
Zijn zoon ging trouwen.
To celebrate there was a great feast.
Om dit te vieren werd er een groot feest gehouden.
Many hundreds of people were invited.
Er waren honderden mensen uitgenodigd.
Mountain-loads of sandesa were required.
Er waren bergen sandesa nodig.
The Zemindar made a proposal to the Brahman.
De Zemindar deed de Brahman een voorstel.
"Bring the magical pot to my house"
"Breng de magische pot naar mijn huis"
At first the Brahman refused to bring the pot.
In eerste instantie weigerde de Brahman de pot te brengen.
But the Zemindar insisted.
Maar de Zemindar bleef volhouden.
"I will have hundreds of guests"
"Ik zal honderden gasten ontvangen"
"I will need mountains of sandesa"
"Ik heb bergen sandesa nodig"

"More sandesa than you can carry"
"Meer sandesa dan je kunt dragen"
"Bring the vessel to my house"
"Breng het schip naar mijn huis"
"It will be easier for you and me"
"Het zal makkelijker zijn voor jou en mij"
Eventually the Brahman agreed.
Uiteindelijk stemde de Brahman toe.
Himalayas of sandesa were shaken out.
De Himalaya van Sandesa werd geschud.
But the Zemindar got hold of the pot.
Maar de Zemindar kreeg de pot te pakken.
The Zemindar insulted the Brahman.
De Zemindar beledigde de Brahman.
And he chased him out of his house.
En hij joeg hem uit zijn huis.
The Brahman didn't give vent to anger.
De Brahman gaf geen uiting aan zijn boosheid.
Instead, he quietly went back to his house.
In plaats daarvan ging hij stilletjes terug naar zijn huis.
He went to the private room.
Hij ging naar de privékamer.
And he took out the demon-pot.
En hij haalde de demonenpot tevoorschijn.
He came back to the Zemindar's house.
Hij kwam terug naar het huis van de Zemindar.
And he went to the door of the Zemindar.
En hij ging naar de deur van de Zemindar.
He turned the pot upside down.
Hij draaide de pot om.
And then shook the magical pot.
En toen schudde ik de magische pot.
A hundred demons fell out of the pot.
Honderd demonen vielen uit de pot.
The chaos was impossible to describe.
De chaos was niet te beschrijven.
The unearthly visitors flooded the party.

De buitenaardse bezoekers overspoelden het feest.
They caught hundreds of the guests.
Ze vingen honderden gasten op.
And the demons beat them mercilessly.
En de demonen sloegen hen genadeloos.
The women were dragged by their hair.
De vrouwen werden aan hun haren meegesleurd.
The Zemindar was chased from room to room.
De Zemindar werd van kamer naar kamer gejaagd.
The demons' mischief was getting out of hand.
De demonen begonnen steeds bozer te worden.
Someone had to put an end to their mischief.
Iemand moest een einde maken aan hun onheil.
Else all the men would have been killed.
Anders waren alle mannen gedood.
And the house would have been torn to the ground.
En het huis zou met de grond gelijk zijn gemaakt.
The Zemindar fell at the feet of the Brahman.
De Zemindar viel aan de voeten van de Brahman.
And he begged to be shown mercy.
En hij smeekte om genade.
The Brahman showed him great mercy.
De Brahman toonde hem grote genade.
And he put the demons back in the pot.
En hij stopte de demonen terug in de pot.
The Zemindar never disturbed the Brahman again.
De Zemindar heeft de Brahman nooit meer lastiggevallen.
Nor was he disturbed by anyone else.
Ook werd hij door niemand anders gestoord.
And he lived for many happy years.
En hij leefde nog vele gelukkige jaren.

The Story of the Rakshasas
Het verhaal van de Rakshasa's

There was once a poor dimwitted Brahman.
Er was eens een arme, domme Brahman.
This dimwitted man had a wife, but no children.
Deze domme man had een vrouw, maar geen kinderen.
But him not having children was probably for the best.
Maar dat hij geen kinderen kreeg, was waarschijnlijk het beste.
Because he was barely able to meet his own needs.
Omdat.hij nauwelijks in zijn eigen behoeften kon voorzien.
And he could hardly supply enough for his wife.
En hij kon zijn vrouw nauwelijks van voldoende voedsel
voorzien.
But his dimwittedness was not even his biggest problem.
Maar zijn domheid was nog niet eens zijn grootste probleem.
This dimwitted man was also a rather lazy man!
Deze domme man was ook nog eens een nogal lui man!
He was averse to making any long journeys.
Hij had een hekel aan lange reizen.
Had he travelled further he might have had enough.
Als hij verder was gereisd, had hij er misschien genoeg van
gehad.
He could have got presents from rich men.
Hij had cadeautjes van rijke mannen kunnen krijgen.
This would have enabled them to live comfortably.
Zo konden ze comfortabel leven.
There was a great king in a neighbouring country.
Er was eens een grote koning in een naburig land.
The mother of the great king had just died.
De moeder van de grote koning was net overleden.
So this king was celebrating the funeral obsequies.
Deze koning was dus de begrafenisplechtigheid aan het
vieren.
And the funeral was celebrated with great pomp.
En de begrafenis werd met veel pracht en praal gevierd.
Brahmans and beggars were coming from faraway lands.

Brahmanen en bedelaars kwamen uit verre landen.
They all came expecting to receive rich presents.
Ze kwamen allemaal met de verwachting mooie geschenken te ontvangen.
The Brahman's wife requested him to also go.
De vrouw van de brahmaan verzocht hem ook mee te gaan.
"Seize this opportunity and get us a little money"
"Grijp deze kans en zorg dat we wat geld krijgen"
But his constitutional indolence stood in the way.
Maar zijn constitutionele luiheid stond hem in de weg.
The woman, however, gave her husband no rest.
De vrouw gunde haar man echter geen rust.
Finally she extorted from him the promise.
Uiteindelijk wist ze hem de belofte af te dwingen.
He promised his wife that he would go.
Hij beloofde zijn vrouw dat hij zou gaan.
The good woman, accordingly, cut down a plantain tree.
De goede vrouw hakte daarom een weegbreeboom om.
And she burnt the plantain tree to ashes.
En ze verbrandde de weegbreeboom tot as.
With the ashes she cleaned the clothes of her husband.
Met de as waste ze de kleren van haar man.
And she made his clothes as white as any cleaner could.
En ze maakte zijn kleren zo wit als een schoonmaakster maar kan.
Her husband was going to the palace of a great king.
Haar man ging naar het paleis van een grote koning.
The king could not be approached by men in rags.
Mannen in lompen konden de koning niet benaderen.
Besides, Brahman are bound to appear neat and clean.
Bovendien zien Brahmanen er netjes en schoon uit.
At last, one morning the Brahman left his house.
Eindelijk verliet de brahmaan op een ochtend zijn huis.
And he made his way to the palace of the great king.
En hij ging op weg naar het paleis van de grote koning.
I have already mentioned he was a dimwitted man.
Ik heb al gezegd dat hij een domme man was.

He did not inquire which road he should take.
Hij vroeg zich niet af welke weg hij moest nemen.
Instead, he walked on and on without directions.
In plaats daarvan liep hij maar door, zonder aanwijzingen.
And he followed wherever his nose pointed him.
En hij volgde waar zijn neus hem heen leidde.
I don't need to say he was not on the right road.
Ik hoef niet te zeggen dat hij niet op de goede weg was.
The regions he wandered became less and less inhabited.
De gebieden waar hij rondzwierf, raakten steeds minder bewoond.
Soon he met no human being for many miles.
Al snel kwam hij kilometers ver geen mens meer tegen.
But there were many other things he saw there.
Maar hij zag daar nog veel meer.
Things he had never seen in all his life.
Dingen die hij nog nooit in zijn hele leven had gezien.
He saw hillocks of cowries on the roadside.
Hij zag heuvels met kauri's langs de weg.
Cowries were shells used as money in those times.
Kauri's waren schelpen die destijds als betaalmiddel werden gebruikt.
He kept going and saw hillocks of jewels.
Hij liep verder en zag bergen vol juwelen.
Next, he saw hillocks of four-anna pieces.
Vervolgens zag hij heuvels met vier-anna stukken.
Further along were hillocks of eight-anna pieces.
Iets verderop lagen heuveltjes met acht-anna stukken.
And further yet were hillocks of rupees.
En nog verder weg lagen bergen roepies.
But the Brahman's surprise did not end there.
Maar de verrassing van de Brahman eindigde daar niet.
Next there was a hill of burnished gold-mohurs.
Daarna was er een heuvel met gepolijste gouden mohurs.
The burnished gold-mohurs were shining brightly.
De gepolijste gouden mohurs glansden fel.
Because the gold-mohurs had been freshly minted.

Omdat de gouden mohurs vers geslagen waren.
Close to the hill of gold-mohurs was a large house.
Dichtbij de heuvel van de goudmohurs stond een groot huis.
The house looked like the palace of a powerful king.
Het huis leek op het paleis van een machtige koning.
At the door stood a lady of exquisite beauty.
Bij de deur stond een dame van uitzonderlijke schoonheid.
The lady, seeing the Brahman, said;
Toen de dame de Brahman zag, zei ze:
"Come to me, my beloved husband"
"Kom naar mij, mijn geliefde echtgenoot"
"You married me when I was young"
"Je trouwde met mij toen ik jong was"
"But you never came back after our marriage"
"Maar je kwam nooit meer terug na ons huwelijk"
"Though I have been daily expecting you"
"Hoewel ik je dagelijks verwachtte"
"Blessed be this day," said the lady.
"Gezegend zij deze dag," zei de dame.
"On this day I see the face of my husband"
"Op deze dag zie ik het gezicht van mijn man"
"Come, my sweet, come in," she asked of him.
"Kom, mijn liefje, kom binnen," vroeg ze hem.
"You must be fatigued from your long journey"
"Je moet wel moe zijn van je lange reis"
"Wash your feet and rest, and eat and drink"
"Was uw voeten en rust uit, en eet en drink"
"And after that we shall make ourselves merry"
"En daarna zullen wij vrolijk zijn"
The Brahman was astonished beyond measure.
De Brahman was buitengewoon verbaasd.
He had no recollection marrying twice.
Hij kon zich niet herinneren dat hij twee keer getrouwd was.
He remembered marrying the wife he left at home.
Hij herinnerde zich dat hij getrouwd was met de vrouw die hij
thuis had achtergelaten.
But he did not remember marrying this lady.

Maar hij kon zich niet herinneren dat hij met deze dame getrouwd was.

But he remembered that he was a Kulin Brahman.

Maar hij herinnerde zich dat hij een Kulin Brahman was.

Perhaps his father got him married as a child.

Misschien liet zijn vader hem al trouwen toen hij nog een kind was.

But what he thought did not matter much.

Maar wat hij dacht, deed er niet zoveel toe.

The woman was certain he was her husband.

De vrouw was er zeker van dat hij haar man was.

And he had no reason to say he was not her husband.

En hij had geen reden om te zeggen dat hij niet haar echtgenoot was.

Because her beauty was more than he could fathom.

Omdat haar schoonheid groter was dan hij kon bevatten.

As beautiful as the Goddesses of Indra's heaven.

Zo mooi als de Godinnen in de hemel van Indra.

And he was sure that she was wealthy too.

En hij was er zeker van dat zij ook rijk was.

These thoughts went through the Brahman's mind.

Deze gedachten gingen door het hoofd van de Brahman.

But the lady interrupted his flow of thought.

Maar de dame onderbrak zijn gedachtestroom.

"Are you doubting whether I am your wife?"

"Twijfel je eraan of ik je vrouw ben?"

"Have you lost all memories of that happy event?

"Ben je alle herinneringen aan die gelukkige gebeurtenis kwijt?

"All the pomp and circumstance of our nuptials"

"Al de pracht en praal van onze bruiloft"

"Come in, beloved; this is your house"

"Kom binnen, geliefde; dit is uw huis"

"Because whatever is mine is thine also"

"Want wat van mij is, is ook van jou"

The fair lady easily persuaded the Brahman.

De schone dame overtuigde de brahmaan met gemak.

And he succumbed to her loving entreaties.
En hij gaf toe aan haar liefdevolle smeekbeden.
And he went into the house of the lady.
En hij ging het huis van de dame binnen.
The house was not an ordinary one.
Het huis was niet doorsnee.
The house was in fact a magnificent palace.
Het huis was in feite een prachtig paleis.
All the apartments were large and lofty.
Alle appartementen waren groot en hoog.
Every room in the palace was richly furnished.
Iedere kamer in het paleis was rijk gemeubileerd.
But one thing surprised the Brahman very much.
Maar één ding verbaasde de Brahman zeer.
There was no other person in all the house.
Er was verder niemand in het huis.
The only one there was the lady herself.
De enige die er was, was de dame zelf.
He could not account for the strange phenomenon.
Hij kon het vreemde verschijnsel niet verklaren.
They meet anyone on their walks either.
Ook op hun wandelingen komen ze niemand tegen.
The fact was that the lady was not a human being.
Het feit was dat de dame geen mens was.
What the lady really was was a Rakshasi.
Deze dame was werkelijk een Rakshasi.
She had eaten up the king and queen.
Ze had de koning en koningin opgegeten.
And she had eaten all the members of the royal family.
En ze had alle leden van de koninklijke familie opgegeten.
And gradually she had eaten their servants too.
En geleidelijk aan begon ze ook hun bedienden op te eten.
This was why there were no humans far and wide.
Daarom waren er nergens ter wereld mensen.
The Rakshasi and the Brahman now lived together.
De Rakshasi en de Brahman leefden nu samen.
After a week the former said to the latter;

Na een week zei de eerste tegen de laatste;
"I am very anxious to see my sister"
"Ik kijk er erg naar uit om mijn zus te zien"
"As you know, my sister is your other wife"
"Zoals je weet, is mijn zus je andere vrouw "
"You must go and fetch my sister; your other wife"
"Je moet mijn zus gaan halen; je andere vrouw"
"Then we shall all live together happily"
"Dan zullen we allemaal gelukkig samenleven"
"You must go to get her early tomorrow"
"Je moet haar morgen vroeg ophalen"
"I will give you clothes and jewels for her"
"Ik zal je kleren en juwelen voor haar geven"
Next morning the Brahman set out for his home.
De volgende morgen vertrok de brahmaan naar huis.
He was furnished with fine clothes.
Hij was voorzien van mooie kleren.
And he wore around his wrists costly ornaments.
En om zijn polsen droeg hij kostbare sieraden.

The poor woman was in great distress.
De arme vrouw was in grote nood.
The funeral ceremony of the king's mother was over.
De begrafenisceremonie van de moeder van de koning was
voorbij.
All the Brahmans and Pandits had returned.
Alle brahmanen en pandits waren teruggekeerd.
And they were loaded with donations.
En ze waren overladen met donaties.
But her husband had not returned.
Maar haar man was niet teruggekomen.
No one could give any news of him.
Niemand kon iets over hem vertellen.
Because no one had seen him there.
Omdat niemand hem daar had gezien.
The woman therefore could only come to one conclusion.
De vrouw kon dus maar tot één conclusie komen.

He must have been murdered on the road by highwaymen.
Hij is waarschijnlijk door struikrovers op straat vermoord.
She was in this terrible suspense.
Ze verkeerde in een vreselijke spanning.
But then one day she heard some rumors.
Maar op een dag hoorde ze een aantal geruchten.
People in her village were talking about her husband.
Mensen in haar dorp praatten over haar man.
They said they saw him coming back.
Ze zeiden dat ze hem zagen terugkomen.
And they said he was dressed in fine clothes.
En ze zeiden dat hij mooie kleren droeg.
And they said he had fine jewels for his wife.
En ze zeiden dat hij mooie juwelen voor zijn vrouw had.
And sure enough the Brahman soon appeared.
En jawel hoor, al snel verscheen de Brahman.
And he was carrying fine jewels for his wife.
En hij had mooie juwelen bij zich voor zijn vrouw.
On seeing his wife the Brahman thus accosted her;
Toen de brahmaan zijn vrouw zag, sprak hij haar op deze manier aan;
"Come with me, my dearest wife"
"Kom met mij mee, mijn liefste vrouw"
"I have found my first wife"
"Ik heb mijn eerste vrouw gevonden"
"She lives in a stately palace"
"Ze woont in een statig paleis"
"Near her palace are hillocks of rupees"
"In de buurt van haar paleis liggen heuvels van roepies"
"And there is a large hill of gold-mohurs"
"En er is een grote heuvel met goudmohurs"
"Why should you pine away in wretchedness?"
"Waarom zou je in ellende wegkwijnen?"
"Why would you stay in this horrible place?"
"Waarom zou je op deze vreselijke plek blijven?"
"Come with me to the house of my first wife"
"Ga met mij mee naar het huis van mijn eerste vrouw"

"There we shall all live together happily"
"Daar zullen we allemaal gelukkig samenleven"
At first, she thought her half-witted man had gone mad.
Eerst dacht ze dat haar sullige man gek was geworden.
She could not imagine the hillocks of rupees.
Ze kon zich de bergen aan roepies niet voorstellen.
And she could not imagine a hill of gold-mohurs.
En ze kon zich geen berg goudmohurs voorstellen.
But then she saw how he was beautifully dressed.
Maar toen zag ze hoe prachtig hij gekleed was.
Beautiful clothes of exquisite silks and satins.
Prachtige kleding van verfijnde zijde en satijn.
Ornaments set with diamonds and precious stones.
Ornamenten bezet met diamanten en edelstenen.
Clothes fit for the queen of the land.
Kleding die past bij de koningin van het land.
Clothes only princesses were in the habit of putting on.
Kleren die alleen prinsessen droegen.
She concluded in her mind that something was amiss:
Ze concludeerde dat er iets niet klopte:
Her stupid husband must have been tricked.
Haar domme man moet voor de gek gehouden zijn.
He must have fallen into the meshes of a Rakshasi.
Hij moet in de netten van een Rakshasi terecht zijn gekomen.
The Brahman, however, insisted his wife went with him.
De brahmaan stond er echter op dat zijn vrouw met hem
meeging.
"Feel free to stay here and pine away in poverty"
"Voel je vrij om hier te blijven en weg te kwijnen in armoede"
"As for me, I will return to the palace of my first wife"
"Wat mij betreft, ik zal terugkeren naar het paleis van mijn
eerste vrouw"
The good woman did her best to stop her husband.
De goede vrouw deed haar best om haar man tegen te
houden.
But in the end she resolved to go with him.
Maar uiteindelijk besloot ze toch met hem mee te gaan.

Perhaps she could judge the matter better at the palace.
Misschien kon ze de zaak beter beoordelen op het paleis.

They set out accordingly the next morning.
De volgende ochtend gingen ze dan ook op pad.
They went the same road the Brahman had travelled.
Zij volgden dezelfde weg die de Brahman had afgelegd.
The woman was not a little surprised by what she saw.
De vrouw was niet weinig verrast door wat ze zag.
She saw the hillocks of cowries and of jewels.
Ze zag de heuvels met kauri's en juwelen.
And she saw hillocks of eight-anna pieces.
En ze zag heuvels met acht-anna stukken.
And she saw the hillocks of rupees too.
En ze zag ook de stapels roepies.
And last of all she saw a lofty hill of gold-mohurs.
En als laatste zag ze een hoge heuvel van gouden mohurs.
She saw also an exceedingly beautiful lady.
Ze zag ook een buitengewoon mooie dame.
The lady of the palace was hastening towards her.
De dame van het paleis haastte zich naar haar toe.
The lady fell on the neck of the Brahman woman.
De dame viel om de nek van de Brahman-vrouw.
And she wept tears of joy, and said:
En zij huilde tranen van vreugde en zei:
"Welcome, beloved sister!"
"Welkom, geliefde zuster!"
"This is the happiest day of my life!"
"Dit is de gelukkigste dag van mijn leven!"
"I see the face of my dearest sister again!"
"Ik zie het gezicht van mijn liefste zus weer!"
The husband and his two wives entered the palace.
De man en zijn twee vrouwen kwamen het paleis binnen.
Now he was lodged in a stately mansion.
Nu verbleef hij in een statig herenhuis.
The most delectable food appeared, as if by enchantment.
Als door betovering verscheen het heerlijkste eten.

He was caressed and endeared by his two wives.

Hij werd door zijn twee vrouwen gestreeld en vertroeteld.

Both wives did their best to make him happy.

Beide vrouwen deden hun best om hem gelukkig te maken.

Both wives did their best to make him comfortable.

Beide vrouwen deden hun best om het hem naar de zin te maken.

His two wives were competing for his love.

Zijn twee vrouwen streden om zijn liefde.

The Brahman had a jolly time of it.

De Brahman beleefde een geweldige tijd.

He was steeped in an ocean of enjoyment.

Hij was ondergedompeld in een oceaan van genot.

The Brahman lived in this state of Elysian pleasure.

De Brahman leefde in een staat van Elysisch genot.

Some fifteen or sixteen years he spent this way.

Hij bracht zo'n vijftien of zestien jaar door.

During this time his two wives presented him with two sons.

In deze periode kregen hij van zijn twee vrouwen twee zonen.

The Rakshasi's son was the elder.

De zoon van de Rakshasi was de oudste.

He looked more like a god than a human being.

Hij leek meer op een god dan op een mens.

He was named Sahasra-Dal.

Hij kreeg de naam Sahasra-Dal.

His name meant the thousand-branched.

Zijn naam betekent 'de duizend-vertakte'.

The son of the Brahman woman was a year younger.

De zoon van de Brahman-vrouw was een jaar jonger.

He was named Champa-Dal

Hij kreeg de naam Champa-Dal

His name meant the branch of a champaka tree.

Zijn naam betekent tak van een champakaboom.

The two brothers loved each other dearly.

De twee broers hielden heel veel van elkaar.

They were both sent to the same school.

Ze werden allebei naar dezelfde school gestuurd.
The school was several miles distant from the palace.
De school lag enkele kilometers van het paleis verwijderd.
Every day they rode their two little ponies to school.
Elke dag reden ze met hun twee kleine pony's naar school.
The Brahman woman had always been suspicious.
De brahmaanse vrouw was altijd al wantrouwend geweest.
A thousand little circumstances gave her clues.
Duizend kleine omstandigheden gaven haar aanwijzingen.
She knew her sister-in-law was not a human being.
Ze wist dat haar schoonzus geen mens was.
She was sure her sister-in-law was a Rakshasi.
Ze was er zeker van dat haar schoonzus een Rakshasi was.
But her suspicion had not yet ripened into certainty.
Maar haar vermoeden was nog niet omgeslagen in zekerheid.
Because the Rakshasi exercised great self-restraint.
Omdat de Rakshasi grote zelfbeheersing aan de dag legde.
She never did anything which human beings did not do.
Ze heeft nooit iets gedaan wat mensen niet doen.
But she couldn't hide her demonic nature forever.
Maar ze kon haar demonische aard niet voor altijd verbergen.
Her demonic nature was eventually going to reveal itself.
Haar demonische aard zou zich uiteindelijk openbaren.

The Brahman had little to keep him busy.
De Brahman had weinig om zich mee bezig te houden.
In order to pass his time he went hunting.
Om de tijd te doden ging hij jagen.
The first day he returned with an antelope.
De eerste dag kwam hij terug met een antilope.
The antelope was laid in the courtyard of the palace.
De antilope werd in de binnenplaats van het paleis
neergelegd.
The Rakshasi saw the antelope with great interest.
De Rakshasi keek met grote interesse naar de antilope.
At the sight of the raw meat her mouth began to water.

Toen ze het rauwe vlees zag, begon het water haar in de mond te lopen.

The antelope was never taken to the kitchen.

De antilope werd nooit naar de keuken gebracht.

Instead, the Rakshasi took the antelope to another room.

In plaats daarvan nam de Rakshasi de antilope mee naar een andere kamer.

In this room she began devouring the antelope.

In deze kamer begon ze de antilope te verslinden.

The Brahman woman saw everything from a secret room.

De Brahman-vrouw zag alles vanuit een geheime kamer.

Her Rakshasi sister tore a leg off the antelope.

Haar Rakshasi-zus scheurde een poot van de antilope af.

She saw how she opened her tremendous jaw.

Ze zag hoe haar enorme kaak opende.

And in one mouthful she swallowed up the leg.

En in één hap verslond ze het been.

The other limbs were devoured in the same manner.

De overige ledematen werden op dezelfde manier verslonden.

And opening her jaw even further, she swalled the body.

En ze opende haar kaken nog verder en slikte het lichaam in.

Only a little bit of the meat was kept for the kitchen.

Slechts een klein deel van het vlees werd bewaard voor de keuken.

On the second day the Brahman caught another antelope.

Op de tweede dag ving de Brahman nog een antilope.

On the third day the Brahman caught another antelope.

Op de derde dag ving de Brahman nog een antilope.

The Rakshasi was unable to restrain her appetite.

De Rakshasi kon haar eetlust niet bedwingen.

The raw flesh brought out her demonic nature.

Het rauwe vlees bracht haar demonische aard naar boven.

And she devoured each antelope like the last.

En ze verslond elke antilope net zo lang als de vorige.

On the third day the Brahman woman expressed her surprise.

Op de derde dag uitte de Brahman-vrouw haar verbazing.

"Nearly three whole antelopes have disappeared"
"Bijna drie hele antilopen zijn verdwenen"
"All that is left is a little bit of meat"
"Er blijft alleen een beetje vlees over"
The Rakshasi did not appreciate the accusation.
De Rakshasi kon de beschuldiging niet waarderen.
"Do I eat raw flesh?" she asked fiercely.
"Eet ik rauw vlees?" vroeg ze fel.
"Perhaps you do eat raw flesh," replied the Brahman
woman.
"Misschien eet je wel rauw vlees," antwoordde de
brahmaanvrouw.
"I have nothing to prove the contrary"
"Ik heb niets om het tegendeel te bewijzen"
The Rakshasi knew she had been discovered.
De Rakshasi wist dat ze ontdekt was.
Her eyes became even fiercer than before.
Haar ogen werden nog feller dan voorheen.
And she vowed to get her revenge.
En ze beloofde wraak te nemen.
The Brahman woman concluded her fate was sealed.
De Brahman-vrouw dacht dat haar lot bezegeld was.
She thought her husband would meet the same fate.
Ze dacht dat haar man hetzelfde lot zou ondergaan.
She did not expect her son to be spared either.
Ze had er ook niet op gerekend dat haar zoon gespaard zou
blijven.
That night she hardly slept at all.
Die nacht sliep ze nauwelijks.
The Rakshasi had prevented her from seeing her husband.
De Rakshasi had haar verhinderd haar man te zien.
Early next morning Champa-Dal went to school.
Vroeg de volgende morgen ging Champa-Dal naar school.
Before he went to school she gave her son a golden bottle.
Voordat hij naar school ging, gaf ze haar zoon een gouden fles.
In the golden bottle was her own breast milk.
In de gouden fles zat haar eigen moedermelk.

"Carefully watch the colour of the milk"
"Let goed op de kleur van de melk"
"If the milk turns red, your father has been killed"
"Als de melk rood kleurt, is je vader vermoord"
"If the milk turns redder, then I have been killed"
"Als de melk roder wordt, dan ben ik vermoord"
"If the milk turns red you must gallop away"
"Als de melk rood wordt, moet je weg galopperen"
"Gallop as fast as your horse can carry you"
"Galop zo snel als je paard je kan dragen"
"If you do not run away, you will be devoured"
"Als je niet wegrent, word je verslonden"
That morning the Rakshasi made a suggestion to her husband.
Die ochtend deed de Rakshasi een suggestie aan haar man.
"Let us bathe in the river this morning"
"Laten we vanmorgen in de rivier baden"
She would not take no for an answer.
Ze accepteerde geen 'nee' als antwoord.
The river was some distance from the palace.
De rivier lag op enige afstand van het paleis.
The Brahman followed her as meekly as a lamb.
De brahmaan volgde haar zo gedwee als een lammetje.
The Brahman woman saw that her doom was near.
De Brahman-vrouw zag dat haar ondergang nabij was.
But it was beyond her power to avert the catastrophe.
Maar het was buiten haar macht om de ramp te voorkomen.
The Brahman and the Rakshasi did indeed reach the river.
De Brahman en de Rakshasi bereikten inderdaad de rivier.
Soon after the Rakshasi changed into her real dimensions.
Kort daarna veranderde de Rakshasi in haar echte afmetingen.
She tore the Brahman limb from limb.
Ze scheurde de Brahman ledemaat voor ledemaat.
She devoured him like she had devoured the antelope.
Ze verslond hem zoals ze de antilope had verslonden.
Then she ran back to her palace.
Toen rende ze terug naar haar paleis.

The wive's fate was the same as the Brahman's.
Het lot van de vrouw was hetzelfde als dat van de Brahman.

Young Champ Dal had done as his mother instructed.
De jonge Champ Dal deed wat zijn moeder hem had
opgedragen.
He was diligently observing the golden bottle.
Hij bekeek de gouden fles aandachtig.
He paid special attention to the colour of the milk.
Hij besteedde speciale aandacht aan de kleur van de melk.
He was horror-struck to find the milk redden a little.
Tot zijn schrik zag hij dat de melk een beetje rood werd.
"My father has been killed," he cried.
"Mijn vader is vermoord", riep hij.
Soon after the milk completely reddened.
Kort daarna werd de melk geheel rood.
"Now my mother has been killed too," he cried.
"Nu is mijn moeder ook vermoord," riep hij.
Quickly he rushed to mount his pony.
Hij snelde ernaartoe om op zijn pony te klimmen.
His half-brother, Sahasra-Dal, was surprised.
Zijn halfbroer, Sahasra-Dal, was verrast.
"Where are you going, Champa?"
"Waar ga je heen, Champa?"
"Why are you crying, brother?"
"Waarom huil je, broer?"
"Let me accompany you to wherever you are going"
"Laat mij je vergezellen, waar je ook heen gaat"
But Champa-Dal now feared his brother.
Maar Champa-Dal was nu bang voor zijn broer.
"Oh! do not come to me," he objected.
"Oh, kom niet naar mij toe," wierp hij tegen.
"Your mother has devoured my father and mother"
"Jouw moeder heeft mijn vader en moeder verslonden"
"Don't you come and devour me"
"Kom niet en verslind mij"
"I will not devour you," he promised his brother.

"Ik zal je niet verslinden," beloofde hij zijn broer.

"I'll save you," he promised his brother.

"Ik zal je redden," beloofde hij zijn broer.

And he galloped after his brother, Champa-Dal.

En hij galoppeerde achter zijn broer, Champa-Dal.

Soon his mother, the Rakshasi, appeared at a distance.

Al snel verscheen zijn moeder, de Rakshasi, in de verte.

She demanded Champa-Dal to come to her.

Ze eiste dat Champa-Dal naar haar toe zou komen.

But Champa-Dal knew better than to go to the Rakshasi.

Maar Champa-Dal wist dat het beter was om niet naar de Rakshasi te gaan.

"Champa-Dal will not come to you, but I will"

"Champa-Dal komt niet naar je toe, maar ik wel"

And instead, Sahasra-Dal went to his mother.

En in plaats daarvan ging Sahasra-Dal naar zijn moeder.

The young prince always carried a sword with him.

De jonge prins droeg altijd een zwaard bij zich.

With his sword he cut off his mother's head.

Met zijn zwaard hakte hij het hoofd van zijn moeder af.

Champa-Dal had not stayed to witness this.

Champa-Dal was er niet bij geweest.

He had galloped off as far as his pony could carry him.

Hij galoppeerde zo ver als zijn pony hem kon dragen.

Because he was running for his life.

Omdat hij rende voor zijn leven.

But Sahasra-Dal soon caught up with his brother.

Maar Sahasra-Dal haalde zijn broer al snel in.

And he told him that his mother was no more.

En hij vertelde hem dat zijn moeder er niet meer was.

This was small consolation to Champa-Dal.

Voor Champa-Dal was dit een schrale troost.

The Rakshasi had already devoured both his parents.

De Rakshasi had zijn beide ouders al verslonden.

But he could still not trust Sahasra-Dal's friendship.

Maar hij kon de vriendschap van Sahasra-Dal nog steeds niet vertrouwen.

They both rode as fast as their horses could carry them.
Ze reden allebei zo snel als hun paarden hen konden dragen.
And their horses could carry them very far.
En hun paarden konden hen heel ver brengen.
Because their horses were Pakshirajes horses.
Omdat hun paarden Pakshirajes-paarden waren.
Pakshirajes horses are the kings of birds.
De paarden van Pakshiraje zijn de koningen onder de vogels.
On their horses they travelled over hundreds of miles.
Ze legden op hun paarden honderden kilometers af.
An hour or two before sundown they reached a village.
Een uur of twee voor zonsondergang bereikten ze een dorp.
Here they became the guests of a respectable family.
Hier werden ze te gast bij een respectabele familie.
But the two brothers saw the family was in gloom.
Maar de twee broers zagen dat het gezin in de put zat.
Something was agitating the family very much.
Er was iets dat de familie erg verontrustte.
Some of the family held private consultations.
Sommige familieleden hielden privéconsulten.
And others in the family were weeping.
En anderen in de familie huilden.
The mother was the eldest lady in the house.
De moeder was de oudste vrouw in het huis.
"I will go, as I am the eldest," she said.
"Ik ga, want ik ben de oudste", zei ze.
"I have lived long enough"
"Ik heb lang genoeg geleefd"
"At most my life would be cut short by a year or two"
"Mijn leven zou hooguit met een jaar of twee worden
ingekort"
The youngest member of the house was a little girl.
Het jongste lid van het gezin was een klein meisje.
"I will go, as I am young," she said.
"Ik ga, want ik ben jong," zei ze.
"I am useless to the family"
"Ik ben nutteloos voor de familie"

"If I die, I shall not be missed"
"Als ik sterf, zal ik niet gemist worden"
The head of the house was the son of the old lady.
Het hoofd van het gezin was de zoon van de oude dame.
"I am the representative of the family," he said.
"Ik ben de vertegenwoordiger van de familie", zei hij.
"It is but reasonable that I should give up my life"
"Het is maar redelijk dat ik mijn leven opgeef"
He also had a younger brother.
Hij had ook een jongere broer.
"You are the pillar of the family," he said.
"Jij bent de steunpilaar van de familie", zei hij.
"If you go the whole family is ruined"
"Als je gaat, is de hele familie geruïneerd"
"It is not reasonable that you should go"
"Het is niet redelijk dat je gaat"
"I will go, as I shall not be much missed"
"Ik zal gaan, want ik zal niet erg gemist worden"
The two strangers listened to all this conversation.
De twee vreemden luisterden naar het hele gesprek.
You can imagine their curiosity was not little.
Je kunt je voorstellen dat hun nieuwsgierigheid niet gering was.
They wondered what the discussion could be about.
Ze vroegen zich af waar het gesprek over zou gaan.
Sahasra-Dal took the risk of being thought meddlesome.
Sahasra-Dal nam het risico dat men hem als bemoeizuchtig zou beschouwen.
"What is the subject of your consultations?"
"Wat is het onderwerp van uw consultaties?"
"What is the reason for your deep miserable?"
"Wat is de reden voor jouw diepe ellende?"
"Why are your words full of countenances?"
"Waarom zijn uw woorden vol gezichten?"
The head of the house gave the following answer.
Het hoofd van het gezin gaf het volgende antwoord.
"There is something you must know, me worthy guests"

"Er is iets dat jullie moeten weten, beste gasten"
"These lands are infested by a terrible Rakshasi"
"Deze landen worden geteisterd door een verschrikkelijke Rakshasi"
"This Rakshasi has depopulated all the regions here"
"Deze Rakshasi heeft alle regio's hier ontvolkt"
"This town, too, would have been depopulated"
"Ook deze stad zou ontvolkt zijn"
"But that our king became suppliant to the Rakshasi"
"Maar dat onze koning smeekbeden tot de Rakshasi heeft gedaan"
"He begged her to show mercy to us his people"
"Hij smeekte haar om genade te tonen aan ons, zijn volk"
The Rakshasi replied to the king.
De Rakshasi antwoordde de koning.
"I will consent to show mercy to your subjects"
"Ik zal ermee instemmen genade te tonen aan uw onderdanen"
"But there is one condition for my mercy"
"Maar er is één voorwaarde voor mijn genade"
"Every night I demand one human being"
"Elke nacht eis ik één mens"
"I don't mind if it is a male or a female"
"Het maakt mij niet uit of het een man of een vrouw is"
"Put the human being in a temple for me to feast"
"Zet de mens in een tempel, zodat ik kan feesten"
"If I get a human being every night I will rest satisfied"
"Als ik elke nacht een mens krijg, zal ik tevreden zijn"
"Promise me this and I will commit no further depredations"
"Beloof me dit en ik zal geen verdere verwoestingen aanrichten"
"Your subjects will be spared from my ravenous hunger"
"Uw onderdanen zullen gespaard blijven van mijn vraatzuchtige honger"
"Our king had no other alternative than to agree"
"Onze koning had geen andere keus dan akkoord te gaan"

"What human can ever hope to contend against a Rakshasi?"
"Welk mens kan ooit hopen het op te nemen tegen een
Rakshasi?"
"From that day the king made a new law"
"Vanaf die dag maakte de koning een nieuwe wet"
"Every family has to send one member to the temple"
"Elk gezin moet één lid naar de tempel sturen"
"To appease the wrath of the terrible Rakshasi"
"Om de woede van de verschrikkelijke Rakshasi te sussen"
"To satisfy the endless hunger of the Rakshasi"
"Om de eindeloze honger van de Rakshasi te stillen"
"All the families in this neighbourhood have had their turn"
"Alle gezinnen in deze buurt hebben hun beurt gehad"
"This night it is the turn of our family"
"Vanavond is onze familie aan de beurt"
"One of us is to devote ourself to destruction"
"Een van ons moet zich wijden aan de vernietiging"
**"We are therefore discussing who should go to the
Rakshasi"**
"We bespreken daarom wie er naar de Rakshasi moet gaan"
"You can now perceive the cause of our distress"
"Je kunt nu de oorzaak van onze nood waarnemen"
The two friends consulted together for a few minutes.
De twee vrienden overlegden een paar minuten met elkaar.
After this time they concluded their consultation.
Hierna beëindigden ze hun consultatie.
Sahasra-Dal was the spokesman for the brothers.
Sahasra-Dal was de woordvoerder van de broers.
"Most worthy host, do not any longer be sad"
"Waardevolle gastheer, wees niet langer verdrietig"
"You have been very kind to us"
"Je bent erg aardig voor ons geweest"
"We have resolved to requite your hospitality"
"Wij hebben besloten uw gastvrijheid te belonen"
"We will go to the temple instead of you"
"Wij gaan in jouw plaats naar de tempel"
"We shall go as your representatives"

"Wij zullen als uw vertegenwoordigers gaan"
"We will become the food of the Rakshasi"
"Wij zullen het voedsel van de Rakshasi worden"
The whole family protested against the proposal.
De hele familie protesteerde tegen het voorstel.
They declared that guests were like gods.
Zij beweerden dat gasten als goden waren.
"The host must ensure the comfort of the guests"
"De gastheer moet zorgen voor het comfort van de gasten"
"The guests must not suffer for the host"
"De gasten mogen niet lijden voor de gastheer"
But the two strangers could not be persuaded.
Maar de twee vreemdelingen konden niet overtuigd worden.
"We will stand as proxies for your family"
"Wij zullen als plaatsvervangers voor uw familie optreden"
There was a great deal of objection to the proposal.
Er was veel bezwaar tegen het voorstel.
But eventually the guests persuaded their hosts.
Maar uiteindelijk wisten de gasten hun gastheren te
overtuigen.
Finally the hosts consented to the arrangement.
Uiteindelijk stemden de gastheren in met de regeling.

Sahasra-Dal and Champa-Dal rode off on their horses.
Sahasra-Dal en Champa-Dal vertrokken op hun paarden.
Immediately after candle light they reached the temple.
Meteen na het kaarslicht bereikten ze de tempel.
They went into the temple, and shut the door.
Ze gingen de tempel binnen en sloten de deur.
Sahasra told his brother to go to sleep.
Sahasra zei tegen zijn broer dat hij moest gaan slapen.
"I will guard over your sleep"
"Ik zal over je slaap waken"
"I will watch out for the terrible Rakshasi"
"Ik zal oppassen voor de verschrikkelijke Rakshasi"
Champa was soon in a fine sleep.
Champa sliep al snel heerlijk.

Sahasra lay awake, waiting for the Rakshasi.
Sahasra lag wakker en wachtte op de Rakshasi.
Nothing happened during the early hours of the night.
In de vroege uurtjes van de nacht gebeurde er niets.
But then the gong of the king's bell sounded.
Maar toen klonk de gong van de koningsbel.
It was midnight, the dead hour of the night.
Het was middernacht, het diepste uur van de nacht.
Sahasra heard the sound as of a rushing tempest.
Sahasra hoorde het geluid als van een storm.
He used the knowledge he had of Rakshasas.
Hij maakte gebruik van de kennis die hij had over Rakshasa's.
He concluded the Rakshasi was nigh.
Hij concludeerde dat de Rakshasi nabij was.
A thundering knock was heard at the door.
Er klonk een donderend geklop op de deur.
The following words accompanied the knock at the door:
Toen er op de deur werd geklopt, klonken de volgende
woorden:
"How, mow, khow! A human being I smell"
"Hoe, maai, khow! Een mens ruik ik."
"Who keeps guard inside this temple?"
"Wie houdt de wacht in deze tempel?"
To this question Sahasra-Dal made the following reply:
Op deze vraag gaf Sahasra-Dal het volgende antwoord:
"Sahasra-Dal keeps guard inside this temple"
"Sahasra-Dal houdt de wacht in deze tempel"
"Champa-Dal keeps guard inside this temple"
"Champa-Dal houdt de wacht in deze tempel"
"Two winged horses keep guard inside this temple"
"Twee gevleugelde paarden houden de wacht in deze tempel"
Rakshasa blood flowed through Sahasra-Dal's veins.
Rakshasa-bloed stroomde door de aderen van Sahasra-Dal.
The Rakshasi knew Sahasra-Dal was not human.
De Rakshasi wisten dat Sahasra-Dal geen mens was.
And so the Rakshasi turned away with a groan.
En de Rakshasi keerde zich kreunend om.

After an hour the Rakshasi returned to the temple.

Na een uur keerde de Rakshasi terug naar de tempel.

The Rakshasi thundered at the door again.

De Rakshasi donderde opnieuw bij de deur.

"How, mow, khow! A human being I smell"

"Hoe, maai, khow! Een mens ruik ik."

"Who keeps guard inside this temple?"

"Wie houdt de wacht in deze tempel?"

To this question Sahasra-Dal again replied:

Op deze vraag antwoordde Sahasra-Dal opnieuw:

"Sahasra-Dal keeps guard inside this temple"

"Sahasra-Dal houdt de wacht in deze tempel"

"Champa-Dal keeps guard inside this temple"

"Champa-Dal houdt de wacht in deze tempel"

"Two winged horses keep guard inside this temple"

"Twee gevleugelde paarden houden de wacht in deze tempel
"

The Rakshasi again groaned and went away.

De Rakshasi kreunde opnieuw en ging weg.

At two o'clock the Rakshasi appeared once more.

Om twee uur verscheen de Rakshasi opnieuw.

And at three o'clock the Rakshasi came again.

En om drie uur kwam de Rakshasi opnieuw.

Each time the Rakshasi made the same inquiry.

Elke keer stelde de Rakshasi dezelfde vraag.

And each time the Rakshasi left with a groan.

En iedere keer vertrok de Rakshasi met een kreun.

After three o'clock, however, Sahasra-Dal felt very sleepy.

Maar na drie uur voelde Sahasra-Dal zich erg slaperig.

He could not any longer keep awake.

Hij kon niet langer wakker blijven.

He therefore roused Champa.

Daarom wekte hij Champa op.

And he told him to keep guard over the temple.

En hij gaf hem opdracht om de tempel te bewaken.

"The Rakshasi will come again in an hour"

"De Rakshasi komt over een uur weer"

"The Rakshasi will ask who keeps guard here"
"De Rakshasi zal vragen wie hier de wacht houdt"
"You must mention Sahasra's name first"
"Je moet eerst de naam van Sahasra noemen"
Having given these instructions he went to sleep.
Nadat hij deze instructies had gegeven, ging hij slapen.
At four o'clock the Rakshasi again made her appearance.
Om vier uur verscheen de Rakshasi opnieuw.
The Rakshasi thundered at the door, and said:
De Rakshasi donderde bij de deur en zei:
"How, mow, khow! A human being I smell"
"Hoe, maai, khow! Een mens ruik ik."
"Who keeps guard inside this temple?"
"Wie houdt de wacht in deze tempel?"
Champa-Dal was in a terrible fright.
Champa-Dal was doodsbang.
He had forgotten the instructions of his brother.
Hij was de instructies van zijn broer vergeten.
"Champa-Dal keeps guard inside this temple"
"Champa-Dal houdt de wacht in deze tempel"
"Sahasra-Dal keeps guard inside this temple"
"Sahasra-Dal houdt de wacht in deze tempel"
"Two winged horses keep guard inside this temple"
"Twee gevleugelde paarden houden de wacht in deze tempel"
The Rakshasi uttered a shout of exultation.
De Rakshasi slaakte een vreugdekreet.
And the Rakshasi laughed how only demons can laugh.
En de Rakshasi lachte, zoals alleen demonen kunnen lachen.
With a dreadful noise the door broke open.
Met een vreselijk geluid brak de deur open.
The noise roused Sahasra from his sleep.
Het geluid wekte Sahasra uit zijn slaap.
Within a moment he sprung to his feet.
Binnen een ogenblik sprong hij overeind.
He had his sword with him not only by day.
Hij had zijn zwaard niet alleen overdag bij zich.
He had his sword with him by night too.

Ook 's nachts had hij zijn zwaard bij zich.
His sword was as supple as a palm-leaf.
Zijn zwaard was zo soepel als een palmblad.
And he cut off the head of the Rakshasi.
En hij hakte het hoofd van de Rakshasi af.
The huge mountain of a body fell to the ground.
Een enorme berg van lijken stortte neer.
The body made a great noise when it fell.
Het lichaam maakte een hard geluid toen het viel.
And the body covered many surrounding acres.
En het lichaam bedekte vele omliggende hectaren.
Sahasra-Dal kept the severed head of the Rakshasi.
Sahasra-Dal bewaarde het afgehakte hoofd van de Rakshasi.
And he slept again with the head near him.
En hij sliep weer, met zijn hoofd bij zich.

Early in the morning some wood-cutters came.
Vroeg in de morgen kwamen er houthakkers.
The wood-cutters were passing near the temple.
De houthakkers liepen langs de tempel.
The wood-cutters saw the huge body on the ground.
De houthakkers zagen het enorme lichaam op de grond
liggen.
So they walked towards the temple.
Ze liepen dus naar de tempel.
Soon they saw that it was a carcass.
Al snel zagen ze dat het een karkas was.
The carcass of the terrible Rakshasi.
Het karkas van de verschrikkelijke Rakshasi.
The Rakshasi that had nearly depopulated the land.
De Rakshasi die het land bijna had ontvolkt.
There had been a bounty for this Rakshasi.
Er was een beloning uitgeloofd voor deze Rakshasi.
The king offered the hand of his daughter.
De koning bood haar de hand van zijn dochter aan.
And the king had offered half the kingdom.
En de koning had de helft van het koninkrijk aangeboden.

He would trade it all for the head of the Rakshasi.

Hij zou het allemaal willen ruilen voor het hoofd van de Rakshasi.

The wood-cutters saw no claimant at hand.

De houthakkers zagen geen rechthebbende.

So they went to get the reward.

Dus gingen ze de beloning halen.

Each wood-cutter cut off a limb from the Rakshasi.

Elke houthakker hakte een tak van de Rakshasi af.

And each wood-cutter went to the king.

En elke houthakker ging naar de koning.

And each wood-cutter tried to claim the reward.

En elke houthakker probeerde de beloning op te eisen.

"I am the destroyer of the great man eater"

"Ik ben de vernietiger van de grote menseneter"

"I have come to claim my reward"

"Ik ben gekomen om mijn beloning op te eisen"

The king knew there could only be one hero.

De koning wist dat er maar één held kon zijn.

So he made an inquiry with his minister.

Hij informeerde daarom bij zijn minister.

"What family's turn was it last night?"

"Welk gezin was er gisteravond aan de beurt?"

"And who is the head of that family?"

"En wie is het hoofd van dat gezin?"

The king's minister set out to find the family.

De minister van de koning ging op zoek naar de familie.

He brought the head of the family to the king.

Hij bracht het hoofd van de familie naar de koning.

And the head of the family told of his guests.

En het hoofd van de familie vertelde over zijn gasten.

"Last night two youthful travelers came to me"

"Gisteravond kwamen er twee jonge reizigers naar mij toe"

"We offered to be their hosts for the night"

"Wij hebben aangeboden om hun gastheer en gastvrouw te zijn voor de nacht"

"Soon they discovered the problem we had"

"Al snel ontdekten ze het probleem dat we hadden"
"And they volunteered to take our place"
"En ze hebben zich vrijwillig aangemeld om onze plaats in te nemen"
"They went to the temple, instead of one of us"
"Zij gingen naar de tempel, in plaats van een van ons"
The king took his men to the temple.
De koning nam zijn mannen mee naar de tempel.
The door of the temple was broken open.
De deur van de tempel werd opengebroken.
They found the two brothers sleeping.
Ze troffen de twee broers slapend aan.
And the horses were safe in the temple too.
En ook in de tempel waren de paarden veilig.
And the head of the Rakshasi was there too.
En het hoofd van de Rakshasi was er ook.
There was no doubt about who had killed the monster.
Er bestond geen twijfel over wie het monster had gedood.
The real hero had been discovered.
De echte held was ontdekt.
And the king kept true to his word.
En de koning hield woord.
He gave the hand of his daughter to Sahasra-Dal.
Hij gaf de hand van zijn dochter aan Sahasra-Dal.
And he gave him half his kingdom too.
En hij gaf hem ook de helft van zijn koninkrijk.
Champa-Dal remained with his friend.
Champa-Dal bleef bij zijn vriend.
And he rejoiced in Sahasra-Dal's prosperity.
En hij verheugde zich over de voorspoed van Sahasra-Dal.
And they lived together happily for some time.
En ze leefden een tijdje gelukkig samen.

But one day a misunderstanding arose between them.
Maar op een dag ontstond er een misverstand tussen hen.
The queen-mother had a certain maid-servant.
De koningin-moeder had een bepaalde dienstmeid.

This maid-servant was the most useful domestic.
Deze dienstmeid was de nuttigste huishoudster.
She could turn her hand to any task.
Ze kon elke taak aan.
And she had uncommon strength for a woman.
En ze had voor een vrouw een ongewone kracht.
Her intelligence was not lacking either.
Ook aan haar intelligentie ontbrak het haar niet.
And she had a remarkable amount of energy.
En ze had opvallend veel energie.
She would have been quickly missed in the palace.
Ze zou in het paleis snel gemist zijn.
The zenana was completely dependent on her.
De zenana was volledig afhankelijk van haar.
Hence her services were highly valued.
Haar diensten werden daarom zeer gewaardeerd.
The queen-mother appreciated her very much.
De koningin-moeder had veel waardering voor haar.
And the ladies of the palace valued her too.
En ook de dames van het paleis waardeerden haar.
But this valuable woman was not a woman.
Maar deze waardevolle vrouw was geen vrouw.
What this woman was was a Rakshasi.
Deze vrouw was een Rakshasi.
She had put on the appearance of a woman.
Ze had het uiterlijk van een vrouw aangenomen.
She had her own nefarious reasons for doing this.
Ze had haar eigen duistere redenen om dit te doen.
And then she took service in the royal household.
Daarna nam ze dienst in het koninklijk huis.
At night she used to assume her own real form.
's Nachts nam ze haar eigen, echte vorm aan.
When everyone in the palace was asleep.
Toen iedereen in het paleis sliep.
And then she went about in search of food.
En toen ging ze op zoek naar voedsel.
Because her hunger was not satisfied at the palace.

Omdat haar honger in het paleis niet gestild werd.

A Rakshasi needs much more food than a man or woman.

Een Rakshasi heeft veel meer voedsel nodig dan een man of vrouw.

At this time Champa-Dal had no wife.

Champa-Dal was in die tijd nog niet getrouwd.

So he often slept outside the zenana.

Daarom sliep hij vaak buiten de zenana.

He was not far from the outer gate of the palace.

Hij bevond zich niet ver van de buitenpoort van het paleis.

And from there he could observe her.

En van daaruit kon hij haar observeren.

He saw her devouring sundry goats and sheep.

Hij zag hoe ze allerlei geiten en schapen verslond.

And he saw her devouring horses and elephants.

En hij zag hoe ze paarden en olifanten verslond.

This of course was not good for the maid-servant.

Dit was uiteraard niet goed voor het dienstmeisje.

Champa-Dal was in the way of her supper.

Champa-Dal zat in de weg bij haar avondeten.

So she was determined to get rid of him.

Ze was dus vastbesloten om van hem af te komen.

One day she went to the queen-mother.

Op een dag ging ze naar de koningin-moeder.

"Queen-mother," she said to her.

"Koningin-moeder," zei ze tegen haar.

"I can no longer work in the palace"

"Ik kan niet meer in het paleis werken"

"Why?" asked the queen-mother.

"Waarom?" vroeg de koningin-moeder.

"What is the matter, Dasi" she wanted to know.

"Wat is er aan de hand, Dasi?" wilde ze weten.

"How can I go on without you?"

"Hoe kan ik verder zonder jou?"

"Tell me your reasons for leaving"

"Vertel me de redenen waarom je weggaat"

The maid-servant explained her situation.

De dienstmeid legde haar situatie uit.
"I am but a poor woman in this palace"
"Ik ben maar een arme vrouw in dit paleis"
"A woman like me can't preserve her honour here"
"Een vrouw als ik kan hier haar eer niet behouden"
"Your son-in-law has a friend, Champa-Dal"
"Uw schoonzoon heeft een vriend, Champa-Dal"
"He always cracks indecent jokes with me"
"Hij maakt altijd onfatsoenlijke grappen met mij"
"I would rather beg for my rice than to lose my honour"
"Ik zou liever om mijn rijst bedelen dan mijn eer te verliezen"
"If Champa-Dal remains in the palace I must go away"
"Als Champa-Dal in het paleis blijft, moet ik weggaan"
The maid-servant was irreplicable in the palace.
De dienstmeid was onvervangbaar in het paleis.
The queen-mother knew what sacrifice to make.
De koningin-moeder wist welk offer ze moest brengen.
Champa-Dal was going to have to leave the palace.
Champa-Dal zou het paleis moeten verlaten.
And she told Sahasra-Dal all her reasons.
En ze vertelde Sahasra-Dal al haar redenen.
"Champa-Dal is a bad man"
"Champa-Dal is een slecht mens"
"His character and morals are loose"
"Zijn karakter en moraal zijn losjes"
"He must leave this palace at once"
"Hij moet dit paleis onmiddellijk verlaten"
Sahasra-Dal did his best to persuade her otherwise.
Sahasra-Dal deed zijn best om haar van het tegendeel te overtuigen.
He earnestly pleaded on behalf of his friend.
Hij pleitte vurig voor zijn vriend.
But his efforts were in vain.
Maar zijn pogingen waren tevergeefs.
The queen-mother had made up her mind.
De koningin-moeder had haar besluit genomen.
He had to be driven out of the palace.

Hij moest uit het paleis worden verdreven.
Sahasra-Dal had not the courage to tell his friend.
Sahasra-Dal had niet de moed om het aan zijn vriend te
vertellen.
He therefore wrote a letter to him.
Daarom schreef hij hem een brief.
In the letter he was vague about the reason.
In de brief was hij vaag over de reden.
But either way, he was going to have to leave.
Maar hoe dan ook, hij zou moeten vertrekken.
Champa-Dal went to have a bath.
Champa-Dal ging baden.
And the letter was put in his room.
En de brief werd in zijn kamer gelegd.
Champa-Dal was grieved upon reading the letter.
Champa-Dal was bedroefd toen hij de brief las.
He mounted his fleet of horses.
Hij besteeg zijn vloot paarden.
And on his horses he left the palace.
En op zijn paarden verliet hij het paleis.

Champa's horses were uncommonly fleet.
Champa's paarden waren buitengewoon snel.
Soon he had traversed thousands of miles.
Al snel had hij duizenden kilometers afgelegd.
And eventually he reached a new city.
En uiteindelijk bereikte hij een nieuwe stad.
He stood at the gateway of a magnificent palace.
Hij stond bij de poort van een prachtig paleis.
He dismounted from his horse.
Hij steeg van zijn paard.
And he entered the palace.
En hij ging het paleis binnen.
But in the palace he met not a single creature.
Maar in het paleis trof hij geen enkel wezen aan.
He went from apartment to apartment.
Hij ging van appartement naar appartement.

All the rooms were richly furnished.

Alle kamers waren rijk gemeubileerd.

But none of the rooms were lived in.

Maar er was geen enkele kamer bewoond.

But in the end he came to a different room.

Maar uiteindelijk kwam hij in een andere kamer terecht.

In this room there was a young lady.

In deze kamer was een jonge dame.

The young lady was of heavenly beauty.

De jonge dame was van een hemelse schoonheid.

And she was lying down on a splendid bedstead.

En ze lag op een prachtig bedframe.

The beautiful young lady was asleep.

De mooie jonge dame sliep.

Champa-Dal looked upon the sleeping beauty.

Champa-Dal keek naar de schone slaapster.

He was captivated by what he was seeing.

Hij was gefascineerd door wat hij zag.

He had not seen any woman so beautiful.

Hij had nog nooit zo'n mooie vrouw gezien.

Upon the bed there were two sticks.

Op het bed lagen twee stokken.

The two sticks were near the woman's head.

De twee stokken lagen vlak bij het hoofd van de vrouw.

One of the sticks was made of silver.

Eén van de stokjes was gemaakt van zilver.

And the other stick was made of gold.

En de andere stok was van goud.

Champa took the silver stick into his hand.

Champa nam het zilveren stokje in zijn hand.

And with the stick he touched the body of the lady.

En met de stok raakte hij het lichaam van de dame aan.

But no change was perceptible to her sleep.

Maar er was geen enkele verandering merkbaar in haar slaap.

He then took up the gold stick.

Toen pakte hij de gouden stok.

And with the stick he touched the body of the lady.

En met de stok raakte hij het lichaam van de dame aan.
This time the young lady did awake.
Deze keer werd de jonge dame wel wakker.
Eyeing the stranger, she inquired who he was.
Ze keek de vreemdeling aan en vroeg wie hij was.
"I am Champa-Dal," he told her.
"Ik ben Champa-Dal," vertelde hij haar.
"There was once a poor dimwitted Brahman"
"Er was eens een arme, domme brahmaan"
"This dimwitted man had a wife, but no children"
"Deze domme man had een vrouw, maar geen kinderen"
"But him not having children was probably for the best"
"Maar dat hij geen kinderen kreeg, was waarschijnlijk het beste"
"Because he was barely able to meet his own needs"
"Omdat hij nauwelijks in zijn eigen behoeften kon voorzien"
"And he could hardly supply enough for his wife"
"En hij kon nauwelijks genoeg voor zijn vrouw produceren"
"But his dimwittedness was not even his biggest problem"
"Maar zijn domheid was niet eens zijn grootste probleem"
And he continued the story as we have followed it.
En hij vervolgde het verhaal zoals wij het hebben gevolgd.
"My mother concluded her fate was sealed"
"Mijn moeder concludeerde dat haar lot bezegeld was"
"And she thought my father would meet the same fate"
"En ze dacht dat mijn vader hetzelfde lot zou ondergaan"
"And she did not expect me to be spared either"
"En ze had ook niet verwacht dat ik gespaard zou blijven"
"That night she hardly slept at all"
"Die nacht heeft ze nauwelijks geslapen"
"The Rakshasi had prevented her from seeing my father"
"De Rakshasi had haar verhinderd mijn vader te zien"
"Early next morning I went to school"
"Vroeg de volgende ochtend ging ik naar school"
"Before I went to school she gave me a golden bottle"
"Voordat ik naar school ging, gaf ze me een gouden fles"
"In the golden bottle was her own breast milk"

"In de gouden fles zat haar eigen moedermelk"
"I was told to carefully watch the colour of the milk"
"Mij werd verteld dat ik goed op de kleur van de melk moest letten"
And he continued the story as we have followed it.
En hij vervolgde het verhaal zoals wij het hebben gevolgd.
"We will stand as proxies for your family"
"Wij zullen als plaatsvervangers voor uw familie optreden"
"There was a great deal of objection to our proposal"
"Er was veel bezwaar tegen ons voorstel"
"But eventually we persuaded our hosts"
"Maar uiteindelijk hebben we onze gastheren kunnen overtuigen"
"Finally the hosts consented to the arrangement"
"Uiteindelijk stemden de gastheren in met de regeling"
And he continued the story as we have followed it.
En hij vervolgde het verhaal zoals wij het hebben gevolgd.
"So I often slept outside the zenana"
"Dus ik sliep vaak buiten de zenana"
"I was not far from the outer gate of the palace"
"Ik was niet ver van de buitenpoort van het paleis"
"And from there I could observe her"
"En van daaruit kon ik haar observeren"
"I saw her devouring sundry goats and sheep"
"Ik zag haar allerlei geiten en schapen verslinden "
"And I saw her devouring horses and elephants"
"En ik zag haar paarden en olifanten verslinden"
And he continued the story as we have followed it.
En hij vervolgde het verhaal zoals wij het hebben gevolgd.
"One day a letter was put in my room"
"Op een dag werd er een brief in mijn kamer gelegd"
"I was grieved upon reading the letter"
"Ik was bedroefd toen ik de brief las"
"I mounted my fleet of horses"
"Ik heb mijn vloot paarden bereden"
"And on my horses he left the palace"
"En op mijn paarden verliet hij het paleis"

"My horse are uncommonly fleet"
"Mijn paarden zijn buitengewoon snel"
"Soon I had traversed thousands of miles"
"Binnenkort had ik duizenden kilometers afgelegd"
"And eventually I reached a new city"
"En uiteindelijk bereikte ik een nieuwe stad"
And he continued the story as we have followed it.
En hij vervolgde het verhaal zoals wij het hebben gevolgd.
"I took the silver stick into his hand"
"Ik nam de zilveren stok in zijn hand"
"And with the stick I touched your body"
"En met de stok raakte ik je lichaam aan"
"But no change was perceptible to your sleep"
"Maar er was geen verandering merkbaar in uw slaap"
"I then took up the gold stick"
"Toen pakte ik de gouden stok"
And with the stick he touched your body.
En met de stok raakte hij jouw lichaam aan.
"This time you did awake from your sleep"
"Deze keer werd je wakker uit je slaap"
The young lady had listened to Champa-Dal's story.
De jonge dame had naar het verhaal van Champa-Dal geluisterd.
The young lady was in fact a princess.
De jonge dame was in feite een prinses.
"Unhappy man! why have you come here?"
"Ongelukkige man! Waarom ben je hier gekomen?"
"This is the country of Rakshasas"
"Dit is het land van de Rakshasa's"
"No less than seven hundred Rakshasas live here"
"Er wonen hier niet minder dan zevenhonderd Rakshasa's"
"Every morning the Rakshasas leave"
"Elke ochtend vertrekken de Rakshasa's"
"They go to the other side of the ocean"
"Ze gaan naar de andere kant van de oceaan"
"And they search for provisions there"
"En daar zoeken ze naar voedsel"

"And before dusk they return again"
"En voor zonsondergang keren ze weer terug"
"My father was king in these regions"
"Mijn vader was koning in deze streken"
"His kingdom had millions of subjects"
"Zijn koninkrijk telde miljoenen onderdanen"
"They lived in flourishing towns and cities"
"Ze woonden in bloeiende steden"
"But some years ago the Rakshasas invaded"
"Maar een paar jaar geleden vielen de Rakshasa's binnen"
"And they devoured all the subjects of the kingdom"
"En zij verslonden alle onderdanen van het koninkrijk"
"The Rakshasas devoured my father and my mother"
"De Rakshasa's verslonden mijn vader en mijn moeder"
"The Rakshasas devoured my brothers and sisters"
"De Rakshasa's verslonden mijn broeders en zusters"
"And they devoured all the cattle of the country"
"En zij verslonden al het vee van het land"
"There is no living human being in these regions"
"Er is geen levend mens in deze streken"
"I am the last human living left"
"Ik ben de laatste levende mens die nog over is"
"I too would have been devoured long ago"
"Ik zou ook allang verslonden zijn"
"But an old Rakshasi took a liking to me"
"Maar een oude Rakshasi kreeg een oogje op mij"
"She prevents the other Rakshasas from eating me"
"Ze voorkomt dat de andere Rakshasa's mij opeten"
"Do you see those sticks of silver and gold?"
"Zie je die zilveren en gouden staven?"
"Every morning she kills me with the silver stick"
"Elke ochtend vermoordt ze mij met de zilveren stok"
"Every evening she re-animates me with the gold stick"
"Elke avond bezielt ze mij met de gouden stok"
"I do not know how to advise you"
"Ik weet niet hoe ik u moet adviseren"
"If the Rakshasas see you, you are a dead man"

"Als de Rakshasa's je zien, ben je ten dode opgeschreven."
Then they talked in a very affectionate manner.
Toen begonnen ze op een heel liefdevolle manier met elkaar te praten.
And they laid their heads together.
En ze staken hun hoofden bij elkaar.
And they thought to devise a means of escape.
En ze dachten een manier te bedenken om te ontsnappen.
Some way to get out of the hands of the Rakshasas.
Een manier om uit de handen van de Rakshasa's te komen.

The hour of the return of the Rakshasas was coming.
Het uur van de terugkeer van de Rakshasa's kwam.
The seven hundred flesh-eaters were soon returning.
De zevenhonderd vleeseters kwamen al snel terug.
Keshavati called out to Champa-Dal.
Keshavati riep naar Champa-Dal.
(Because that was the name of the princess)
(Omdat dat de naam van de prinses was)
"Hide yourself in the heaps of the sacred trefoil"
"Verberg jezelf in de hopen van het heilige klaverblad"
But first Champ Dal picked up the silver stick.
Maar eerst pakte Champ Dal het zilveren stokje op.
He touched Keshavati with the silver stick.
Hij raakte Keshavati aan met de zilveren stok.
And as soon as he touched her, she died.
En zodra hij haar aanraakte, stierf ze.
Then he went to the center of the temple of Siva.
Vervolgens ging hij naar het centrum van de tempel van Shiva.
And he hid beneath the heaps of sacred trefoil.
En hij verborg zich onder de stapels heilige klaver.
From his hiding place he heard the sound of wind rushing.
Vanuit zijn schuilplaats hoorde hij het geluid van de wind.
Then he heard terrible noises in the palace.
Toen hoorde hij vreselijke geluiden in het paleis.
The Rakshasas had come home from their hunt.

De Rakshasa's kwamen thuis van hun jacht.

They had filled their stomachs with meat.

Ze hadden hun magen gevuld met vlees.

Sundry goats, sheep, cows, horses, buffaloes.

Diverse geiten, schapen, koeien, paarden en buffels.

And they had devoured elephants too.

En ze hadden ook olifanten verslonden.

The old Rakshasi returned to the palace too.

Ook de oude Rakshasi keerde terug naar het paleis.

She went to the room of the sleeping princess.

Ze ging naar de kamer van de slapende prinses.

And she woke her with the stick made of gold.

En ze maakte haar wakker met de stok van goud.

"Hye, mye, khye! A human being I smell"

"Hye, mye, khye! Ik ruik een mens."

"I am the only human being here," said the princess.

"Ik ben de enige mens hier," zei de prinses.

"Eat me if you like," added Keshavati.

"Eet me maar op als je wilt," voegde Keshavati toe.

To this the Rakshasi replied:

Hierop antwoordde de Rakshasi:

"Let me eat up your enemies"

"Laat mij uw vijanden opeten"

"Why should I eat you?" she asked the princess.

"Waarom zou ik jou opeten?" vroeg ze aan de prinses.

She laid herself down on the ground.

Ze legde zich op de grond.

She was as long and high as the Vindhya Hills.

Ze was zo lang en hoog als de Vindhyaheuvels.

And in this position she fell asleep.

En in deze positie viel ze in slaap.

The other Rakshasas and Rakshasis soon fell asleep too.

Al snel vielen ook de andere Rakshasa's en Rakshasis in slaap.

Because they were tired from their gigantic labour.

Omdat ze moe waren van hun gigantische werk.

Keshavati also composed herself to sleep.

Keshavati ging ook slapen.

But Champa did not dare to come out from under the leaves.
Maar Champa durfde niet onder de bladeren vandaan te
komen.
And he tried his best to pray to the god of repose.
En hij deed zijn best om te bidden tot de god van de rust.

At daybreak all seven hundred Rakshasas got up again.
Bij het aanbreken van de dag stonden alle zevenhonderd
Rakshasa's weer op.
They went on their usual predatory excursion.
Ze gingen op hun gebruikelijke rooftocht.
And along with them went the old Rakshasi.
En met hen mee ging de oude Rakshasi.
But first the old Rakshasi picked up the silver stick.
Maar eerst pakte de oude Rakshasi het zilveren stokje op.
And she touched Keshavati with the silver stick.
En ze raakte Keshavati aan met de zilveren stok.
Soon the coast was clear for Champa-Dal.
Al snel was de kust veilig voor Champa-Dal.
And he dared to come out from under the pile of leaves.
En hij durfde onder de stapel bladeren vandaan te komen.
He walked back into the room of the princess.
Hij liep terug naar de kamer van de prinses.
And he touched her with the golden stick.
En hij raakte haar aan met de gouden stok.
And the princess revived from her death again.
En de prinses stond weer op uit de dood.
They sauntered about in the gardens.
Ze slenterden door de tuinen.
They enjoyed the cool breeze of the morning.
Ze genoten van de koele ochtendbries.
They bathed in a lucid pool of water.
Ze baadden in helder water.
And they ate and drank food in the palace.
En ze aten en dronken in het paleis.
And they spent the day in sweet converse.
En ze brachten de dag door met zoete gesprekken.

And they concocted a plan for their deliverance.
En ze bedachten een plan om hen te bevrijden.
Keshavaity was going to speak to the old Rakshasi.
Keshavaity ging met de oude Rakshasi praten.
She was going to ask on what a Rakshasa's life depended.
Ze wilde vragen waar het leven van een Rakshasa van afhing.
And with that secret they were going to act accordingly.
En met dat geheim zouden ze ook handelen.

The hour of the return of the Rakshasas was coming again.
Het uur van de terugkeer van de Rakshasa's kwam weer.
And events unfolded as they had the evening before.
En de gebeurtenissen verliepen zoals de avond ervoor.
The seven hundred flesh-eaters were returning to the palace.
De zevenhonderd vleeseters keerden terug naar het paleis.
Champ Dal touched Keshavati with the silver stick.
Champ Dal raakte Keshavati aan met de zilveren stok.
She died like the had died the night before.
Ze stierf zoals ze de avond ervoor was gestorven.
Champa-Dal went to the centre of the temple of Siva.
Champa-Dal ging naar het centrum van de tempel van Shiva.
He hid beneath the heaps of sacred trefoil again.
Hij verborg zich weer onder de stapels heilige klaver.
He heard the sound of wind rushing.
Hij hoorde het geluid van de wind.
And he heard terrible noises in the palace.
En hij hoorde vreselijke geluiden in het paleis.
The Rakshasas had come home from their hunt.
De Rakshasa's kwamen thuis van hun jacht.
They had filled their stomachs with meat.
Ze hadden hun magen gevuld met vlees.
Sundry goats, sheep, cows, horses, buffaloes.
Diverse geiten, schapen, koeien, paarden en buffels.
And they had devoured elephants too.
En ze hadden ook olifanten verslonden.
The old Rakshasi returned to the palace too.
Ook de oude Rakshasi keerde terug naar het paleis.

She went to the room of the sleeping princess.
Ze ging naar de kamer van de slapende prinses.
And she woke her with the stick made of gold.
En ze maakte haar wakker met de stok van goud.
"Hye, mye, khye! A human being I smell"
"Hye, mye, khye! Ik ruik een mens."
"I am the only human being here," said the princess.
"Ik ben de enige mens hier," zei de prinses.
"Eat me if you like," added Keshavati.
"Eet me maar op als je wilt," voegde Keshavati toe.
To this the Rakshasi replied:
Hierop antwoordde de Rakshasi:
"Let me eat up your enemies"
"Laat mij uw vijanden opeten"
"Why should I eat you?" she asked the princess.
"Waarom zou ik jou opeten?" vroeg ze aan de prinses.
She laid herself down on the ground.
Ze legde zich op de grond.
And she looked like a part of the Himalaya mountains.
En het leek wel alsof ze uit de Himalaya kwam.
Keshavati had a phial of heated mustard oil.
Keshavati had een flesje met verhitte mosterdolie.
And she approached the foot of the Rakshasi.
En ze naderde de voet van de Rakshasi.
"Mother, your feet are sore from walking"
"Moeder, je voeten doen pijn van het lopen"
"Let me rub your sore feet with oil"
"Laat mij je pijnlijke voeten met olie inwrijven"
And she began to rub with oil the Rakshasi's feet.
En ze begon de voeten van de Rakshasi met olie in te wrijven.
Then a few tear-drops fell from the eyes of the princess.
Toen vielen er een paar tranen uit de ogen van de prinses.
And the tear-drops landed on the monster's legs.
En de tranen kwamen op de benen van het monster terecht.
The Rakshasi tasted the tear-drops with her lips.
De Rakshasi proefde de tranen met haar lippen.
And she found the tear-drops tasted briny.

En ze vond dat de tranen zilt smaakten.

"Why are you weeping, darling?" asked the Rakshasi.

"Waarom huil je, lieverd?" vroeg de Rakshasi.

"What aileth thee?" she wanted to know.

"Wat is er met je?" wilde ze weten.

The princess tried to stop herself from crying.

De prinses probeerde haar tranen niet in te houden.

"Mother, I am weeping because you are old"

"Moeder, ik huil omdat je oud bent"

"When you die one of the Rakshasas will devour me"

"Als je sterft, zal een van de Rakshasa's mij verslinden"

"When I die?! Don't be foolish, girl"

"Als ik doodga?! Wees niet zo dwaas, meisje."

"Don't you know that Rakshasas never die?"

"Weet je niet dat Rakshasa's nooit sterven?"

"We are not naturally immortal"

"Wij zijn niet van nature onsterfelijk"

"There is a secret to our strength"

"Er schuilt een geheim in onze kracht"

"But no human can unravel this secret"

"Maar geen mens kan dit geheim ontrafelen"

"But let me tell you the secret"

"Maar laat me je het geheim vertellen"

"So that you are comforted a little"

"Zodat je een beetje getroost wordt"

"Do you see the pool of water in the palace?"

"Zie je de waterpoel in het paleis?"

"In that pool of water is a Sphatikasthamba"

"In die plas water zit een Sphatikasthamba"

"The Sphatikasthambha is deep in the water"

"De Sphatikasthambha ligt diep in het water"

"And on the Sphatikasthambha are two bees"

"En op de Sphatikasthambha zijn twee bijen"

"A human being would have to dive into the water"

"Een mens zou in het water moeten duiken"

"The human being would have to bring the bees onto dry land"

"De mens zou de bijen naar het droge moeten brengen "
"Then the human being would have to kill the two bees"
"Dan zou de mens de twee bijen moeten doden"
"But not a drop of their blood must touch the ground"
"Maar geen druppel van hun bloed mag de grond raken"
"Only then can a human kill a Rakshasa"
"Alleen dan kan een mens een Rakshasa doden"
**"But if the blood touches the ground, a thousand Rakshasas
will rise"**
"Maar als het bloed de grond raakt, zullen er duizend
Rakshasa's opstaan"
"But what human will find out this secret?"
"Maar welke mens zal dit geheim ontdekken?"
"And what human can achieve this feat?"
"En welk mens kan deze prestatie leveren?"
"No human knows the secret to the life of a Rakshasa"
"Geen mens kent het geheim van het leven van een Rakshasa"
"And no human can achieve such a feat"
"En geen mens kan zo'n prestatie leveren"
"So there is no reason to be sad, my darling"
"Er is dus geen reden om verdrietig te zijn, mijn liefste"
"I am practically immortal," she confirmed.
"Ik ben praktisch onsterfelijk", bevestigde ze.
Keshavati treasured the secret in her memory.
Keshavati koesterde het geheim in haar herinnering.
And then she went back to sleep.
En toen viel ze weer in slaap.

Next morning the Rakshasas, as usual, went away.
De volgende morgen vertrokken de Rakshasa's, zoals
gebruikelijk.
Champa came out of his hiding-place.
Champa kwam uit zijn schuilplaats.
And he roused Keshavati from her sleep.
En hij wekte Keshavati uit haar slaap.
The princess told him the secret she had learnt.
De prinses vertelde hem het geheim dat ze had geleerd.

Champa-Dal immediately started to prepare himself.
Champa-Dal begon zich onmiddellijk voor te bereiden.
He brought to the pool a knife.
Hij nam een mes mee naar het zwembad.
And he brought a quantity of ashes.
En hij bracht een hoeveelheid as mee.
He took off his heavy clothes.
Hij trok zijn zware kleren uit.
He put a drop or two of mustard oil into each ear.
Hij deed een druppel of twee mosterdolie in elk oor.
To prevent water from entering into his ears.
Om te voorkomen dat er water in zijn oren komt.
He swam out into the middle of the water.
Hij zwom het water in.
And from there he dove down into the pool.
En vandaar dook hij het zwembad in.
Soon he reached the top of the crystal pillar.
Al snel bereikte hij de top van de kristallen pilaar.
And on Sphatikasthambha were the two bees.
En op Sphatikasthambha waren de twee bijen.
He caught hold of the two bees he found there.
Hij greep de twee bijen die hij daar vond.
And he swam up again in a singular breath.
En met één enkele ademhaling zwom hij weer omhoog.
He took the knife he had left at the edge of the water.
Hij pakte het mes dat hij aan de waterkant had laten liggen.
And over the ashes he cut up the bees.
En boven de as sneed hij de bijen in stukken.
A drop or two of the blood fell from the bees.
Er vielen een paar druppels bloed van de bijen.
But their blood did not touch the ground.
Maar hun bloed raakte de grond niet.
Instead, their blood landed on the ashes.
In plaats daarvan kwam hun bloed op de as terecht.
A terrible scream was heard at a distance.
In de verte klonk een verschrikkelijke schreeuw.
The scream was the wailing of the Rakshasas.

De schreeuw was het geweeklaag van de Rakshasa's.
They were all running home as fast as they could.
Ze renden allemaal zo snel als ze konden naar huis.
They wanted to prevent the bees from being killed.
Ze wilden voorkomen dat de bijen gedood werden.
But they could not reach the palace in time.
Maar ze konden het paleis niet op tijd bereiken.
Because the bees had already perished.
Omdat de bijen al uitgestorven waren.
The moment the bees were killed, all the Rakshasas died.
Op het moment dat de bijen werden gedood, stierven alle
Rakshasa's.
Their carcases fell on the very spot they were standing.
Hun lijken vielen neer op de plek waar ze stonden.
Their carcases now blocked the gateway of the palace.
Hun lijken blokkeerden nu de toegangspoort tot het paleis.
**In this manner the seven hundred Rakshasas were
destroyed.**
Op deze manier werden de zevenhonderd Rakshasa's
vernietigd.

Afterwards Champa-Dal and Keshavati got married.
Daarna trouwden Champa-Dal en Keshavati.
They made the traditional exchange of garlands of flowers.
Er werd een traditionele uitwisseling van bloemenkransen
gehouden.
The princess had never been out of the house.
De prinses was nog nooit het huis uit geweest.
So she naturally expressed a desire to see the outer world.
Het was voor haar dan ook logisch dat ze graag de
buitenwereld wilde zien.
Every morning and evening they went on long walks.
Elke ochtend en avond maakten ze lange wandelingen.
There was a large river Keshavati wished to bathe in.
Er was een grote rivier waarin Keshavati wilde baden.
As she bathed one of Keshavati's hairs came off.
Terwijl Keshavati zich waste, viel er een haartje los.

There was a special custom in those times.
Er bestond in die tijd een bijzondere gewoonte.
A woman never threw away a hair away by itself.
Een vrouw gooit nooit een haar zomaar weg.
A sea-shell was floating in the water.
Er dreef een schelp in het water.
So Keshavati tied the strand of hair to the sea-shell.
Keshavati bond de haarstreng vast aan de schelp.
And then the couple returned to the palace.
En toen keerde het echtpaar terug naar het paleis.
Meanwhile the sea-shell floated down the stream.
Ondertussen dreef de schelp stroomafwaarts.
And in due time the sea-shell reached another bathing spot.
En na verloop van tijd bereikte de schelp een andere
badplaats.
This was the bathing spot Sahasra-Dal went to.
Dit was de badplaats waar Sahasra-Dal naartoe ging.
Here Champa-Dal's brother performed his ablutions.
Hier verrichtte de broer van Champa-Dal zijn wassing.
On this day Sahasra-Dal was in the water.
Op deze dag bevond Sahasra-Dal zich in het water.
He was bathing and swimming with his friends.
Hij was aan het baden en zwemmen met zijn vrienden.
And so the sea-shell floated past the men.
En zo dreef de schelp langs de mannen.
The men were in a playful mood that day.
De mannen waren die dag in een speelse bui.
"Whoever gets to the sea-shell first wins"
"Wie als eerste bij de schelp is, wint"
And so they all swam towards the sea-shell.
En zo zwommen ze allemaal naar de schelp toe.
Sahasra-Dal was the strongest swimmer among his friends.
Sahasra-Dal was de beste zwemmer van zijn vrienden.
And so he was the first the reach the sea-shell.
En zo was hij de eerste die de schelp bereikte.
Examining the seashell, he found a hair tied to it.
Toen hij de schelp bekeek, zag hij dat er een haar aan vast zat.

But it was a hair of extraordinary length.
Maar het was een haar van uitzonderlijke lengte.
He had never seen such a long hair.
Hij had nog nooit zo'n lang haar gezien.
The strand of hair was exactly seven cubits long.
De haarstreng was precies zeven el lang.
"This strand of hair must belong to a woman"
"Deze haarstreng moet van een vrouw zijn"
"And this woman must be very remarkable"
"En deze vrouw moet wel heel bijzonder zijn"
"I must see who this remarkable woman is"
"Ik moet zien wie deze opmerkelijke vrouw is"
Sahasra-Dal was determined to find the remarkable woman.
Sahasra-Dal was vastbesloten om de bijzondere vrouw te vinden.
He went home from the river in a pensive mood.
Hij ging in een peinzende stemming van de rivier naar huis.
And he did not proceed to the zenana for breakfast.
En hij ging niet naar de zenana voor het ontbijt.
Instead he remained in the outer part of the palace.
In plaats daarvan bleef hij in het buitenste gedeelte van het paleis.
The queen-mother heard about Sahasra-Dal's meloncholy.
De koningin-moeder hoorde over Sahasra-Dal's melancholie.
And she heard he had not come to breakfast.
En ze hoorde dat hij niet was komen ontbijten.
So she went to him and asked the reason.
Ze ging dus naar hem toe en vroeg naar de reden.
He showed her the strand of hair he had found.
Hij liet haar de haarstreng zien die hij had gevonden.
"I must see the woman who's head this strand of hair adorned"
"Ik moet de vrouw zien wiens hoofd versierd is met deze haarstreng"
The queen-mother was happy to help her son-in-law.
De koningin-moeder hielp haar schoonzoon graag.
"Very well," she said to him.

"Goed dan," zei ze tegen hem.

"You shall soon have that lady in the palace"

"Je zult die dame binnenkort in het paleis hebben"

"I promise you to bring her here"

"Ik beloof je dat je haar hierheen brengt"

The queen mother already had a plan.

De koningin-moeder had al een plan.

Her favourite maid-servant would be good at the job.

Haar favoriete dienstmeisje zou goed zijn in dat werk.

Because this maid-servant was very resourceful.

Omdat deze dienstmeid heel vindingrijk was.

Of course the queen-mother did not really know her maid.

Uiteraard kende de koningin-moeder haar dienstmeid niet echt.

She did not know her favourite maid was a Rakshasi.

Ze wist niet dat haar favoriete dienstmeisje een Rakshasi was.

"Please find the owner of this strand of hair," she asked.

"Wilt u alstublieft de eigenaar van deze haarstreng vinden?" vroeg ze.

And her maid-servant more than politely agreed.

En haar dienstmeisje stemde meer dan beleefd toe.

"It would my pleasure to find this woman"

"Het zou mij een genoegen zijn deze vrouw te vinden"

"I will soon bring her to the palace"

"Ik zal haar binnenkort naar het paleis brengen"

"I will need a boat build from Hajol wood"

"Ik heb een boot nodig die gebouwd is van Hajol-hout"

"The oars of the boat must be made from Mon-Paban wood"

"De roeiriemen van de boot moeten van Mon-Paban-hout gemaakt zijn"

The boat makers soon made the boat.

De botenbouwers maakten al snel de boot.

And the boat was launched on the stream.

En de boot werd te water gelaten in de beek.

The maid-servant went on board of the boat.

Het dienstmeisje ging aan boord van de boot.

With her she took some baskets of wicker.

Ze nam een aantal rieten manden mee.

The baskets of wicker were of curious workmanship.

De rieten manden waren van merkwaardig vakmanschap.

She also took with her some sweetmeats.

Ze nam ook wat snoepjes mee.

Into the sweetmeats some poison had been mixed.

Er was een gifstof in het snoepgoed gemengd.

She snapped her fingers thrice.

Ze knipte drie keer met haar vingers.

And then she uttered the following charm:

En toen sprak ze het volgende charmewoord uit:

"Boat of Hajol! Oars of Mon Paban!"

"Boot van Hajol! Roeispanen van Mon Paban!"

"Take me to the Ghat,"

"Breng me naar de Ghat,"

"The Ghat in which Keshavati bathes"

"De Ghat waarin Keshavati baadt"

The boat heeded to her command.

De boot gaf gehoor aan haar bevel.

And the boat flew like lightning over the waters.

En de boot vloog als bliksem over het water.

And the boat left many towns and cities behind.

En de boot liet vele steden en dorpen achter zich.

At last the boat stopped at a bathing-place.

Eindelijk stopte de boot bij een badplaats.

The Rakshasi maid-servant had reached her goal.

De Rakshasi-dienstmeid had haar doel bereikt.

She concluded it was the bathing ghat of Keshavati.

Zij concludeerde dat het de badplaats van Keshavati was.

She landed with the sweetmeats in her hand.

Ze landde met de snoepjes in haar hand.

She went to the gate of the palace, and cried aloud:

Ze ging naar de poort van het paleis en riep luid:

"Oh Keshavati! Keshavati! I am your aunt"

"Oh Keshavati! Keshavati! Ik ben je tante."

"Oh Keshavati, I am your mother's sister"

"Oh Keshavati, ik ben de zus van je moeder"

"I have come to see you, my darling"

"Ik ben gekomen om jou te zien, mijn liefste"

"I have come after so many years"

"Ik ben na zoveel jaren teruggekomen"

"Are you home, Keshavati?" she asked.

"Ben je thuis, Keshavati?" vroeg ze.

The princess heard the words of the false-aunt.

De prinses hoorde de woorden van de valse tante.

She came out of her room and to the entrance of the palace.

Ze liep uit haar kamer en naar de ingang van het paleis.

She had no doubt that it was really her aunt.

Ze twijfelde er niet aan dat het echt haar tante was.

And she embraced and kissed her aunt.

En ze omhelsde en kuste haar tante.

They both wept rivers of joy.

Ze huilden beiden tranen van vreugde.

Although you should know the Rakshasi wept first.

Hoewel je moet weten dat de Rakshasi als eerste huilde.

Keshavati wept with her out of empathy.

Keshavati huilde met haar mee uit empathie.

Champa-Dal also believed the Rakshasi to be her aunt.

Champa-Dal geloofde ook dat de Rakshasi haar tante was.

They all ate and drank and enjoyed the happy occasion.

Ze aten en dronken allemaal en genoten van dit feestelijke moment.

And then they took rest in the middle of the day.

En dan namen ze midden op de dag een rustpauze.

And they celebrated again in the evening.

En 's avonds vierden ze opnieuw feest.

The next day the celebrations continued at breakfast.

De volgende dag werd het feest voortgezet tijdens het ontbijt.

Champa-Dal had a habit of sleeping after breakfast.

Champa-Dal had de gewoonte om na het ontbijt te gaan slapen.

Towards afternoon, the supposed aunt said to Keshavati:

Tegen de middag zei de vermeende tante tegen Keshavati:

"Let us both go to the river and wash ourselves:
"Laten we beiden naar de rivier gaan en ons wassen:
Keshavati replied, "How can we go now?"
Keshavati antwoordde: "Hoe kunnen we nu gaan?"
"My husband is sleeping," she explained.
"Mijn man slaapt", legde ze uit.
"Do not worry about your husband's sleep," said the aunt.
"Maak je geen zorgen over de slaap van je man," zei de tante.
"Let him sleep as much as he likes"
"Laat hem slapen zoveel hij wil"
"Let me put these sweetmeats near his bedside"
"Laat ik deze snoepjes naast zijn bed zetten"
"That way, when he awakes, he has something to eat"
"Op die manier heeft hij, als hij wakker wordt, iets te eten"
Then they then went to the river-side.
Toen gingen ze naar de rivieroever.
They went close to the spot where the boat was.
Ze gingen dicht bij de plek waar de boot lag.
From a distance Keshavati saw the baskets of wicker-work.
Keshavati zag van een afstand de manden van riet.
"Aunt, what beautiful things are those!"
"Tante, wat zijn die dingen mooi!"
"I wish I could get some of those wicker baskets"
"Ik wou dat ik een paar van die rieten manden kon krijgen"
Her aunt happily obliged her.
Haar tante deed dat met plezier.
"Come, my child, and look at the wicker baskets"
"Kom, mijn kind, en kijk naar de rieten manden"
"You can have as many baskets as you like"
"Je mag zoveel manden hebben als je wilt"
Keshavati at first refused to go into the boat.
Keshavati weigerde aanvankelijk om in de boot te gaan.
But her aunt was very persuasive.
Maar haar tante was erg overtuigend.
And finally she went onto the boat.
En uiteindelijk ging ze aan boord.
But once on the boat her aunt did a strange thing.

Maar toen ze eenmaal op de boot zat, deed haar tante iets vreemds.

The aunt snapped her fingers thrice and said:

De tante knipte drie keer met haar vingers en zei:

"Boat of Hajol! Oars of Mon-Paban!"

"Boot van Hajol! Roeiriemen van Mon-Paban!"

"Take me to the Ghat,"

"Breng me naar de Ghat,"

"The Ghat in which Sahasra-Dal bathes"

"De Ghat waarin Sahasra-Dal baadt"

And the boat heeded to her command.

En de boot gehoorzaamde haar bevel.

And the boat flew like an arrow over the waters.

En de boot vloog als een pijl over het water.

Keshavati was frightened and began to cry.

Keshavati werd bang en begon te huilen.

But the boat went on despite her crying.

Maar de boot voer door, ondanks haar gehuil.

And the boat left behind many towns and cities.

En de boot liet veel steden en dorpen achter zich.

In a trice the boat reached its destination.

In een oogwenk bereikte de boot zijn bestemming.

The ghat where Sahasra-Dal was in the habit of bathing.

De ghat waar Sahasra-Dal gewoonlijk baadde.

Keshavati was taken to the palace.

Keshavati werd naar het paleis gebracht.

Sahasra-Dal admired her beauty and the length of her hair.

Sahasra-Dal bewonderde haar schoonheid en de lengte van haar haar.

And the ladies of the palace tried their best to comfort her.

En de dames van het paleis deden hun best om haar te troosten.

But she set up a loud cry of protest.

Maar ze slaakte een luide protestkreet.

And she wanted to be taken back to her husband.

En ze wilde terug naar haar man.

Finally she saw that she had been taken captive.

Uiteindelijk besefte ze dat ze gevangen was genomen.
So she spoke to the ladies of the palace.
Ze sprak dus met de dames van het paleis.
"Upon marriage I made a vow to my husband"
"Bij het huwelijk heb ik een gelofte aan mijn man gedaan"
"I promised not to look upon the face of any other man"
"Ik heb beloofd niet naar het gezicht van een andere man te kijken"
"I promised to uphold this vow for six months"
"Ik heb beloofd deze gelofte zes maanden lang na te komen"
She was then lodged away from the others in the palace.
Vervolgens werd ze apart van de anderen in het paleis ondergebracht.
And she was given a small house to live in.
En ze kreeg een klein huisje om in te wonen.
The window of the house overlooked the road.
Het raam van het huis keek uit op de weg.
There she spent the livelong day.
Daar bracht ze de hele dag door.
And there she spent the livelong night.
En daar bracht ze de hele nacht door.
Because she had very little sleep.
Omdat ze heel weinig geslapen had.
Because her time was spent in sighing and weeping.
Omdat ze haar tijd doorbracht met zuchten en huilen.

In the meantime Champa-Dal awoke from his sleep.
Ondertussen ontwaakte Champa-Dal uit zijn slaap.
He was distracted with the grief of not finding his wife.
Hij was afgeleid door het verdriet dat hij had omdat hij zijn vrouw niet kon vinden.
His suspicions turned to the aunt of Keshavati.
Zijn vermoedens richtten zich op de tante van Keshavati.
He knew she was a cheat and an impostor.
Hij wist dat ze een bedrieger en een bedriegster was.
It must have been her who carried away Keshavati.
Zij moet Keshavati hebben meegenomen.

He did not eat the sweetmeats left for him.
Hij at de snoepjes die voor hem waren achtergelaten niet op.
Because he suspected the sweets to have been poisoned.
Omdat hij vermoedde dat de snoepjes vergiftigd waren.
He threw one of the sweets to a crow.
Hij gooide één van de snoepjes naar een kraai.
The moment the crow ate the sweet, it dropped down dead.
Zodra de kraai het snoepje opat, viel hij dood neer.
This confirmed his suspicion of the pretend aunt.
Dit bevestigde zijn vermoeden jegens de nep-tante.
Maddened with grief, he rushed out of the house.
Dol van verdriet rende hij het huis uit.
He was determined to go wherever his feet took him.
Hij was vastbesloten om te gaan waar zijn voeten hem
brachten.
Like a madman he blubbered, "Oh Keshavati! Oh
Keshavati!"
Als een gek brabbelde hij: "Oh Keshavati! Oh Keshavati!"
He travelled on foot day after day.
Hij reisde dag in dag uit te voet.
And he followed whatever way his feet took him.
En hij volgde de weg die zijn voeten hem leidden.
Six months he spent travelling in this wearisome manner.
Zes maanden lang reisde hij op deze vermoeiende manier.
After six month he reached the capital of Sahasra-Dal.
Na zes maanden bereikte hij de hoofdstad van Sahasra-Dal.
He passed by the gate of the palace.
Hij liep langs de poort van het paleis.
And from the road he could see a small house.
En vanaf de weg kon hij een klein huis zien.
And from in the house he could hear sighs.
En vanuit het huis hoorde hij zuchten.
Champa-Dal instantly recognized his wife.
Champa-Dal herkende zijn vrouw meteen.
And Keshavita instantly recognized her husband.
En Keshavita herkende haar man meteen.
Keshavita told her husband everything that had happened.

Keshavita vertelde haar man alles wat er gebeurd was.
"The woman asked to go bathing after breakfast"
"De vrouw vroeg of ze na het ontbijt mocht gaan baden"
"At the river there was a boat"
"Er lag een boot bij de rivier"
"The woman persuaded me onto the boat"
"De vrouw heeft mij overgehaald om mee te gaan op de boot"
"And then the boat took us to this place"
"En toen bracht de boot ons naar deze plek"
"I realized that I had been made captive"
"Ik besefte dat ik gevangen was genomen"
"So I told them of my vows to you"
"Dus vertelde ik hen over mijn geloften aan jou"
"But tomorrow will be the end of six month"
"Maar morgen is het alweer zes maanden geleden"
There was a custom in those days.
Er was een gewoonte in die tijd.
The fulfilments of vows were publicly recited.
De vervulling van de geloften werd publiekelijk voorgelezen.
This was normally fulfilled by a learned Brahman.
Normaal gesproken werd deze taak vervuld door een geleerde Brahman.
They planned for Champa-Dal to take on this role.
Ze waren van plan dat Champa-Dal deze rol op zich zou nemen.
And so that evening the palace drum was beat.
En zo werd die avond op de paleistrommel geslagen.
The king wanted a learned Brahman to make a recitation.
De koning wilde dat een geleerde brahmaan een voordracht zou houden.
The story of Keshavati on the fulfilment of her vow.
Het verhaal van Keshavati over de vervulling van haar gelofte.
Champa-Dal touched the drum and volunteered.
Champa-Dal raakte de trommel aan en meldde zich als vrijwilliger.
"I will make the recitation of Keshavita's vows"

"Ik zal de geloften van Keshavita reciteren"
The next morning all assembled in the courtyard.
De volgende morgen verzamelden allen zich op de binnenplaats.
The old king and the queen mother.
De oude koning en de koningin-moeder.
Sahasra-Dal and his wife were there.
Sahasra-Dal en zijn vrouw waren daar.
All the courtiers and the learned Brahmans of the country.
Alle hovelingen en geleerde brahmanen van het land.
All royalty was under a huge canopy of silk.
De hele koninklijke familie leefde onder een enorm zijden baldakijn.
Kashavati was also there, but behind a veil.
Kashavati was er ook, maar gesluierd.
So that she wouldn't be exposed to the rude gaze of people.
Zodat ze niet blootgesteld zou worden aan de onbeschofte blikken van anderen.
Champa-Dal, the reciter, sat on a dais.
Champa-Dal, de voordrager, zat op een verhoging.
And he began to tell the story of Keshavati.
En hij begon het verhaal van Keshavati te vertellen.
"There was once a poor dimwitted Brahman"
"Er was eens een arme, domme brahmaan"
"This dimwitted man had a wife, but no children"
"Deze domme man had een vrouw, maar geen kinderen"
"But him not having children was probably for the best"
"Maar dat hij geen kinderen kreeg, was waarschijnlijk het beste"
"Because he was barely able to meet his own needs"
"Omdat hij nauwelijks in zijn eigen behoeften kon voorzien"
"And he could hardly supply enough for his wife"
"En hij kon nauwelijks genoeg voor zijn vrouw produceren"
"But his dimwittedness was not even his biggest problem"
"Maar zijn domheid was niet eens zijn grootste probleem"
And he continued the story as we have followed it.
En hij vervolgde het verhaal zoals wij het hebben gevolgd.

And sometimes he turned around to Keshavati.
En soms draaide hij zich om naar Keshavati.
And he asked her if he was telling the story correctly.
En hij vroeg haar of hij het verhaal wel goed vertelde.
And she told him he was telling the story correctly.
En ze vertelde hem dat hij het verhaal correct vertelde.
"The Brahman woman concluded her fate was sealed"
"De Brahman-vrouw concludeerde dat haar lot bezegeld was"
"And she thought her husband would meet the same fate"
"En ze dacht dat haar man hetzelfde lot zou ondergaan"
"And she did not expect her son to be spared either"
"En ze had ook niet verwacht dat haar zoon gespaard zou blijven"
"That night she hardly slept at all"
"Die nacht heeft ze nauwelijks geslapen"
"The Rakshasi had prevented her from seeing her husband"
"De Rakshasi had haar ervan weerhouden haar man te zien"
"Early next morning Champa-Dal went to school"
"Vroeg de volgende ochtend ging Champa-Dal naar school"
"Before he went to school, she gave her son a golden bottle"
"Voordat hij naar school ging, gaf ze haar zoon een gouden fles"
"In the golden bottle was her own breast milk"
"In de gouden fles zat haar eigen moedermelk"
"Carefully watch the colour of the milk"
"Let goed op de kleur van de melk "
During the recitation the Rakshasi maid-servant grew pale.
Tijdens het reciteren werd de Rakshasi-dienstmeid bleek.
She perceived that her real character was going to be discovered.
Ze besefte dat haar ware karakter ontdekt zou worden.
And Sahasra-Dal was astonished at the knowledge of the reciter.
En Sahasra-Dal was verbaasd over de kennis van de voordrager.
The reciter clearly told the history of the prince's life.

De voordrager vertelde duidelijk het levensverhaal van de prins.

"A drop or two of the blood fell from the bees"

"Een druppel of twee van het bloed viel van de bijen"

"But their blood did not touch the ground"

"Maar hun bloed raakte de grond niet"

"Instead, their blood landed on the ashes"

"In plaats daarvan landde hun bloed op de as"

"A terrible scream was heard at a distance"

"Van verre klonk een verschrikkelijke schreeuw"

"The scream was the wailing of the Rakshasas"

"De schreeuw was het geweeklaag van de Rakshasa's"

"They were all running home as fast as they could"

"Ze renden allemaal zo snel als ze konden naar huis"

"They wanted to prevent the bees from being killed"

"Ze wilden voorkomen dat de bijen gedood werden"

"But they could not reach the palace in time"

"Maar ze konden het paleis niet op tijd bereiken"

"Because the bees had already been killed"

"Omdat de bijen al gedood waren"

"The moment the bees were killed, all the Rakshasas died"

"Op het moment dat de bijen werden gedood, stierven alle Rakshasa's"

"Their carcasses fell on the very spot they were standing"

"Hun lijken vielen precies op de plek waar ze stonden"

"Their carcasses now blocked the gateway of the palace"

"Hun lijken blokkeerden nu de poort van het paleis"

"In this manner the seven hundred Rakshasas were destroyed"

"Op deze manier werden de zevenhonderd Rakshasa's vernietigd"

All where enthralled by the story of the Rakshasas.

Iedereen was geboeid door het verhaal van de Rakshasa's.

Because the story was being told by a true storyteller.

Omdat het verhaal verteld werd door een echte verhalenverteller.

All enjoyed the story except for the maid-servant.

Iedereen genoot van het verhaal, behalve de dienstmeid.
Because her real character was bound to be discovered.
Omdat haar ware karakter ongetwijfeld ontdekt zou worden.
"Champa-Dal touched the drum and volunteered.
"Champa-Dal raakte de trommel aan en meldde zich als vrijwilliger.
"I will make the recitation of Keshavita's vows"
"Ik zal de geloften van Keshavita reciteren"
"The next morning all assembled in the courtyard"
"De volgende ochtend verzamelden ze zich allemaal op de binnenplaats"
"The old king and the queen mother"
"De oude koning en de koningin-moeder"
"Sahasra-Dal and his wife were there"
"Sahasra-Dal en zijn vrouw waren daar"
"All the courtiers and the learned Brahmans of the country"
"Alle hovelingen en geleerde brahmanen van het land"
"All royalty was under a huge canopy of silk"
"Alle koninklijke bezittingen bevonden zich onder een enorm zijden baldakijn"
"Kashavati was also there, but behind a veil"
"Kashavati was er ook, maar achter een sluier"
"So that she wouldn't be exposed to the rude gaze of people"
"Zodat ze niet blootgesteld zou worden aan de onbeschofte blikken van mensen"
"Champa-Dal, the reciter, sat on a dais"
"Champa-Dal, de voordrager, zat op een verhoging"
"And he began to tell the story of Keshavati"
"En hij begon het verhaal van Keshavati te vertellen"
Sahasra-Dal jumped up from his seat.
Sahasra-Dal sprong op van zijn stoel.
And he embraced the reciter of the story.
En hij omarmde degene die het verhaal voordroeg.
"You can be none other than my brother Champa-Dal"
"Jij kunt niemand anders zijn dan mijn broer Champa-Dal"
Then the prince was inflamed with rage.
Toen ontstak de prins in woede.

He ordered the maid-servant to come into his presence.
Hij beval de dienstmeid om bij hem te komen.
A hole the height of a man was dug in the ground.
Er werd een gat in de grond gegraven, zo groot als een man.
And the maid-servant was put into the hole, standing.
En de dienstmaagd werd staand in het gat gezet.
Prickly thorns were heaped around her.
Er groeiden overal om haar heen stekelige doornen.
Up to the crown of her head she was covered in thorns.
Ze was tot aan haar kruin bedekt met doornen.
In this way the maid-servant was buried alive.
Op deze manier werd het dienstmeisje levend begraven.
After this all lived happily together for many years.
Hierna leefden ze nog vele jaren gelukkig samen.
Sahasra-Dal and his princess, and Champa-Dal and Keshavati.
Sahasra-Dal en zijn prinses, en Champa-Dal en Keshavati.

The Story of Swet and Bachanta
Het verhaal van Swet en Bachanta

There was once upon a time a rich merchant.
Er was eens een rijke koopman.
This rich merchant had only one son.
Deze rijke koopman had slechts één zoon.
And he loved his only son very much.
En hij hield heel veel van zijn enige zoon.
He gave to his son whatever he wanted.
Hij gaf zijn zoon alles wat hij wilde.
Of course his son wanted a beautiful house.
Natuurlijk wilde zijn zoon een mooi huis.
And he also wanted to have a large garden.
En hij wilde ook een grote tuin.
So a beautiful house was built for him.
Dus werd er een mooi huis voor hem gebouwd.
And a fine garden was made for him too.
En er werd ook een mooie tuin voor hem aangelegd.
The merchant's son was pleased with the garden.
De zoon van de koopman was blij met de tuin.
And he enjoyed walking in the garden.
En hij hield ervan om in de tuin te wandelen.
One day a bird's nest caught his attention.
Op een dag werd zijn aandacht getrokken door een vogelnest.
This bird happens to be called Toontooni.
Deze vogel heet Toontooni.
He put his hand into the small bird's nest.
Hij stak zijn hand in het kleine vogelnestje.
And in the nest he found an egg.
En in het nest vond hij een ei.
He took the egg out of its nest.
Hij haalde het ei uit het nest.
There was an almirah in the wall of his house.
Er zat een almirah in de muur van zijn huis.
So he put the egg in the almirah.
Dus legde hij het ei in de almirah.

He closed the door of the almirah.
Hij sloot de deur van de almirah.
And then he thought no more of the egg.
En toen dacht hij niet meer aan het ei.
The merchant's son had a house of his own.
De zoon van de koopman had een eigen huis.
But he had a house without a household.
Maar hij had een huis zonder huishouden.
So in his house there was no cook.
Er was dus geen kok in zijn huis.
But he had no need for his own cook.
Maar hij had geen eigen kok nodig.
Because his mother regularly sent him food.
Omdat zijn moeder hem regelmatig eten stuurde.
In the morning she sent him breakfast.
De volgende ochtend stuurde ze hem ontbijt.
And every day she had dinner sent to him.
En elke dag liet ze hem eten brengen.
One day the egg in the almirah burst.
Op een dag barstte het ei in de almirah.
But it was not a bird that came out of the egg.
Maar het was geen vogel die uit het ei kwam.
Out of the egg came a beautiful infant.
Uit het ei kwam een prachtig kindje.
The infant was not a bird, but a human girl.
Het kind was geen vogel, maar een mensenmeisje.
But the merchant's son knew nothing of the event.
Maar de zoon van de koopman wist niets van het voorval.
He had forgotten everything about the egg.
Hij was alles over het ei vergeten.
The door of the wall-almirah had been kept closed.
De deur van de muur-almirah bleef gesloten.
However, the merchant's son did not lock the door.
De zoon van de koopman had de deur echter niet op slot
gedaan.
The child grew up within the wall-almirah.
Het kind groeide op binnen de muur-almirah.

She had no knowledge of the merchant's son.
Ze wist niets van het bestaan van de zoon van de koopman.
Nor did she know of anyone else.
Ze kende ook niemand anders.
When the child could walk it grew curious.
Toen het kind kon lopen, werd het nieuwsgierig.
And out of curiosity she opened the door.
En uit nieuwsgierigheid deed ze de deur open.
That day, too, the mother had sent breakfast.
Ook die dag had de moeder ontbijt gestuurd.
And the breakfast had been put on the floor.
En het ontbijt stond op de grond.
The child saw the food that was on the floor.
Het kind zag het eten op de grond liggen.
Of course the child ate from the food.
Natuurlijk at het kind ervan.
And then the child returned into the wall.
En toen ging het kind weer de muur in.
The merchant's mother always made a lot of food.
De moeder van de koopman maakte altijd veel eten klaar.
It was more food than he could possibly eat.
Het was meer eten dan hij ooit op kon.
So he didn't notice that any food was missing.
Hij merkte dus niet dat er eten ontbrak.
The girl of the wall-almirah came out every day.
Het meisje van de muur-almirah kwam elke dag naar buiten.
And every day she ate a part of the food.
En elke dag at ze een deel van het eten.
After eating the food she returned to the almirah.
Nadat ze het eten had opgegeten, ging ze terug naar de
almirah.
But with time the girl got older and older.
Maar met de tijd werd het meisje steeds ouder.
And with age she got bigger and bigger.
En naarmate ze ouder werd, werd ze steeds groter.
And the bigger she got the hungrier she got.
En hoe groter ze werd, hoe hongeriger ze werd.

And she began to eat more of the food each day.

En ze begon elke dag meer van het voedsel te eten.

Eventually the merchant's son noticed the missing food.

Uiteindelijk merkte de zoon van de koopman het ontbrekende voedsel op.

But he had no way of knowing where the food went.

Maar hij had geen idee waar het eten bleef.

The last thing he suspected was a girl from inside the almirah.

Het laatste wat hij vermoedde was een meisje uit de almirah.

And so he came to a very different conclusion.

En zo kwam hij tot een heel andere conclusie.

"Why is mother sending such a small quantity of food?".

"Waarom stuurt moeder zo weinig eten?"

And he had a message sent to his mother.

En hij liet een bericht naar zijn moeder sturen.

"Why am I being sent insufficient food?".

"Waarom krijg ik te weinig eten?"

"And why is the dish served so slovenly?".

"En waarom wordt het gerecht zo slordig geserveerd?"

Of course we know why the food was insufficient.

Natuurlijk weten we waarom er niet genoeg voedsel was.

And we know why the food was presented slovenly.

En we weten waarom het eten slordig werd gepresenteerd.

The girl from in the wall ate from his food.

Het meisje in de muur at van zijn eten.

And as she ate she fingered the rice and curry.

En terwijl ze at, betastte ze de rijst en de curry.

And she always hurried back into her cell in the wall.

En ze haastte zich altijd terug naar haar cel in de muur.

So that she would not be seen by anyone.

Zodat niemand haar zou zien.

She had no time to put the rice in proper order.

Ze had geen tijd om de rijst op de juiste volgorde te leggen.

The mother was astonished at her son's complaint.

De moeder was verbaasd over de klacht van haar zoon.

She gave him more than he could eat.

Ze gaf hem meer dan hij kon eten.
The food was served up on a silver plate.
Het eten werd op een zilveren bord geserveerd.
And she neatly arranged the food herself.
En het eten had ze zelf netjes verzorgd.
But her son repeated the same complaint again.
Maar haar zoon herhaalde dezelfde klacht opnieuw.
Day after day he complained of the small portions.
Dag in dag uit klaagde hij over de kleine porties.
Day after day he complained of the messy food.
Dag in dag uit klaagde hij over het rommelige eten.
And so his mother began to suspect foul play.
En toen begon zijn moeder te vermoeden dat er kwaad opzet
in het spel was.
She told her son to watch over the food.
Ze zei tegen haar zoon dat hij op het eten moest letten.
"See if anyone is eating your food".
"Kijk of iemand je eten eet".
The next day a servant brought the food.
De volgende dag bracht een bediende het eten.
The servant laid the food in a clean place.
De dienaar zette het eten op een schone plek neer.
Normally the merchant's son took a bath.
Normaal gesproken nam de zoon van de koopman een bad.
But this day he did not go for a bath.
Maar die dag ging hij niet in bad.
Instead, on this day he hid himself nearby.
In plaats daarvan verstopte hij zich die dag in de buurt.
From his hiding place he could see the food.
Vanuit zijn schuilplaats kon hij het eten zien.
The merchant's son did not have to wait for long.
De zoon van de koopman hoefde niet lang te wachten.
Soon he saw the wall-almirah open.
Al snel zag hij de muur-almirah opengaan.
And he saw a beautiful damsel step out.
En hij zag een mooi meisje naar buiten stappen.
She could not have been more than sixteen.

Ze kan niet ouder dan zestien zijn geweest.

She sat on the carpet by the breakfast.

Ze zat op het tapijt bij het ontbijt.

And she began to eat from the food left on the floor.

En ze begon te eten van het eten dat op de grond lag.

The merchant's son came out of his hiding-place.

De zoon van de koopman kwam uit zijn schuilplaats.

And the damsel could not escape from him.

En het meisje kon niet aan hem ontsnappen.

"Who are you, beautiful creature?".

"Wie ben jij, mooi wezen?"

"You do not seem to be earth-born".

"Jij lijkt niet van de aarde te komen."

"Are you one of the daughters of the gods?".

"Ben jij een van de dochters van de goden?"

The girl replied, "I do not know who I am".

Het meisje antwoordde: "Ik weet niet wie ik ben."

"But there is one thing I do know," the girl continued.

"Maar één ding weet ik wel," vervolgde het meisje.

"One day I found myself in the almirah in the wall".

"Op een dag bevond ik mij in de almirah in de muur".

"And since then I have been living in the wall".

"En sindsdien woon ik in de muur".

The merchant's son thought her story was strange.

De zoon van de koopman vond haar verhaal vreemd.

But then he thought a bit more about the story.

Maar toen dacht hij nog eens goed na over het verhaal.

And he remembered what happened sixteen years ago.

En hij herinnerde zich wat er zestien jaar geleden gebeurde.

He remembered the nest of the toontoori bird.

Hij herinnerde zich het nest van de toontoorivogel.

And he remembered finding an egg in the nest.

En hij herinnerde zich dat hij een ei in het nest had gevonden.

And he remembered putting the egg in the almirah.

En hij herinnerde zich dat hij het ei in de almirah had gelegd.

The wall-almirah girl was of uncommon beauty.

Het muur-almirahmeisje was van uitzonderlijke schoonheid.

And the merchant's son was struck by her beauty.
En de zoon van de koopman was onder de indruk van haar schoonheid.
Her beauty made a deep impression on his mind.
Haar schoonheid maakte diepe indruk op hem.
And he resolved in his mind to marry her.
En hij besloot met haar te trouwen.
From then on the girl didn't stay in the almirah.
Vanaf dat moment verbleef het meisje niet meer in de almirah.
She was given a room in the merchant's son's house.
Ze kreeg een kamer in het huis van de zoon van de koopman.
The next day the merchant's son wrote a message.
De volgende dag schreef de zoon van de koopman een bericht.
And he had the message sent to his mother.
En hij liet het bericht naar zijn moeder sturen.
You can guess the general theme of the message.
U kunt het algemene thema van het bericht raden.
The merchant's son said he would like to get married.
De zoon van de koopman zei dat hij graag wilde trouwen.
The mother of the merchant's son reproached herself.
De moeder van de zoon van de koopman maakte zichzelf verwijten.
She had not tried to find a wife for his son.
Ze had niet geprobeerd een vrouw voor zijn zoon te vinden.
She felt she should have thought of his marriage.
Ze had het gevoel dat ze aan zijn huwelijk had moeten denken.
And so she promptly replied to her son's message.
Ze reageerde dan ook prompt op het bericht van haar zoon.
She and her father were going to send out ghataks.
Zij en haar vader zouden ghataks uitsturen.
The ghataks were going to go to different countries.
De ghataks zouden naar verschillende landen gaan.
There they were going to look for suitable brides.
Daar zouden ze op zoek gaan naar geschikte bruiden.
But the merchant's son said there would be no need.
Maar de zoon van de koopman zei dat dat niet nodig was.

He had secured himself a lovely young lady.
Hij had een mooie jonge dame voor zich weten te winnen.
If they had no objection, he would introduce her to them.
Als ze geen bezwaar hadden, zou hij haar aan hen voorstellen.
And so the young lady was taken to the merchant's house.
En zo werd de jonge dame naar het huis van de koopman
gebracht.
The merchant and his wife welcomed the stranger.
De koopman en zijn vrouw verwelkomden de vreemdeling.
And they were also struck by her unmatched beauty.
En ook zij waren onder de indruk van haar ongeëvenaarde
schoonheid.
The girl was of perfect loveliness and grace.
Het meisje was van volmaakte schoonheid en gratie.
The parents made no questions to her birth.
Haar ouders stelden geen vragen over haar geboorte.
And the nuptials were celebrated there and then.
En daar werd dan ook het huwelijk gevierd.

In the course of time the merchant's son had two sons.
In de loop van de tijd kreeg de zoon van de koopman twee
zonen.
The elder of the sons he named Swet.
De oudste van de zonen noemde hij Swet.
And the younger son he named Basanta.
En de jongste zoon noemde hij Basanta.
After the passing of more time the old merchant died.
Na verloop van tijd stierf de oude koopman.
So the merchant's son now became the merchant.
Dus de zoon van de koopman werd nu koopman.
And after some time his mother died too.
En na een tijdje stierf ook zijn moeder.
Swet and Basanta grew up to be fine lads.
Swet en Basanta groeiden op tot fijne jongens.
And the elder son was in due time married.
En de oudste zoon trouwde te zijner tijd.
Sometime after Swet's marriage his mother also died.

Kort na Swets huwelijk stierf ook zijn moeder.

The girl from in the wall was no more.

Het meisje uit de muur was er niet meer.

The widower lost no time in marrying again.

De weduwnaar besloot onmiddellijk opnieuw te trouwen.

And he had a new young and beautiful wife.

En hij had een nieuwe, jonge en mooie vrouw.

Swet's wife was older than his stepmother.

Swets vrouw was ouder dan zijn stiefmoeder.

So his wife became the mistress of the house.

Zo werd zijn vrouw de vrouw des huizes.

The stepmother was like all stepmothers are.

De stiefmoeder was zoals alle stiefmoeders.

She hated Swet and Basanta with a perfect hatred.

Ze haatte Swet en Basanta op een volkomen haatdragende manier.

And the two ladies also couldn't stand each other.

En de twee dames konden elkaar ook niet uitstaan.

It so happened one day that a fisherman came.

Op een dag kwam er een visser langs.

The fisherman brought to the merchant a fish.

De visser bracht een vis naar de koopman.

This fish was of singular and remarkable beauty.

Deze vis was van een opmerkelijke schoonheid.

It was unlike any other fish that had been seen.

Het was een vis zoals we nog nooit eerder hadden gezien.

And the fish had other qualities too.

En de vis had nog meer kwaliteiten.

The fisherman explained the wonders of the fish.

De visser legde uit wat de wonderen van de vis zijn.

"Two things will happen if you eat this fish".

"Als je deze vis eet, gebeuren er twee dingen."

"When you laugh maniks will drop from your mouth".

"Als je lacht, vallen er maniks uit je mond."

"And when you weep pearls will drop from your eyes".

"En als je weent, zullen er parels uit je ogen vallen".

The merchant was astounded by what he had heard.

De koopman was verbijsterd door wat hij hoorde.
And he wanted the wonderful properties of the fish.
En hij wilde de wonderlijke eigenschappen van de vis leren kennen.
And so he bought the fish at one thousand rupees.
En dus kocht hij de vis voor duizend roepies.
And he put the fish into the hands of Swet's wife.
En hij gaf de vis aan Swets vrouw.
Because Swet's wife was the mistress of the house.
Omdat Swets vrouw de vrouw des huizes was.
He strictly instructed her to cook the fish well.
Hij gaf haar uitdrukkelijke opdracht de vis goed te bereiden.
And he told her to give the fish to him alone to eat.
En hij zei haar dat ze de vis alleen aan hem moest geven om op te eten.
The house-mother however knew the fish's secret.
De huismoeder kende echter het geheim van de vis.
She had overheard what the fisherman had said.
Ze had gehoord wat de visser had gezegd.
Secretly she made a different plan in her mind.
In gedachten maakte ze heimelijk een ander plan.
She was going to cook the fish for her husband.
Ze ging de vis voor haar man klaarmaken.
And she was going to share the fish with his brother.
En ze wilde de vis met haar broer delen.
For her father-in-law she was going to prepare a frog.
Voor haar schoonvader ging ze een kikker klaarmaken.
Soon she had finished cooking the marvelous fish.
Al snel was ze klaar met het koken van de heerlijke vis.
And she had finished cooking a frog too.
En ze had ook nog een kikker gekookt.
But from the kitchen she could hear a squable.
Maar vanuit de keuken hoorde ze een gekibbel.
She could hear who it was that was arguing.
Ze kon horen wie er aan het ruziën was.
Her stepmother-in-law and her husband's brother.
Haar schoonmoeder en de broer van haar man.

And she understood the cause of the argument.
En ze begreep de oorzaak van de ruzie.
Basanta was still but a young lad.
Basanta was nog maar een jonge knaap.
But he was passionately fond of his pigeons.
Maar hij had een hartstochtelijke liefde voor zijn duiven.
And he tamed his pigeons very well.
En hij temde zijn duiven heel goed.
Nonetheless, one of his pigeons had escaped.
Toch was één van zijn duiven ontsnapt.
And the pigeon flew into his stepmother's room.
En de duif vloog de kamer van zijn stiefmoeder binnen.
His stepmother hid the pigeon in her clothes.
Zijn stiefmoeder verstopte de duif in haar kleren.
Basanta rushed after the pigeon into the room.
Basanta rende achter de duif aan de kamer in.
And he loudly demanded to have the pigeon back.
En hij eiste luidkeels dat hij de duif terug wilde.
His stepmother denied having the pigeon.
Zijn stiefmoeder ontkende dat ze de duif had.
Swet, however, did know she had the pigeon.
Swet wist echter wel dat ze de duif had.
And the older brother forcibly took the bird.
En de oudere broer greep de vogel met geweld.
And he freed the pigeon from her clothes.
En hij bevrijdde de duif uit haar kleren.
And he gave the pigeon back to his brother.
En hij gaf de duif terug aan zijn broer.
The stepmother cursed and swore, and added;
De stiefmoeder vloekte en tierde en voegde eraan toe:
"Wait until the head of the house comes home".
"Wacht maar tot het hoofd van het gezin thuiskomt".
"He will get no water till he sheds your blood".
"Hij zal geen water krijgen totdat hij jouw bloed vergiet".
Swet's wife called her husband and said to him;
Swets vrouw riep haar man en zei tegen hem:
"My dearest lord, that woman is a most wicked woman".

"Mijn allerliefste heer, die vrouw is een zeer slechte vrouw."
"And she has boundless influence over my father-in-law".
"En ze heeft grenzeloze invloed op mijn schoonvader."
"She will make him do what she has threatened".
"Ze zal hem laten doen wat ze heeft gedreigd."
"All our lives are in imminent danger".
"Ons leven is in acuut gevaar".
"But let us first eat a little," she added.
"Maar laten we eerst een beetje eten," voegde ze eraan toe.
"And then let us all three run away from this place".
"En laten we dan alle drie wegrennen van deze plek."
Swet forthwith called Basanta to him.
Swet riep Basanta onmiddellijk bij zich.
And he told him what he had heard from his wife.
En hij vertelde hem wat hij van zijn vrouw had gehoord.
They resolved to run away before nightfall.
Ze besloten om voor het donker te vluchten.
The woman placed before her husband the fish.
De vrouw legde de vis voor haar man.
And her brother-in-law ate of the fish too.
En haar zwager at ook van de vis.
And they ate of the fish heartily.
En ze aten gretig van de vis.
The woman packed up all her jewels in a box.
De vrouw stopte al haar juwelen in een doos.
There was only one horse in the stables.
Er stond maar één paard in de stal.
But the horse was of uncommon fleetness.
Maar het paard was buitengewoon snel.
They could all sit on the horse together.
Ze konden allemaal samen op het paard zitten.
Swet held the reins of the horse.
Swet hield de teugels van het paard vast.
The woman sat in the middle of the horse.
De vrouw zat in het midden van het paard.
And she had the jewel-box in her lap.
En ze had het juwelendoosje op haar schoot.

And Basanta sat on the rear of the horse.
En Basanta zat op de achterkant van het paard.
The horse galloped with the utmost swiftness.
Het paard galoppeerde met de grootste snelheid.
They passed through many a plain and noted town.
Zij trokken door veel eenvoudige en bekende steden.
After midnight they found themselves in a forest.
Na middernacht bevonden ze zich in een bos.
And they were not far from the banks of a river.
En ze waren niet ver van de oever van een rivier.
Here the most untoward event took place.
Hier vond een zeer onaangename gebeurtenis plaats.
Swet's wife began to feel the pains of child-birth.
Swets vrouw begon de pijn van de bevalling te voelen.
They dismounted from the horse without delay.
Ze sprongen onmiddellijk van het paard.
And within an hour Swet's wife gave birth to a son.
En binnen een uur beviel Swets vrouw van een zoon.
What were the two brothers to do in this forest?
Wat moesten de twee broers in dit bos doen?
They knew that a fire had to be kindled.
Ze wisten dat er een vuur moest worden aangewakkerd.
The mother and the new-born baby needed warmth.
De moeder en het pasgeboren kind hadden warmte nodig.
But from where was there fire to be gotten?
Maar waar zou dat vuur vandaan moeten komen?
There were no human habitations visible.
Er waren geen menselijke nederzettingen zichtbaar.
Nonetheless, a fire had to be procured.
Er moest hoe dan ook vuur gemaakt worden.
And it was the winter month of December.
En het was wintermaand december.
The mother and the baby would certainly perish.
Moeder en kind zouden zeker omkomen.
Swet told Basanta to sit beside his wife.
Swet zei tegen Basanta dat hij naast zijn vrouw moest gaan
zitten.

And he set out in the darkness of the night.
En hij vertrok in de duisternis van de nacht.
And he went in search of wood to make a fire.
En hij ging op zoek naar hout om een vuur te maken.
Swet walked many a mile through the darkness.
Swet liep vele kilometers door de duisternis.
But despite the distance he saw no human habitations.
Maar ondanks de afstand zag hij geen menselijke
nederzettingen.
But eventually his eyes were given some help.
Maar uiteindelijk kregen zijn ogen wat hulp.
The genial light of Sukra somewhat illumined his path.
Het vriendelijke licht van Sukra verlichtte enigszins zijn pad.
And he saw at a distance what seemed a large city.
En in de verte zag hij iets wat leek op een grote stad.
He was congratulating himself on his journey's end.
Hij feliciteerde zichzelf met het einde van zijn reis.
And he congratulated himself for finding fire.
En hij feliciteerde zichzelf dat hij het vuur had gevonden.
The fire that was going to benefit his poor wife.
Het vuur dat zijn arme vrouw ten goede zou komen.
His wife that was lying cold in the forest.
Zijn vrouw lag koud in het bos.
The fire that was going to save his new-born child.
Het vuur dat zijn pasgeboren kind zou redden.
The new-born baby born into the coldness.
De pasgeboren baby, geboren in de kou.
Suddenly an elephant shot across his path.
Opeens schoot er een olifant langs zijn pad.
The elephant was gorgeously caparisoned.
De olifant was prachtig versierd.
And the elephant gently picked him with his trunk.
En de olifant pakte hem voorzichtig op met zijn slurf.
He placed him on the rich howdah on its back.
Hij legde hem op de rijke howdah, die op zijn rug lag.
The elephant then walked rapidly towards the city.
De olifant liep vervolgens snel in de richting van de stad.

Swet was quite taken aback by the events.
Swet was behoorlijk geschokt door de gebeurtenissen.
He did not understand the elephant's actions.
Hij begreep de acties van de olifant niet.
And he wondered what was in store for him.
En hij vroeg zich af wat hem te wachten stond.
A crown is that which was in store for him.
Een kroon was datgene wat hem te wachten stond.
He was being taken to the chief city of a kingdom.
Hij werd naar de hoofdstad van een koninkrijk gebracht.
In this kingdom every morning a king was elected.
In dit koninkrijk werd elke ochtend een koning gekozen.
Because the kings of this city lasted but a day.
Omdat de koningen van deze stad maar één dag regeerden.
Every night the new king joined the queen in her room.
Elke avond kwam de nieuwe koning bij de koningin in haar
kamer.
And every morning the previous king was found dead.
En elke ochtend werd de vorige koning dood aangetroffen.
No one knew what caused the deaths of the kings.
Niemand wist wat de oorzaak was van de dood van de
koningen.
Not even the queen knew what caused their death.
Zelfs de koningin wist niet wat de oorzaak van hun dood was.
So this kingdom had its own king-maker.
Dit koninkrijk had dus zijn eigen koningmaker.
The elephant who suddenly took hold of Swet.
De olifant die plotseling Swet vastpakte.
Early in the morning the elephant roamed about.
Vroeg in de ochtend zwierf de olifant rond.
Sometimes the elephant went to distant places.
Soms ging de olifant naar verre oorden.
And every evening the elephant returned with a man.
En iedere avond kwam de olifant terug met een man.
The man on the elephant's became their king.
De man op de olifant werd hun koning.
The elephant majestically marched through the streets.

De olifant marcheerde majestueus door de straten.
A crowd of people welcomed their new king.
Een grote menigte verwelkomde hun nieuwe koning.
But Swet did not yet understand their cheers.
Maar Swet begreep hun gejuich nog niet.
The elephant entered the kingdom's palace.
De olifant kwam het paleis van het koninkrijk binnen.
And the elephant placed Swet on the throne.
En de olifant plaatste Swet op de troon.
Amid much rejoicing he was proclaimed king.
Onder veel vreugde werd hij tot koning uitgeroepen.
But there were lamentations in the crowd too.
Maar er klonk ook gejammer in de menigte.
In the course of the day he heard of the curse.
In de loop van de dag hoorde hij van de vloek.
The nightly death of every newly elected king.
De nachtelijke dood van elke nieuw gekozen koning.
But Swet was possessed of great discretion.
Maar Swet was zeer voorzichtig.
And he had the courage not to try an escape.
En hij had de moed om niet te proberen te ontsnappen.
He took every precaution that he could take.
Hij nam alle voorzorgsmaatregelen die hij kon nemen.
But he did not know how to avert the catastrophe.
Maar hij wist niet hoe hij de ramp kon afwenden.
And he knew not what expedients to adopt.
En hij wist niet welke oplossingen hij moest vinden.
Because he didn't know the nature of the danger.
Omdat hij de aard van het gevaar niet kende.
He resolved, however, upon two things;
Hij besloot echter tot twee dingen:
He was going to go armed into the bedchamber.
Hij zou gewapend naar de slaapkamer gaan.
And he was going to stay awake the whole night.
En hij zou de hele nacht wakker blijven.
The queen was young and of exquisite beauty.
De koningin was jong en van uitzonderlijke schoonheid.

Guileless and benevolent was the expression of her face.

Haar gelaatsuitdrukking was argeloos en welwillend.

It was impossible to attribute her any malice.

Het was onmogelijk om haar kwade bedoelingen toe te schrijven.

No one believed she caused all the kings' deaths.

Niemand geloofde dat zij verantwoordelijk was voor de dood van alle koningen.

In the queen's chamber Swet spent an agreeable evening.

In de kamer van de koningin bracht Swet een aangename avond door.

As the night advanced the queen fell asleep.

Naarmate de nacht vorderde, viel de koningin in slaap.

But Swet kept awake, and was on the alert.

Maar Swet bleef wakker en op zijn hoede.

He looked at every creek and corner of the room.

Hij keek naar elk kreekje en elke hoek van de kamer.

And he expected every minute to be murdered.

En hij verwachtte elk moment dat hij vermoord zou worden.

But the queen did not rise to murder him.

Maar de koningin stond niet op om hem te vermoorden.

And no one entered the room to murder him either.

En er kwam ook niemand de kamer binnen om hem te vermoorden.

Nor did he feel anything other than sleepiness.

Hij voelde verder niets anders dan slaperigheid.

But in the dead of night he perceived something.

Maar midden in de nacht nam hij iets waar.

A thread was coming out the queen's nostril.

Er kwam een draadje uit het neusgat van de koningin.

The thread was so thin that it was almost invisible.

De draad was zo dun dat hij bijna onzichtbaar was.

Slowly the thread reached several yards in length.

Langzaam werd de draad een lengte van enkele meters.

And eventually all the thread came out.

En uiteindelijk kwam alle draad eruit.

Only then did the thread begin to grow thicker.

Pas toen werd de draad dikker.
Soon the thread took on its real shape.
Al snel kreeg de draad zijn echte vorm.
The thread was in fact a huge serpent.
De draad was in feite een enorme slang.
Immediately Swet cut off the head of the serpent.
Onmiddellijk hakte Swet de kop van de slang af.
The body of the serpent wriggled violently.
Het lichaam van de slang kronkelde hevig.
He sat quiet in the room, expecting other adventures.
Hij zat stil in de kamer en verwachtte nog meer avonturen.
But nothing else happened the rest of the night.
Maar de rest van de nacht gebeurde er niets meer.
The queen slept longer than usual.
De koningin sliep langer dan normaal.
Because she had been relieved of the huge snake.
Omdat ze verlost was van de enorme slang.
Early next morning the ministers came.
Vroeg de volgende morgen kwamen de ministers.
They were expecting to hear of the king's death.
Ze verwachtten te horen van de dood van de koning.
The ladies of the bedchamber knocked at the door.
De dames van de slaapkamer klopten op de deur.
But to their astonishment Swet come out.
Maar tot hun verbazing kwam Swet naar buiten.
The folk learned the mystery of all the kings' deaths.
Het volk leerde het mysterie rond de dood van alle koningen.
And now the country rejoiced their permanent king.
En nu verheugde het land zich over hun permanente koning.
There is a strange thing you probably noticed.
Er is u waarschijnlijk iets vreemds opgevallen.
Swet did not remember his wife he left behind.
Swet kon zich zijn achtergelaten vrouw niet herinneren.
It is a strange thing, nevertheless it is true.
Het is vreemd, maar toch is het waar.
Nor did he remember the defenceless new-born babe.

Ook kon hij zich de weerloze pasgeboren baby niet herinneren.

And he did not remember his brother either.

En hij kon zich zijn broer ook niet herinneren.

He had no time to remember when the elephant came.

Hij had geen tijd om te onthouden wanneer de olifant kwam.

On the first night he had to worry for his own life.

De eerste nacht maakte hij zich zorgen om zijn eigen leven.

And now the crown brought on his forgetfulness.

En nu zorgde de kroon voor zijn vergeetachtigheid.

But he had entrusted his wife and child to Basanta.

Maar hij had zijn vrouw en kind aan Basanta toevertrouwd.

And his brother sat waiting for many weary hours.

En zijn broer zat vele vermoeiende uren te wachten.

Every moment he expected to see Swet return with fire.

Hij verwachtte elk moment dat Swet met vuur terug zou komen.

But the whole night passed away without his return.

Maar de hele nacht ging voorbij zonder dat hij terugkwam.

At sunrise he went to the bank of the river.

Bij zonsopgang ging hij naar de oever van de rivier.

There he anxiously looked about for his brother.

Daar keek hij bezorgd om zich heen, op zoek naar zijn broer.

But his waiting and searching were all in vain.

Maar zijn wachten en zoeken waren allemaal tevergeefs.

Distressed beyond measure, he wept at the riverside.

Hij was zo verdrietig dat hij aan de oever van de rivier stond te huilen.

As he was weeping a boat was passing by.

Terwijl hij huilde, kwam er een boot voorbij.

In the boat a merchant was returning from business.

In de boot kwam een koopman terug van zaken.

The boat was not far from the shore.

De boot lag niet ver van de kust.

So the merchant could see Basanta weeping.

Zodat de koopman Basanta kon zien huilen.

Something struck the attention of the merchant.

Iets trok de aandacht van de koopman.

By the weeping man appeared to be a pile of pearls.

Bij de huilende man leek een stapel parels te liggen.

The merchant requested the boatman to halt.

De koopman verzocht de schipper te stoppen.

And the merchant went to the weeping man.

En de koopman ging naar de wenende man.

By the weeping man was in fact a pile of pearls.

Bij de huilende man lag in feite een stapel parels.

And the pearls were of the highest quality.

En de parels waren van de hoogste kwaliteit.

And another thing astonished the merchant.

En er was nog iets wat de koopman verbaasde.

The pile of pearls grew larger every second.

De stapel parels werd met de seconde groter.

Because the man was crying, but not tears.

Omdat de man huilde, maar geen tranen.

Because his tears turned to pearls on the ground.

Omdat zijn tranen in parels op de grond veranderden.

The merchant stowed away the pearls into his boat.

De koopman borg de parels op in zijn boot.

Then the merchant got his servants to help him.

Toen vroeg de koopman zijn dienaren om hem te helpen.

And together they captured the crying man.

En samen vingen ze de huilende man.

They put him on board of the vessel.

Ze zetten hem aan boord van het schip.

And he tied him to one of the ship's masts.

En hij bond hem vast aan een van de masten van het schip.

Basanta, of course, tried his best to resist.

Basanta deed uiteraard zijn best om zich te verzetten.

But what could he do against so many sailors?

Maar wat kon hij beginnen tegen zoveel zeelieden?

He thought of his brother who never returned.

Hij dacht aan zijn broer die nooit meer terugkwam.

He thought of his sister-in-law in the forest.

Hij dacht aan zijn schoonzus in het bos.

And he thought of his newly born niece.
En hij dacht aan zijn pasgeboren nichtje.
And he cried even more bitterly than before.
En hij huilde nog harder dan voorheen.
His weeping mightily pleased the merchant.
Zijn geween verheugde de koopman zeer.
Because even more pearls were falling to the ground.
Omdat er nog meer parels op de grond vielen.
And the merchant became richer and richer.
En de koopman werd steeds rijker.
Eventually the merchant reached his native town.
Uiteindelijk bereikte de koopman zijn geboortestad.
When they got there he confined Basanta in a room.
Toen ze daar aankwamen, sloot hij Basanta op in een kamer.
At stated hours every day he had him whipped.
Elke dag liet hij hem op vaste tijden geselen.
In order to make him shed yet more tears.
Om hem nog meer tranen te laten vergieten.
And every tear converted into a bright pearl.
En elke traan veranderde in een stralende parel.
The merchant one day said to his servants;
Op een dag zei de koopman tegen zijn dienaren:
"The fellow is making me rich by his weeping".
"Die kerel maakt mij rijk met zijn gehuil".
"Let us see what he gives me by laughing".
"Laten we eens kijken wat hij mij geeft door te lachen."
Accordingly, he began to tickle his captive.
Daarom begon hij zijn gevangene te kietelen.
Upon being tickled Basanta began to laugh.
Toen Basanta gekieteld werd, begon ze te lachen.
Of course he was not laughing out of happiness.
Natuurlijk lachte hij niet van geluk.
But none the less maniks dropped from his mouth.
Maar er vielen niettemin maniks uit zijn mond.
After this Basanta was not just whipped anymore.
Hierna werd Basanta niet meer alleen gegeseld.
Now he was alternately whipped and tickled.

Nu werd hij afwisselend gegeseld en gekieteld.
All day and far into the night he was exploited.
De hele dag en tot diep in de nacht werd hij uitgebuit.
The merchant's wealth increased day and night.
De rijkdom van de koopman nam dag en nacht toe.
Soon he became the wealthiest man in the land.
Al snel werd hij de rijkste man van het land.
But let us return to Basanta's subjugation later.
Maar laten we later nog eens terugkomen op de onderwerping van Basanta.
Now let us turn our attention to Swet's wife.
Laten we nu onze aandacht richten op Swets vrouw.

Swet's abandoned wife was still in the forest.
De verlaten vrouw van Swet was nog steeds in het bos.
She had just given birth to her child.
Ze was net bevallen van haar kind.
But now she was alone in the forest.
Maar nu was ze alleen in het bos.
First her husband had abandoned her.
Eerst had haar man haar verlaten.
And now her brother-in-law abandoned her too.
En nu heeft haar zwager haar ook nog eens in de steek gelaten.
Imagine how overwhelmed with grief she felt.
Stel je voor hoe overweldigd ze was door verdriet.
Alone, and in a forest, far from civilization.
Alleen, in een bos, ver van de bewoonde wereld.
Her case was indeed deserving of sympathy.
Haar geval verdiende inderdaad sympathie.
She wept rivers of sad and lonely tears.
Ze huilde tranen van verdriet en eenzaamheid.
Excessive grief, however, brought her relief.
Overmatig verdriet bracht haar echter verlichting.
She fell asleep with the new-born in her arms.
Ze viel in slaap met de pasgeborene in haar armen.
While she was deep in sleep another tragedy took place.
Terwijl ze diep sliep, vond er nog een tragedie plaats.

It so happened that the Kotwal was passing by.
Toevallig kwam de Kotwal voorbij.
He had recently suffered his own misfortune.
Onlangs had hij zelf ook een ongeluk gehad.
But his misfortune was of a different nature.
Maar zijn ongeluk was van een andere aard.
The children his wife bore died shortly after birth.
De kinderen die zijn vrouw baarde, stierven kort na de geboorte.
And he was now going to bury the last infant.
En nu ging hij het laatste kind begraven.
He was heading to the banks of the river.
Hij was op weg naar de oever van de rivier.
The place where the other infants were buried.
De plaats waar de andere baby's begraven werden.
But then he saw the woman sleeping in the forest.
Maar toen zag hij de vrouw slapen in het bos.
And in her arms he saw her holding a baby.
En hij zag haar in haar armen met een baby.
The infant was a lively and beautiful boy.
De baby was een levendige en mooie jongen.
His liveliness did not disturb his mother's sleep.
Zijn levendigheid verstoorde de slaap van zijn moeder niet.
The Kotwal wanted the lovely infant very much.
De Kotwal wilde het mooie kindje heel graag.
He quietly took the child from his mother.
Hij nam het kind stilletjes over van zijn moeder.
And in her arms he placed his own dead child.
En in haar armen legde hij zijn eigen dode kind.
Of course this is not what he could tell his wife.
Dit kon hij natuurlijk niet aan zijn vrouw vertellen.
"We both thought that our son had died".
"Wij dachten allebei dat onze zoon dood was."
"And I carried his body to the river bank".
"En ik droeg zijn lichaam naar de oever van de rivier."
"And that was when a miracle occurred".
"En toen gebeurde er een wonder".

"Once more our son opened his young eyes".
"Onze zoon opende opnieuw zijn jonge ogen".
"And now we have a beautiful and lively boy".
"En nu hebben we een mooie en levendige jongen".
But Swet's wife did not know the true events.
Maar Swets vrouw kende de ware toedracht niet.
When she woke she held the dead child in her arms.
Toen ze wakker werd, hield ze het dode kind in haar armen.
And she thought it was her child that had died.
En ze dacht dat het haar kind was dat overleden was.
The distress of her mind may easily be imagined.
De wanhoop waarin zij verkeerde, is gemakkelijk voor te stellen.
The whole world became dark to her.
De hele wereld werd donker voor haar.
She was distracted by the loss of her child.
Ze was afgeleid door het verlies van haar kind.
And in her distraction she formed a resolution.
En terwijl ze afgeleid werd, bedacht ze een voornemen.
She had resolved to take her own life.
Ze had besloten een einde aan haar leven te maken.
The river was not far from where she had slept.
De rivier lag niet ver van de plek waar ze had geslapen.
And she determined to drown herself in the river.
En ze besloot zichzelf te verdrinken in de rivier.
She took in her hand the bundle of jewels.
Ze nam het bundeltje juwelen in haar hand.
And then she proceeded to the river-side.
En toen liep ze naar de rivieroever.
An old Brahman was at no great distance.
Een oude brahmaan was niet ver weg.
The Brahman was performing his morning ablutions.
De Brahman verrichtte zijn ochtendwassing.
He noticed the woman going into the water.
Hij zag dat de vrouw het water in ging.
Naturally he thought that she was going to bathe.
Natuurlijk dacht hij dat ze ging baden.

But then he saw her going into the deep waters.
Maar toen zag hij haar in het diepe water verdwijnen.
Something akin to suspicion arose in his mind.
Er ontstond iets wat op verdenking leek in zijn geest.
The Brahman discontinued his devotions.
De Brahman stopte met zijn devoties.
He too waded out towards the river's depth.
Ook hij waadde de rivier in.
And he ordered the woman to come to him.
En hij beval de vrouw om naar hem toe te komen.
Swet's wife heard the old man calling her.
Swets vrouw hoorde de oude man haar roepen.
So she retraced her steps to the old man.
Ze liep dus terug naar de oude man.
"What were your intentions?" asked the Braham.
"Wat waren je bedoelingen?" vroeg de Brahman.
And the woman confirmed his suspicions.
En de vrouw bevestigde zijn vermoedens.
"I was going to put an end to my life".
"Ik wilde een einde aan mijn leven maken."
And she thanked the Brahman for saving her.
En ze bedankte de Brahman voor het redden van haar.
"Accept these jewels as a sign of appreciation".
"Accepteer deze juwelen als een teken van waardering".
The Brahman accepted the sign of appreciation.
De Brahman aanvaardde het teken van waardering.
But he was more interested in her story.
Maar hij was meer geïnteresseerd in haar verhaal.
And at his request she related her story.
En op zijn verzoek vertelde ze haar verhaal.
She had escaped from her stepmother in law.
Ze was gevlucht voor haar stiefmoeder.
In the forest she gave birth to a child.
In het bos beviel ze van een kind.
First her husband went looking for fire.
Eerst ging haar man op zoek naar vuur.
But her husband never came back to her.

Maar haar man kwam nooit meer bij haar terug.

Then her brother-in-law looked for her husband.

Toen ging haar zwager op zoek naar haar man.

But her brother-in-law did not return either.

Maar ook haar zwager kwam niet terug.

Eventually she fell asleep with her child.

Uiteindelijk viel ze met haar kind in slaap.

But when she woke her child was dead.

Maar toen ze wakker werd, was haar kind dood.

And that's when she decided to drown herself.

Toen besloot ze zichzelf te verdrinken.

She felt the relieve of telling her fate.

Ze voelde de opluchting dat ze haar lot moest vertellen.

The Brahman invited the woman to his house.

De brahmaan nodigde de vrouw uit bij hem thuis.

And the woman was accepted into his family.

En de vrouw werd in zijn familie opgenomen.

The Brahman's wife treated her like a daughter.

De vrouw van de Brahman behandelde haar als een dochter.

And she spent years with her new family.

En ze bracht jaren door bij haar nieuwe familie.

Swet spend those years in his kingdom.

Swet bracht die jaren door in zijn koninkrijk.

Basanta spent those years being tortured.

Basanta werd in die jaren gemarteld.

And the adopted son of the Kotwal grew up.

En de geadopteerde zoon van de Kotwal groeide op.

The Brahman's house was not far from the Kotwal's.

Het huis van de Brahman lag niet ver van dat van de Kotwals.

So the Kotwal's son met the Brahman's adopted daughter.

Zo ontmoette de zoon van de Kotwal de geadopteerde dochter
van de Brahman.

And the lad thought he fell in love with her.

En de jongen dacht dat hij verliefd op haar was.

He spoke to his father about the woman.

Hij sprak met zijn vader over de vrouw.

And the father spoke to the Brahman about the woman.

En de vader sprak met de Brahman over de vrouw.

The Brahman's rage knew no bounds.

De woede van de Brahman kende geen grenzen.

"What is this insolence!" the Brahman protested.

"Wat is dit voor brutaliteit!" protesteerde de brahmaan.

"Your son is the son of an infidel".

"Uw zoon is de zoon van een ongelovige".

"How can he aspire to the hand of a Brahman's daughter!?".

"Hoe kan hij streven naar de hand van een Brahman's dochter!?"

"A dwarf may as well aspire to catch hold of the moon!".

"Een dwerg kan net zo goed de maan proberen te grijpen!"

But the Kotwal's son determined to have her by force.

Maar de zoon van de Kotwal besloot haar met geweld te krijgen.

One day he scaled the wall of the Brahman's house.

Op een dag beklom hij de muur van het huis van de Brahman.

He got upon the thatched roof of the cow-house.

Hij klom op het rieten dak van de koeienstal.

And from that lofty position he reconnoitered.

En vanuit die verheven positie ging hij op verkenning.

And he saw two young calves below him.

En hij zag twee kalfjes onder zich.

And he overheard the conversation of two young calves.

En hij ving het gesprek op van twee jonge kalfjes.

"Men accuse us of brutish ignorance and immorality".

"Mensen beschuldigen ons van wrede onwetendheid en immoraliteit".

"But in my opinion men are fifty times worse".

"Maar naar mijn mening zijn mannen vijftig keer erger."

"What makes you say so, brother?" the calf asked.

"Wat brengt je tot die mening, broeder?" vroeg het kalf.

"Have you witnessed instances of human depravity?".

"Hebt u gevallen van menselijke verdorvenheid gezien?"

"Who is a greater monster than the Kotwal's son?".

"Wie is een groter monster dan de zoon van de Kotwal?"

"The same lad standing on the thatched roof".

"Dezelfde jongen staat op het rieten dak".

"The roof of this hut above our heads".

"Het dak van deze hut boven onze hoofden".

"I thought he was just the son of our Kotwal".

"Ik dacht dat hij gewoon de zoon van onze Kotwal was".

"I never heard that he was exceptionally vicious".

"Ik heb nog nooit gehoord dat hij uitzonderlijk gemeen was."

"You may have never heard of his wickedness".

"Je hebt misschien nog nooit van zijn slechtheid gehoord."

"But now you will hear of his wickedness from me".

"Maar nu zult u van mij over zijn slechtheid horen."

"This wicked lad is now making immoral plans".

"Deze slechte jongen maakt nu immorele plannen".

"He is trying get married to his own mother!".

"Hij probeert met zijn eigen moeder te trouwen!"

The First Calf then related the whole story.

Het eerste kalf vertelde vervolgens het hele verhaal.

And the inquisitive Second Calf listened.

En het nieuwsgierige Tweede Kalf luisterde.

And the calf told Swet's and Basanta's story.

En het kalf vertelde het verhaal van Swet en Basanta.

"A merchant built a house for his son"

"Een koopman bouwde een huis voor zijn zoon"

"In the garden of the house was a Toontooni bird"

"In de tuin van het huis zat een Toontooni-vogel"

"In the nest of the Toontooni bird was an egg"

"In het nest van de Toontooni-vogel lag een ei"

"The merchant's son put the egg in a almirah"

"De zoon van de koopman legde het ei in een almirah"

"Out of the egg came a beautiful girl"

"Uit het ei kwam een prachtig meisje"

"Eventually the merchant's son married this beautiful girl"

"Uiteindelijk trouwde de zoon van de koopman met dit mooie meisje"

"Together they had two children; Swet and Basanta"

"Samen kregen ze twee kinderen; Swet en Basanta"

"Some time later the grandfather of the children died"

"Enige tijd later stierf de grootvader van de kinderen"
"Some time later again their grandmother died too"
"Een tijdje later stierf ook hun grootmoeder"
"At the right time, the oldest son, Swet, got married"
"Op het juiste moment trouwde de oudste zoon, Swet"
"His mother, the Toontooni woman, died sometime later"
"Zijn moeder, de Toontooni-vrouw, stierf enige tijd later"
"Soon after their father married a younger woman"
"Kort nadat hun vader met een jongere vrouw trouwde"
"But their new stepmother hated her stepsons"
"Maar hun nieuwe stiefmoeder haatte haar stiefzonen"
"And she also hated her new stepdaughter-in-law"
"En ze haatte ook haar nieuwe stiefdochter"
"One day a fisherman happened to visit the merchant"
"Op een dag kwam er een visser bij de koopman langs"
"The Fisherman had sold the merchant a magical fish"
"De visser had de koopman een magische vis verkocht"
"Whoever ate the fish would laugh maniks"
"Wie de vis ook at, zou lachen, maniks"
"And whoever ate the fish would weep pearls"
"En wie de vis at, zou parels huilen"
"The same day there was an argument over some pigeons"
"Op dezelfde dag was er ruzie over een paar duiven"
"The stepmother was terribly vengeful to her stepsons"
"De stiefmoeder was vreselijk wraakzuchtig tegenover haar
stiefzonen"
"And she swore revenge on her stepsons"
"En ze zwoer wraak op haar stiefzonen "
"That day Swet, his wife, and Basanta escaped"
"Die dag ontsnapten Swet, zijn vrouw en Basanta"
"But before leaving they ate the magical fish"
"Maar voordat ze vertrokken, aten ze de magische vis"
"On their journey Swet's wife gave birth to a baby boy"
"Tijdens hun reis beviel Swets vrouw van een zoontje"
"Swet went to look for wood to make a fire"
"Swet ging hout zoeken om een vuur te maken"
"But he was carried away by an elephant"

"Maar hij werd door een olifant weggevoerd"
"He was taken to a Queen haunted by a snake"
"Hij werd meegenomen naar een koningin die gekweld werd
door een slang "
"But he succeeded in killing the serpent"
"Maar het lukte hem de slang te doden"
**"And so he became king of the land""Basanta went looking
for his brother"**
"En zo werd hij koning van het land" "Basanta ging op zoek
naar zijn broer"
"But he was captured by a merchant"
"Maar hij werd gevangen genomen door een koopman"
"And now he's flogged and tickled daily"
"En nu wordt hij dagelijks gegeseld en gekieteld"
"And he cries pearls and laughs maniks"
"En hij huilt parels en lacht maniks"
"The Kotwal's son had died that night"
"De zoon van de Kotwal was die nacht gestorven"
"So the Kotwal exchanged the two babies"
"Dus de Kotwal verwisselde de twee baby's"
"The mother couldn't bear the loss of her child"
"De moeder kon het verlies van haar kind niet verdragen"
"So she made the decision to drown herself"
"Dus ze besloot zichzelf te verdrinken"
"But there was a Brahman that saved her life"
"Maar er was een Brahman die haar leven redde"
"And this Brahman took her into his home"
"En deze Brahman nam haar in zijn huis"
"The Kotwal's son grew up a hardy boy"
"De zoon van de Kotwal groeide op als een sterke jongen"
"And he fell in love with the woman"
"En hij werd verliefd op de vrouw"
"And now he stands on the roof"
"En nu staat hij op het dak"
"And he's intent on having the woman"
"En hij is vastbesloten om de vrouw te hebben"
All this the Kotwal's son heard.

Dit alles hoorde de zoon van Kotwal.

And he was struck with horror.

En hij was met afschuw vervuld.

He forthwith got down from the thatch.

Hij klom onmiddellijk van het dak af.

And he went home to his father.

En hij ging naar huis, naar zijn vader.

And he said he must speak with the king.

En hij zei dat hij met de koning moest spreken.

The father protested against the request.

De vader protesteerde tegen het verzoek.

But he got an interview with the king.

Maar hij kreeg een interview met de koning.

He told the king about the two calves.

Hij vertelde de koning over de twee kalveren.

And he repeated the whole story.

En hij herhaalde het hele verhaal.

The king now remembered his poor wife.

De koning dacht nu aan zijn arme vrouw.

So a servant was sent to the Brahman.

Er werd dus een dienaar naar de Brahman gestuurd.

And the Brahman was richly rewarded.

En de Brahman werd rijkelijk beloond.

And his wife was brought back to the palace.

En zijn vrouw werd teruggebracht naar het paleis.

His wife was put in her proper position.

Zijn vrouw werd op de juiste plaats gezet.

And she became queen of the kingdom.

En zij werd koningin van het koninkrijk.

The reputed son of the Kotwal was readopted.

De vermeende zoon van de Kotwal werd opnieuw geadopteerd.

And he was proclaimed heir to the throne.

En hij werd tot troonopvolger uitgeroepen.

Basanta was brought out of the dungeon.

Basanta werd uit de kerker gehaald.

And the wicked merchant was buried alive.

En de slechte koopman werd levend begraven.
And thorns were put in his burying-place.
En doornen werden in zijn graf gelegd.
And all lived together happily for many years.
En ze leefden nog vele jaren gelukkig samen.
Swet, his wife and son, and Basantas.
Swet, zijn vrouw en zoon, en Basantas.

The Evil Eye of Sani
Het Boze Oog van Sani

Once upon a time Sani and Lakshmi fell out with each other.
Op een gegeven moment kregen Sani en Lakshmi ruzie.
Sani, also known as Saturn, is the God of bad luck.
Sani, ook bekend als Saturnus, is de god van het ongeluk.
And Lakshmi is the Goddess of good luck.
En Lakshmi is de Godin van het geluk.
And these two Gods fell out with each other in heaven.
En deze twee Goden kregen in de hemel ruzie met elkaar.
Sani said he was higher in rank than Lakshmi.
Sani zei dat hij een hogere rang had dan Lakshmi.
And Lakshmi said she was higher in rank than Sani.
En Lakshmi zei dat ze een hogere rang had dan Sani.
But there were just as many Gods as there were Goddesses.
Maar er waren evenveel Goden als Godinnen.
Therefore the dispute could not be settled in heaven.
Daarom kon het geschil niet in de hemel worden beslecht.
The contending deities agreed to refer the matter to humans.
De goden waren het erover eens dat de kwestie aan de
mensen moest worden voorgelegd.
The humans had a name for wisdom and justice.
De mensen stonden bekend om hun wijsheid en
rechtvaardigheid.
There lived at that time upon earth a man named Sribatsa.
Er leefde in die tijd een man op aarde genaamd Sribatsa.
(Sri is another name of Lakshmi).
(Sri is een andere naam voor Lakshmi).
(And"batsa" is another word for child).
(En "batsa" is een ander woord voor kind).
(so Sribatsa literally means"the child Sof fortune").
(Sribatsa betekent dus letterlijk 'het kind van het geluk').
Sribatsa had as much wisdom as he had wealth.
Sribatsa had evenveel wijsheid als rijkdom.
And he was as fair as he was rich, too.
En hij was even rijk als knap.

He was therefore a good judge for the dispute.
Hij kon het geschil dus goed beoordelen.
And the God and Goddess agreed he could judge their case.
En de God en de Godin waren het erover eens dat hij hun zaak
kon beoordelen.
One day, accordingly, Sribatsa was contacted.
Op een dag werd Sribatsa dan ook gecontacteerd.
He was told that Sani and Lakshmi would come to him.
Hem werd verteld dat Sani en Lakshmi naar hem toe zouden
komen.
And he was told they wished for him to settle their dispute.
En hen werd verteld dat ze wilden dat hij hun geschil zou
beslechten.
This put Sribatsa in a delicate situation.
Hierdoor kwam Sribatsa in een lastige situatie terecht.
He could say Sani was higher in rank than Lakshmi.
Hij kon zeggen dat Sani een hogere rang had dan Lakshmi.
But then she would be angry with him and forsake him.
Maar dan werd ze boos op hem en verliet hem.
He could say Lakshmi was higher in rank than Sani.
Hij kon zeggen dat Lakshmi een hogere rang had dan Sani.
But then Sani would cast his evil eye upon him.
Maar dan richtte Sani zijn boze oog op hem.
He made up his mind not to say anything directly.
Hij besloot er niets rechtstreeks over te zeggen.
The god and the goddess had to observe his actions.
De god en de godin moesten zijn handelingen observeren.
And from his actions they could gather their opinions.
En uit zijn daden konden ze hun mening afleiden.
Sribatsa ordered two chairs to be made.
Sribatsa gaf opdracht om twee stoelen te maken.
One of the chairs was made from gold.
Eén van de stoelen was gemaakt van goud.
And the other chair was made from silver.
En de andere stoel was van zilver gemaakt.
And he placed the two chairs beside himself.
En hij zette de twee stoelen naast zich neer.

The day came when Sani and Lakshmi visited Sribatsa.
Op een dag bezochten Sani en Lakshmi Sribatsa.
He told Sani to sit upon the silver chair.
Hij zei tegen Sani dat ze op de zilveren stoel moest gaan zitten.
And he told Lakshmi to sit upon the gold chair.
En hij zei tegen Lakshmi dat hij op de gouden stoel moest gaan zitten.
Sani became mad with rage, and spoke angrily;
Sani werd woedend en sprak boos;
"You consider me lower in rank than Lakshmi"
"Je beschouwt mij als lager in rang dan Lakshmi"
"I will cast my eye on you for three years"
"Ik zal je drie jaar lang in de gaten houden"
"We shall see how you fare at the end of that period"
"We zullen zien hoe het je vergaat aan het einde van die periode"
The god then went away in great anger.
Toen ging de god woedend weg.
Lakshmi, before she went away, said to Sribatsa;
Lakshmi zei tegen Sribatsa voordat ze wegging:
"My child, do not fear. I'll befriend you"
"Mijn kind, wees niet bang. Ik zal je vriend worden."
The god and the goddess then went away.
Toen verdwenen de god en de godin.
Sribatsa spoke to his wife, Chantamani;
Sribatsa sprak met zijn vrouw Chantamani;
"Dearest, the evil eye of Sani will be upon me"
"Liefste, het boze oog van Sani zal op mij gericht zijn"
"I had better go away from the house"
"Ik kan beter weggaan van huis"
"If I stay evil will befall you and me"
"Als ik blijf, zal het kwaad jou en mij overkomen"
"But if I go, evil will overtake me only"
"Maar als ik ga, zal het kwaad mij alleen maar overvallen"
Chintamani said, "it cannot be that way"
Chintamani zei: "Dat kan niet zo zijn"

"Wherever you go, I will go with you"
"Waar je ook gaat, ik ga met je mee"
"Your good luck shall be my good luck"
"Jouw geluk zal mijn geluk zijn"
"And your bad luck shall be my bad luck"
"En jouw ongeluk zal mijn ongeluk zijn"
The husband tried hard to persuade his wife to stay.
De echtgenoot deed zijn uiterste best om zijn vrouw over te halen te blijven.
But all his efforts were of no use.
Maar al zijn inspanningen waren tevergeefs.
She refused to abandon her husband.
Ze weigerde haar man te verlaten.
Sribatsa told his wife to make an opening in their mattress.
Sribatsa zei tegen zijn vrouw dat ze een opening in de matras moest maken.
And he told her to stow away all their money and jewels.
En hij zei haar dat ze al hun geld en juwelen moest opbergen.
On the eve of leaving their house, Sribatsa invoked Lakshmi.
Toen Sribatsa hun huis verliet, riep hij Lakshmi aan.
Upon being invoked, Lakshmi forthwith appeared.
Toen Lakshmi werd aangeroepen, verscheen hij onmiddellijk.
"Mother Lakshmi, the evil eye of Sani is upon us"
"Moeder Lakshmi, het boze oog van Sani is op ons gericht"
"We are going away into exile"
"Wij gaan in ballingschap"
"Please befriend us, and take care of our property"
"Word alstublieft onze vriend en zorg goed voor ons eigendom"
The goddess of good luck answered.
De godin van het goede geluk antwoordde.
"Do not fear; I'll befriend you"
"Wees niet bang, ik zal je vriend zijn"
"In the end all will be right"
"Uiteindelijk komt alles goed"
They then set out on their journey.

Vervolgens gingen ze op reis.
Sribatsa rolled up the mattress and put it on his head.
Sribatsa rolde het matras op en legde het op zijn hoofd.
They had not gone many miles when they saw a river.
Ze waren nog niet ver gevorderd, toen ze een rivier zagen.
There was a canoe with a man sitting in it.
Er was een kano met een man erin.
The travelers requested the ferryman to take them across.
De reizigers verzochten de veerman om hen over te zetten.
The ferryman said he could only take one at a time.
De veerman zei dat hij er maar één tegelijk mee kon nemen.
"Tere are three of you," he objected.
"Jullie zijn met z'n drieën," wierp hij tegen.
"There is you, your wife, and your mattress"
"Daar ben jij, je vrouw en je matras"
Sribatsa proposed in what order they should ferry over the river.
Sribatsa stelde voor in welke volgorde ze de rivier zouden oversteken.
"First my wife should be taken across the river"
"Eerst moet mijn vrouw over de rivier worden gebracht"
"After my wife, take the mattress across the river"
"Breng na mijn vrouw de matras over de rivier"
"And then you can take me across the river"
"En dan kun je mij over de rivier brengen"
But the ferryman would not hear of it.
Maar de veerman wilde daar niets van weten.
"Only one at a time," he repeated.
"Slechts één tegelijk," herhaalde hij.
"First let me take across the mattress"
"Laat me eerst de matras eens bekijken"
Sribatsa saw no reason to object to the proposal.
Sribatsa zag geen reden om bezwaar te maken tegen het voorstel.
The ferryman started taking the mattress across the river.
De veerman begon de matras over de rivier te brengen.
He had reached halfway across the river.

Hij was al halverwege de rivier.

But then, from nowhere, a fierce gale arose.

Maar toen, uit het niets, stak er een felle storm op.

The ferryman lost control of his canoe.

De veerman verloor de controle over zijn kano.

The mattress was blown into the river.

Het matras werd in de rivier gewaaid.

The river carried everything away with it.

De rivier nam alles mee.

And the ferrymen, canoe, and mattress were never seen again.

En de veermannen, de kano en de matras zijn nooit meer teruggevonden.

But that was not even the strangest events.

Maar dat was nog niet eens het vreemdste.

Because the river also disappeared into thin air.

Want ook de rivier verdween in het niets.

Where there was water there was now dry ground.

Waar water was, was nu droog land.

Sribatsa knew the evil eye of Sani had been watching.

Sribatsa wist dat het boze oog van Sani hem gadesloeg.

Sribatsa and his wife had not a pice in their pockets.

Sribatsa en zijn vrouw hadden geen cent op zak.

Together, impoverished, they went to a nearby village.

Samen vertrokken ze verarmd naar een nabijgelegen dorp.

The village was dwelt in mostly by wood-cutters.

Het dorp werd voornamelijk bewoond door houthakkers.

At sunrise the woodcutters went to cut wood.

Bij zonsopgang gingen de houthakkers hout hakken.

And the wood they cut they sold in a faraway town.

En het hout dat ze hakten verkochten ze in een verafgelegen stad.

Sribatsa asked to work with the wood-cutters.

Sribatsa vroeg of hij met de houthakkers mocht samenwerken.

And the wood-cutters agreed to let him cut wood.

En de houthakkers stemden erin toe dat hij hout ging hakken.

He could fell trees as well as the best of them.
Hij kon bomen vellen, net als de beste.
But Sribatsa was different from the wood-cutters.
Maar Sribatsa was anders dan de houthakkers.
The wood-cutters cut any and every sort of wood.
De houthakkers hakken alle soorten hout.
But Sribatsa cut only the precious types of wood.
Maar Sribatsa kapte alleen de kostbaarste houtsoorten.
His efforts were focused on cutting down sandal-wood.
Zijn inspanningen waren gericht op het kappen van sandelhout.
The wood-cutters brought to market large loads of common wood.
De houthakkers brachten grote ladingen gewoon hout naar de markt.
Sribatsa brought only a few pieces of sandal-wood to the market.
Sribatsa bracht slechts enkele stukken sandelhout naar de markt.
He was paid a great deal more money than the others.
Hij kreeg veel meer betaald dan de anderen.
Things went on this way for some days.
Zo ging het een paar dagen door.
And the wood-cutters became jealous of Sribatsa.
En de houthakkers werden jaloers op Sribatsa.
In their jealousy they plotted against Sribatsa.
In hun jaloezie smeedden ze een complot tegen Sribatsa.
And finally they drove Sribatsa and his wife from the village.
En ten slotte verdreven ze Sribatsa en zijn vrouw uit het dorp.

Sribatsa and his wife made their way to another village.
Sribatsa en zijn vrouw gingen naar een ander dorp.
In this village there were many women that weaved.
In dit dorp waren veel weefvrouwen.
Here Chintamani made herself useful by spinning cotton.
Hier maakte Chintamani zich nuttig door katoen te spinnen.

Chintamani was an intelligent and skillful woman.
Chintamani was een intelligente en bekwame vrouw.
So she spun finer thread than the other women.
Ze sponnen dus dunner garen dan de andere vrouwen.
And she got paid more money than the other women.
En ze kreeg meer betaald dan de andere vrouwen.
This roused the envy of the native women of the village.
Dit wekte de afgunst van de inheemse vrouwen in het dorp.
But the envy of the other women was not all.
Maar de jaloezie van de andere vrouwen was niet alles.
Sribatsa wanted to gain the good grace of the weavers.
Sribatsa wilde in de gunst komen van de wevers.
So he invited the women that spun cotton to a feast.
Daarom nodigde hij de vrouwen die katoen sponnen uit voor
een feestmaal.
The dishes of the feat were all cooked by his wife.
De gerechten van de voorstelling werden allemaal door zijn
vrouw gekookt.
Chintamani was a good weaver, and an excellent in cook.
Chintamani kon goed weven en was een uitstekende kok.
She placed the delicacies before the women.
Ze zette de lekkernijen voor de vrouwen neer.
And the barbarous weavers were quite charmed.
En de barbaarse wevers waren er zeer van gecharmeerd.
The men went to their homes with their bellies full.
De mannen gingen met een volle maag naar huis.
But when they got home, they reproached their wives.
Maar toen ze thuiskwamen, maakten ze verwijten aan hun
vrouwen.
"Why do you not cook like the wife of Sribatsa"
"Waarom kook je niet zoals de vrouw van Sribatsa?"
And the men called their wives good-for-nothing women.
En de mannen noemden hun vrouwen 'nietsnutten'.
This made the women hate Chintamani the more.
Hierdoor kregen de vrouwen een nog grotere hekel aan
Chintamani.

One day Chintamani went to the river-side.

Op een dag ging Chintamani naar de rivier.

She wanted to bathe along with the other women of the village.

Ze wilde samen met de andere vrouwen uit het dorp gaan baden.

A boat had been lying on the bank, stranded on the sand.

Er lag een boot op de oever, gestrand op het zand.

The boat had been stranded there for many days.

De boot lag daar al dagenlang gestrand.

They had tried to move the boat, but in vain.

Ze probeerden de boot te verplaatsen, maar tevergeefs.

It so happened that Chintamani touched the boat.

Het gebeurde zo dat Chintamani de boot aanraakte.

It was an accident, for she did not mean to touch the boat.

Het was een ongeluk, want ze wilde de boot niet aanraken.

But whether she meant to or not, the boat moved.

Maar of ze het nu wilde of niet, de boot bewoog.

And soon the boat was heading off to the river.

En al snel voer de boot richting de rivier.

The boatmen were astonished by what they had seen.

De schippers waren verbaasd over wat ze zagen.

They thought that the woman had uncommon power.

Ze dachten dat de vrouw over buitengewone krachten beschikte.

And so they thought she might be useful in future.

En dus dachten ze dat ze in de toekomst nuttig zou kunnen zijn.

They therefore caught hold of her, against her will.

Ze grepen haar daarom vast, tegen haar wil.

And they put her in the boat, and rowed off.

En ze legden haar in de boot en roeiden weg.

The women of the village were present for this kidnapping.

De vrouwen uit het dorp waren bij deze ontvoering aanwezig.

But they did not offer Chintamani any assistance.

Maar ze boden Chintamani geen enkele hulp aan.

Because Chintamani had put them in a bad light.

Omdat Chintamani hen in een kwaad daglicht had gesteld.

Sribatsa heard how his wife had been carried away by boatmen.
Sribatsa hoorde hoe zijn vrouw door schippers was meegenomen.
I will let you imagine how he became mad with grief.
Ik laat u zich voorstellen hoe gek hij werd van verdriet.
He left the village and went to the river-side.
Hij verliet het dorp en ging naar de rivier.
And he resolved to follow the course of the stream.
En hij besloot de loop van de beek te volgen.
Along the stream he was sure to meet the kidnappers' boat.
Hij kon er zeker van zijn dat hij langs de beek de boot van de ontvoerders zou tegenkomen.
He travelled on and on, along the side of the river.
Hij reisde steeds verder, langs de rivier.
And he travelled till it eventually became dark.
En hij reisde totdat het uiteindelijk donker werd.
Where he was there were no huts to be seen.
Waar hij was, waren geen hutten te bekennen.
So he climbed into a tree to sleep for the night.
Dus klom hij in een boom om de nacht door te brengen.
In the next morning he got down from the tree.
De volgende morgen klom hij uit de boom.
At the foot of the tree he saw a Kapila-cow.
Aan de voet van de boom zag hij een Kapila-koe.
A Kapila-cow never has any calves of her own.
Een Kapila-koe krijgt nooit eigen kalfjes.
But she can be milked at all hours of the day.
Maar ze kan op elk uur van de dag gemolken worden.
Sribatsa milked the cow without her objecting.
Sribatsa melkte de koe zonder dat ze bezwaar maakte.
And he drank the milk to his heart's content.
En hij dronk de melk op, zoveel hij wilde.
And then he noticed something else about the cow.
En toen viel hem nog iets op aan de koe.

The dung of the cow was of a bright yellow color.
De mest van de koe had een heldergele kleur.
In fact, the dung of the cow was made of pure gold.
De mest van de koe bestond in feite uit puur goud.
The golden cow dung was still in a soft state.
De gouden koeienmest was nog zacht.
So he was able to write his name in the golden dung.
Zo kon hij zijn naam in de gouden mest schrijven.
During the course of the day the dung hardened.
In de loop van de dag verhardde de mest.
And finally the dung looked like a brick of gold.
En uiteindelijk leek de mest op een goudmijn.
The tree he had slept in grew on the river-side.
De boom waarin hij had geslapen, groeide aan de rivieroever.
And the Kapila-cow supplied him with milk all day.
En de Kapila-koe gaf hem de hele dag melk.
So Sribatsa decided to wait there for the boat.
Dus besloot Sribatsa daar op de boot te wachten.
In the morning the cow deposited the precious article.
's Morgens legde de koe het kostbare voorwerp af.
And at night the cow deposited the precious article.
En 's nachts legde de koe het kostbare voorwerp neer.
So the gold bricks increased every day.
Dus de hoeveelheid goudstenen nam elke dag toe.
And on each golden brick he had engraved his name.
En op elke gouden steen liet hij zijn naam graveren.
He stacked the bricks on top of each other.
Hij stapelde de stenen op elkaar.
From a distance it looked like a hillock of gold.
Van een afstandje leek het een bergje goud.

But now we must leave Sribatsa to stack his gold.
Maar nu moeten we Sribatsa zijn goud laten stapelen.
And we must turn our attention to Chintamani.
En we moeten onze aandacht richten op Chintamani.
Chintamani was a graceful woman of great beauty.

Chintamani was een sierlijke vrouw met een grote schoonheid.

She had worried her beauty might be her ruin.

Ze was bang dat haar schoonheid haar ondergang zou betekenen.

So she offered a prayer as she was being kidnapped.

Ze bad dus terwijl ze werd ontvoerd.

"Lakshmi, O Mother Lakshmi! have pity upon me"

"Lakshmi, o Moeder Lakshmi! heb medelijden met mij"

"Thou hast made me beautiful, you have"

"Jij hebt mij mooi gemaakt, jij hebt"

"But now my beauty will undoubtedly be my ruin"

"Maar nu zal mijn schoonheid ongetwijfeld mijn ondergang zijn"

"I am bound to loss my honor and my chastity"

"Ik ben gedoemd mijn eer en kuisheid te verliezen"

"I therefore beseech thee, gracious Mother;"

"Ik smeek u daarom, genadige Moeder;"

"Take my beauty from me, and make me ugly"

"Neem mijn schoonheid van mij weg en maak mij lelijk"

"Cover my body with some loathsome disease"

"Bedek mijn lichaam met een walgelijke ziekte"

"That way the boatmen might not touch me"

"Op die manier zouden de schippers mij niet aanraken"

Chintamani was in the arms of the boatmen.

Chintamani lag in de armen van de schippers.

But the Goddess of good fortune heard her prayer.

Maar de Godin van het goede geluk verhoorde haar gebed.

In the twinkling of an eye her form changed.

In een oogwenk veranderde haar vorm.

Her naturally beautiful form faded away.

Haar natuurlijke schoonheid verdween.

And she was turned into a vile carcass.

En ze werd veranderd in een afschuwelijk karkas.

The boatmen were putting her down in the boat.

De schippers waren bezig haar in de boot te zetten.

They found her body was covered with loathsome sores.

Ze ontdekten dat haar lichaam bedekt was met afschuwelijke zweren.
And the sores were giving out a disgusting stench.
En de zweren gaven een walgelijke stank af.
They therefore threw her into the hold of the boat.
Ze gooiden haar daarom in het ruim van de boot.
And they left her amongst the cargo of the ship.
En ze lieten haar achter tussen de lading van het schip.
Morning and evening they sent her some food.
's Ochtends en 's avonds stuurden ze haar eten.
A little boiled rice, and some water to drink.
Een beetje gekookte rijst en wat water om te drinken.
Chintamani was miserable in the hull of the ship.
Chintamani voelde zich ellendig in de romp van het schip.
But she greatly preferred misery to the alternative.
Maar ellende verkoos zij boven het alternatief.
She would rather be miserable than loss her chastity.
Ze zou liever ongelukkig zijn dan haar kuisheid verliezen.

The boatmen had gone to some port to sell cargo.
De schippers waren naar een haven gegaan om lading te verkopen.
While sailing back they caught sight something.
Tijdens het terugvaren zagen ze iets.
By the river-side there seemed to be a hillock of gold.
Aan de rivieroever leek een heuveltje van goud te liggen.
Sribatsa had been keeping watch by the river.
Sribatsa hield de wacht bij de rivier.
So he was delighted to see a boat approach him.
Hij was dan ook erg blij toen er een boot op hem afkwam.
Because he fondly imagined his wife might be on board.
Omdat hij zich graag voorstelde dat zijn vrouw ook mee zou doen.
The boatmen went greedily to the hillock of gold.
De schippers gingen gulzig naar de heuvel met goud.
Of course Sribatsa told them the gold was his.
Uiteraard vertelde Sribatsa hen dat het goud van hem was.

But that didn't help Sribatsa very much.
Maar dat hielp Sribatsa niet echt.
The sailors took him prisoner on the boat.
De matrozen namen hem gevangen op de boot.
And they loaded the gold onto their vessel.
En ze laadden het goud in hun schip.
They happened to imprison him close to the ugly woman.
Ze stopten hem toevallig dicht bij de lelijke vrouw.
Of course the husband and wife recognized each other.
Uiteraard herkenden de man en vrouw elkaar.
In spite of the change Chintamani had undergone.
Ondanks de verandering die Chintamani had ondergaan.
And despite their excitement they kept their composure.
En ondanks hun opwinding bewaarden ze hun kalmte.
And they thought it prudent not to speak to each other.
En ze vonden het verstandig om niet met elkaar te praten.
Instead they communicated their ideas through gestures.
In plaats daarvan communiceerden ze hun ideeën door
middel van gebaren.
There is something you should know about the boatmen.
Er is iets wat u moet weten over de schippers.
These boatmen were very fond of playing at dice.
Deze schippers hielden erg van dobbelen.
Sribatsa appeared to them to be a respectable man.
Sribatsa kwam in hun ogen over als een respectabel man.
So they always asked him to join in the game.
Daarom vroegen ze hem steeds om mee te doen aan het spel.
Sribatsa happened to be an expert dice player.
Sribatsa bleek een expert te zijn met dobbelstenen.
Despite their efforts he won almost every game.
Ondanks hun inspanningen won hij bijna elke wedstrijd.
You can imagine how the sailors felt about losing.
Je kunt je voorstellen hoe de matrozen zich voelden toen ze
verloren.
And in jealousy the boatmen threw him overboard.
En uit jaloezie gooiden de schippers hem overboord.
Chintamani saw the men throw her husband overboard.

Chintamani zag hoe de mannen haar man overboord gooiden.
Fortunately for Sribatsa, his wife had great presence of mind.
Gelukkig voor Sribatsa was zijn vrouw erg helder van geest.
The boatmen had allowed her a pillow to rest her head.
De schippers hadden haar een kussen gegeven waarop ze haar hoofd kon laten rusten.
And she simultaneously threw this pillow into the water.
En tegelijkertijd gooide ze dit kussen in het water.
Sribatsa was able to grab hold of the pillow.
Sribatsa kon het kussen vastpakken.
And the pillow helped him float down the stream.
En het kussen hielp hem om met de stroom mee te drijven.
Up until nightfall the river carried him downstream.
Tot het donker werd, voerde de rivier hem stroomafwaarts.
At nightfall he arrived at what seemed to be a garden.
Toen het donker werd, arriveerde hij bij wat leek op een tuin.
Because it was dark there was nothing he could do.
Omdat het donker was, kon hij niets doen.
So all night he stayed in the garden, cold and wet.
Dus bleef hij de hele nacht in de tuin, koud en nat.
I should tell you who this garden belonged to.
Ik moet je vertellen van wie deze tuin was.
This was the garden of an old widowed woman.
Dit was de tuin van een oude weduwe.
This woman used to supply flowers for the king.
Deze vrouw leverde bloemen voor de koning.
But one day some blight had come over her garden.
Maar op een dag was haar tuin getroffen door een plaag.
Almost all the trees and plants ceased flowering.
Bijna alle bomen en planten waren gestopt met bloeien.
She had therefore given up the business she had.
Ze had daarom haar bedrijf opgegeven.
And she was no longer the royal flower supplier.
En ze was niet langer de koninklijke bloemenleverancier.
However, Sribatsa's arrival had rejuvenated her garden.

Maar de komst van Sribatsa zorgde wel voor een opknapbeurt
van haar tuin.

She could scarcely believe her eyes in the morning.
Ze kon haar ogen 's ochtends nauwelijks geloven.

The whole garden was ablaze with flowers again.
De hele tuin stond weer in lichterlaaie met bloemen.

There was no plant that was not in bloom.
Er was geen plant die niet bloeide.

And every tree she had was begemmed with flowers.
En elke boom die ze had, was versierd met bloemen.

She had no way of knowing the cause of the miracle.
Ze had geen idee wat de oorzaak van het wonder was.

And so she took a walk through the garden.
En dus ging ze een wandeling door de tuin maken.

But she soon found the cause of all the flowers.
Maar al snel ontdekte ze de oorzaak van al die bloemen.

At the edge of her garden was a cold, wet man.
Aan de rand van haar tuin stond een koude, natte man.

He was shivering and almost dead from hypothermia.
Hij bibberde en was bijna dood door onderkoeling.

She immediately brought the man into to her cottage.
Ze haalde de man onmiddellijk naar haar huisje.

And she lighted a fire to give him some warmth.
En ze stak een vuur aan om hem wat warmte te geven.

She nursed him and showed him every attention.
Ze verzorgde hem en gaf hem alle aandacht.

And she ascribed the miracle to his presence.
En zij schreef het wonder toe aan zijn aanwezigheid.

She made him as comfortable as she could.
Ze maakte het hem zo comfortabel mogelijk.

And then she ran to the king's palace.
En toen rende ze naar het paleis van de koning.

She asked to speak to the king's chief servant.
Ze wilde graag met de belangrijkste dienaar van de koning
spreken.

And she told him the good fortune she had had.
En ze vertelde hem over het geluk dat ze had gehad.

"I can again supply the palace with flowers"
"Ik kan het paleis weer van bloemen voorzien"
Her flowers had been very much missed at the palace.
Haar bloemen werden in het paleis erg gemist.
So she was immediately restored to her former position.
Ze werd dus onmiddellijk in haar oude functie hersteld.
She was again the flower-woman of the royal household.
Zij was opnieuw de bloemenvrouw van het koninklijk huis.

Sribatsa spent a few more days recovering his health.
Sribatsa had nog een paar dagen nodig om te herstellen.
And eventually he had all his vitality back.
En uiteindelijk had hij al zijn vitaliteit weer terug.
He asked the woman if he could speak with a minister.
Hij vroeg de vrouw of hij met een minister kon spreken.
So the woman took him to the palace with her.
De vrouw nam hem dus mee naar het paleis.
One of the king's ministers gave him an appointment.
Eén van de ministers van de koning gaf hem een afspraak.
And he was at once found to be a man of intelligence.
En hij bleek onmiddellijk een intelligent man te zijn.
So was offered a position in the king's service.
Daarom werd hem een positie in dienst van de koning
aangeboden.
In fact, he was allowed to choose what job he wanted.
Hij mocht namelijk zelf kiezen welke baan hij wilde.
He asked to be collector of tolls on the river.
Hij vroeg of hij tol mocht heffen op de rivier.
The minister was happy to give Sribatsa the job.
De minister gaf Sribatsa graag de baan.
The kingdom needed someone to collect river-tolls.
Het koninkrijk had iemand nodig die de riviertol kon innen.
And Sribatsa immediately started his new job.
En Sribatsa begon onmiddellijk aan zijn nieuwe baan.
It wasn't long before his plan came to fruition.
Het duurde niet lang voordat zijn plan werkelijkheid werd.
The boat his wife was on was coming down the river.

De boot waarop zijn vrouw zat, voer de rivier af.
Under the king's authority he detained the boat.
Op bevel van de koning nam hij de boot in beslag.
And he charged the boatmen with the theft of gold-bricks.
En hij beschuldigde de schippers van diefstal van gouden
stenen.
The king liked the sound of a boat full of gold.
De koning hield van het geluid van een boot vol goud.
So the king himself came to the river-side.
Toen kwam de koning zelf naar de rivieroever.
Even he was amazed by the quantity of gold they had.
Zelfs hij was verbaasd over de hoeveelheid goud die ze
hadden.
And every gold brick had Sribatsa's inscription.
En op elke gouden steen stond het opschrift van Sribatsa.
At the same time he rescued his wife from the boatmen.
Tegelijkertijd redde hij zijn vrouw uit de handen van de
schippers.
Back on dry land she returned to her previous beauty.
Eenmaal op het droge hervond ze haar oorspronkelijke
schoonheid.
He told the king the story of their misfortune.
Hij vertelde de koning het verhaal van hun ongeluk.
And the king had them as a guest in his palace.
En de koning ontving hen als gast in zijn paleis.
The king gave them presents of horses and elephants.
De koning gaf hun paarden en olifanten als geschenk.
And on the horses and elephants they rode to their country.
En op de paarden en olifanten reden ze naar hun land.
The evil eye of Sani was now turned away from Sribatsa.
Het boze oog van Sani was nu van Sribatsa afgewend.
And he again became what he formerly was.
En hij werd weer wie hij vroeger was.
He was again Sribatsa; the Child of Fortune.
Hij was opnieuw Sribatsa, het Kind van het Geluk.

The Boy whom Seven Mothers Suckled
De jongen die door zeven moeders werd gezoogd

Once on a time there reigned a king who had seven queens.
Er was eens een koning die zeven koninginnen had.
He was very sad, for the seven queens were all barren.
Hij was erg verdrietig, want de zeven koninginnen waren
allemaal onvruchtbaar.
One day, however, he met a holy mendicant.
Op een dag ontmoette hij echter een heilige bedelaar.
The holy mendicant told the king about a certain forest.
De heilige bedelmonnik vertelde de koning over een bepaald
bos.
In this forest there grew a special kind of tree.
In dit bos groeide een bijzondere boomsoort.
On a branch of this tree hung seven mangoes.
Aan een tak van deze boom hingen zeven mango's.
These mangos could restore the fertilities of his queens.
Deze mango's konden de vruchtbaarheid van zijn
koninginnen herstellen.
But the king had to pluck the mangoes himself.
Maar de koning moest de mango's zelf plukken.
The king followed the advice of the mendicant.
De koning volgde het advies van de bedelmonnik op.
And he set off to go to the forest with the mango tree.
En hij ging op pad om met de mangoboom naar het bos te
gaan.
Soon he had found the tree the mendicant spoke of.
Al snel had hij de boom gevonden waar de bedelmonnik het
over had.
**And he plucked the seven mangoes that grew upon one
branch.**
En hij plukte de zeven mango's die aan één tak groeiden.
He gave a mango to each of the queens to eat.
Hij gaf elke koningin een mango te eten.
In a short time the king's heart was filled with joy.

Binnen korte tijd werd het hart van de koning met vreugde
vervuld.
He was told that the seven queens were all with child.
Hem werd verteld dat de zeven koninginnen allemaal
zwanger waren.

One day the king was out hunting.
Op een dag was de koning aan het jagen.
On his path he saw a young lady of peerless beauty.
Op zijn pad zag hij een jonge dame van ongeëvenaarde
schoonheid.
He instantly fell in love with the beautiful woman.
Hij werd op slag verliefd op de mooie vrouw.
And he brought her to his palace, and married her.
En hij nam haar mee naar zijn paleis en trouwde met haar.
This lady was, however, not a human being.
Deze dame was echter geen mens.
But what this woman was was a Rakshasi.
Maar deze vrouw was een Rakshasi.
But the king of course did not know this.
Maar de koning wist dit natuurlijk niet.
The king became dotingly fond of her.
De koning raakte zeer op haar gesteld.
And he did whatever she told him to do.
En hij deed alles wat zij hem zei.
One day she made a very particular request of the king.
Op een dag deed ze een heel specifiek verzoek aan de koning.
"You say that you love me more than anyone else"
"Je zegt dat je meer van mij houdt dan van wie dan ook"
"Let me see whether you really love me as much as you say"
"Laat me eens kijken of je echt zoveel van me houdt als je
zegt"
"If you love me, make your seven other queens blind"
"Als je van mij houdt, maak dan je zeven andere koninginnen
blind"
"And once they are blind, let them be killed"
"En als ze eenmaal blind zijn, moeten ze gedood worden."

The king became very sad at the terrible request.
De koning werd erg verdrietig door het vreselijke verzoek.
He was especially sad because the queens were all pregnant.
Hij was vooral verdrietig omdat alle koninginnen zwanger
waren.
But he had no choice but to comply with her request.
Maar hij had geen andere keus dan haar verzoek in te
willigen.

The eyes of the queens were plucked out of their sockets.
De ogen van de koninginnen werden uit hun kassen gerukt.
And the queens were delivered up to the chief minister.
En de koninginnen werden aan de minister-president
overgeleverd.
It was up to the chief minister to destroy the queens.
Het was aan de minister-president om de koninginnen te
vernietigen.
But the chief minister was a merciful man.
Maar de minister-president was een barmhartig man.
In the side of the hill there was secret a cave.
In de heuvelhelling was een geheime grot.
Instead of killing the queens, the minister hid them.
In plaats van de koninginnen te doden, verborg de minister
ze.
In course of time the eldest of the seven queens gave birth.
Na verloop van tijd beviel de oudste van de zeven
koninginnen van een kind.
"What shall I do with the child," said she.
"Wat moet ik met het kind doen?" vroeg ze.
"we are blind and are dying for want of food?"
"Wij zijn blind en sterven van gebrek aan voedsel?"
"Let me kill the child," she proposed.
'Laat mij het kind doden,' stelde ze voor.
"let us all eat of the child's flesh" she added.
"Laten we allemaal van het vlees van het kind eten", voegde
ze toe.
Just as she said she would, she killed the infant.

Zoals ze had beloofd, doodde ze het kind.

She gave to each of her sister-queens a part of the child.

Ze gaf aan elk van haar zusterkoninginnen een deel van het kind.

And the sister queens ate their part of the child.

En de zusterkoninginnen aten hun deel van het kind op.

But the youngest queen did not eat her share.

Maar de jongste koningin at haar deel niet op.

Instead, she laid her part of the child beside her.

In plaats daarvan legde ze haar deel van het kind naast zich neer.

In a few days the second queen also was delivered of a child.

Enkele dagen later beviel ook de tweede koningin van een kind.

She did with her child as her eldest sister had done with hers.

Ze deed met haar kind wat haar oudste zus met het hare had gedaan.

So did the third, the fourth, the fifth, and the sixth queen.

Datzelfde gold ook voor de derde, de vierde, de vijfde en de zesde koningin.

Eventually the seventh queen gave birth to a son.

Uiteindelijk bracht de zevende koningin een zoon ter wereld.

But she did not follow the example of her sister-queens.

Maar ze volgde niet het voorbeeld van haar zusterkoninginnen.

Instead, she resolved to raise the child.

In plaats daarvan besloot ze het kind op te voeden.

The other queens demanded their portions of the newly-born.

De andere koninginnen eisten hun deel van de pasgeborenen op.

But she still had the portions she had not eaten.

Maar de porties die ze niet had opgegeten, had ze nog wel.

And she gave her sister-queens back their children's parts.

En ze gaf de delen van hun kinderen terug aan haar zusterkoninginnen.

The other queens at once perceived that their portions were dry.

De andere koninginnen merkten meteen dat hun porties droog waren.

Therefore the parts could not be of the newly born child.

De lichaamsdelen kunnen dus niet van het pasgeboren kind zijn.

"I have decided not to kill me child," she explained.

"Ik heb besloten mijn kind niet te doden", legde ze uit.

"I will not eat him, but try to raise him instead"

"Ik zal hem niet opeten, maar in plaats daarvan proberen hem groot te brengen"

The others were glad to hear this news.

De anderen waren blij dit nieuws te horen.

They all said that they would help her in nursing the child.

Ze zeiden allemaal dat ze haar zouden helpen met de verzorging van het kind.

And so the child was suckled by seven mothers.

En zo werd het kind door zeven moeders gezoogd.

And the child became the hardiest and strongest boy that ever lived.

En het kind werd de sterkste en sterkste jongen die ooit geleefd heeft.

In the meantime the Rakshasi-queen was doing infinite mischief.

Ondertussen pleegde de Rakshasi-koningin eindeloos veel kattenkwaad.

And she got the royal household into all sorts of trouble.

En ze bracht het koninklijk huis in allerlei problemen.

What she ate at the royal table did not fill her capacious stomach.

Wat ze aan de koninklijke tafel at, vulde haar ruime maag niet.

She therefore, in the darkness of night, went hunting.

Daarom ging ze in het donker van de nacht op jacht.

Gradually she ate up all the members of the royal family.

Langzaam maar zeker at ze alle leden van de koninklijke familie op.

She ate all the king's servants, and his attendants.

Zij at alle dienaren van de koning en zijn gevolg op.

She ate all his horses, elephants, and cattle.

Ze at al zijn paarden, olifanten en vee op.

And eventually only her royal consort and the king were left.

Uiteindelijk bleven alleen haar koninklijke echtgenote en de koning over.

After that she used to go out in the evenings into the city.

Vanaf dat moment ging ze 's avonds vaak naar de stad.

And she ate up stray human beings wherever she found any.

En ze at zwerfmensen op, waar ze die ook maar kon vinden.

The king was left without any servants.

De koning bleef zonder dienaren achter.

There was no person left to cook for him.

Er was niemand meer die voor hem kon koken.

Because no one would accept this job.

Omdat niemand deze baan wilde aannemen.

But at last someone volunteered their services.

Maar uiteindelijk bood iemand vrijwillig zijn diensten aan.

The boy who had been suckled by seven mothers.

De jongen die door zeven moeders gezoogd werd.

He had now grown up to be a stalwart youth.

Hij was inmiddels uitgegroeid tot een standvastige jongeman.

He attended on the king and prepared his food.

Hij verzorgde de dienst van de koning en bereidde zijn eten.

But he took every care while with the queen.

Maar hij was wel heel voorzichtig toen hij bij de koningin was.

And he made sure that she did not swallow him up.

En hij zorgde ervoor dat ze hem niet opslokte.

The Rakshasi-queen seized her victims only at night.

De Rakshasi-koningin greep haar slachtoffers alleen 's nachts.

So the boy he went home long before nightfall.

De jongen ging dus al lang voor het donker werd naar huis.

So she had to find another way to get rid of the boy.

Ze moest dus een andere manier vinden om van de jongen af te komen.

The boy always boasted that he could do any work.
De jongen pochte er altijd op dat hij elk werk kon doen.
So the queen invented a disease for herself.
Dus de koningin bedacht een ziekte voor zichzelf.
She said that there was a cure for her disease.
Ze zei dat er een geneesmiddel voor haar ziekte bestond.
But she said the cure was not easy to get.
Maar ze zei dat het medicijn niet makkelijk te verkrijgen was.
This made the boy even more interested in the task.
Hierdoor raakte de jongen nog meer geïnteresseerd in de taak.
She said there was a melon which cured her disease.
Ze zei dat er een meloen bestond die haar ziekte genas.
The melon was twelve cubits in length.
De meloen was twaalf el lang.
But the stone of the lemon was thirteen cubits long.
Maar de pit van de citroen was dertien el lang.
The fruit could only be gotten from her mother.
Het fruit kon ze alleen van haar moeder krijgen.
And her mother lived on the other side of the ocean.
En haar moeder woonde aan de andere kant van de oceaan.
She gave him a letter of introduction to her mother.
Ze gaf hem een aanbevelingsbrief voor haar moeder.
But actually the note told her to eat the boy.
Maar in werkelijkheid stond er in het briefje dat ze de jongen moest opeten.
The boy had suspected there was some foul play.
De jongen vermoedde al dat er kwaad opzet in het spel was.
So he tore up the letter and proceeded on his journey.
Hij scheurde de brief in stukken en vervolgde zijn reis.
The dauntless youth passed through many lands.
De onverschrokken jongeling trok door vele landen.
After much travel he stood on the shore of the ocean.
Na veel reizen stond hij aan de oever van de oceaan.

On the other side of the ocean was the country of the Rakshasis.

Aan de andere kant van de oceaan lag het land van de Rakshasis.

He then bawled as loud as he could, and said;

Toen schreeuwde hij zo hard als hij kon en zei:

"Granny! granny! come and save your daughter"

"Oma! Oma! Kom en red je dochter"

"Your daughter, my mother, is dangerously ill"

"Uw dochter, mijn moeder, is ernstig ziek"

On the other side of the ocean an old Rakshasi heard him.

Aan de andere kant van de oceaan hoorde een oude Rakshasi hem.

The old Rakshasi crossed the ocean to the boy.

De oude Rakshasi stak de oceaan over naar de jongen.

The boy told her the message of the queen.

De jongen vertelde haar de boodschap van de koningin.

And the Rakshasi took the boy on her back.

En de Rakshasi nam de jongen op haar rug.

She re-crossed the ocean to the land of the Rakshasi.

Ze stak de oceaan opnieuw over naar het land van de Rakshasi.

And the boy was at once given the medicinal melon.

En meteen werd de jongen de medicinale meloen gegeven.

The Rakshasi told him to hurry back to her daughter.

De Rakshasi zei hem dat hij snel terug moest gaan naar haar dochter.

But the boy said he was too tired to keep travelling.

Maar de jongen zei dat hij te moe was om verder te reizen.

And he begged to be allowed to rest one day.

En hij smeekte om een dagje rust.

The old Rakshasi consented to her grandson's wishes.

De oude Rakshasi stemde in met de wensen van haar kleinzoon.

The boy noticed interesting things in the Rakshasi's room.

De jongen zag interessante dingen in de kamer van de
Rakshasi.
There was a stout club and a rope hanging in the room.
Er hingen een stevige knuppel en een touw in de kamer.
The boy inquired what the stout club and rope were for.
De jongen vroeg waar de stevige knots en het touw voor
dienden.
"Child, with that club and rope I cross the ocean"
"Kind, met die knuppel en dat touw steek ik de oceaan over"
"One just has to take the club and the rope in his hands"
"Je hoeft alleen maar de knuppel en het touw in je handen te
nemen"
"And then you have to say the following magical words:"
"En dan moet je de volgende magische woorden zeggen:"
"O stout club! O strong rope!"
"O, stoere knots! O, sterk touw!"
"Take me at once to the other side"
"Breng mij onmiddellijk naar de overkant"
"Then they will take him to the other side of the ocean"
"Dan brengen ze hem naar de andere kant van de oceaan"
The boy noticed another interesting thing in the room.
De jongen zag nog iets interessants in de kamer.
There was a bird in a cage in the corner of the room.
Er zat een vogel in een kooi in de hoek van de kamer.
The boy also wanted to know what this bird was for.
De jongen wilde ook weten waar deze vogel voor diende.
"The bird contains a secret, my child"
"De vogel bevat een geheim, mijn kind"
"But that secret must not be disclosed to mortals"
"Maar dat geheim mag niet aan stervelingen worden onthuld"
"But how can I hide this secret from my own grandchild?"
"Maar hoe kan ik dit geheim voor mijn eigen kleinkind
verbergen?"
That bird, child, contains the life of your mother.
"Die vogel, kind, bevat het leven van je moeder.
"If the bird is killed, your mother will at once die"

"Als de vogel gedood wordt, zal je moeder onmiddellijk sterven"

Armed with these secrets, the boy went to bed that night.

Gewapend met deze geheimen ging de jongen die avond naar bed.

Next morning the old Rakshasi went to distant countries.

De volgende morgen vertrok de oude Rakshasi naar verre landen.

Together with all the other Rakshasis, she went to forage.

Samen met de andere Rakshasis ging ze op zoek naar voedsel.

The boy took down the bird-cage from the ceiling.

De jongen haalde de vogelkooi van het plafond naar beneden.

And the boy took the club and the rope.

En de jongen nam de knuppel en het touw.

And then he spoke the magic words to the club and rope.

En toen sprak hij de magische woorden tegen de knots en het touw.

"O stout club! O strong rope!"

"O, stoere knots! O, sterk touw!"

"Take me at once to the other side"

"Breng mij onmiddellijk naar de overkant"

In the twinkling of an eye the boy was put on this side of the ocean.

In een oogwenk was de jongen aan deze kant van de oceaan beland.

He then retraced his steps, back to the queen.

Vervolgens liep hij op zijn schreden terug naar de koningin.

To her astonishment he really had the medicinal lemon.

Tot haar verbazing had hij daadwerkelijk de medicinale citroen.

But the bird in the cage he kept carefully concealed.

Maar de vogel in de kooi hield hij zorgvuldig verborgen.

In the course of time the people of the city came to the king.

Na verloop van tijd kwamen de inwoners van de stad naar de koning.

And they told the king of their troubles.
En zij vertelden de koning over hun problemen.
"A monstrous bird comes from the palace every evening"
"Elke avond komt er een monsterlijke vogel uit het paleis"
"The bird seizes the people in the streets"
"De vogel grijpt de mensen in de straten"
"And the bird swallows the people up whole"
"En de vogel verslindt de mensen in hun geheel"
"This has been going on for a long time"
"Dit speelt al heel lang"
"And now the city has become almost desolate"
"En nu is de stad bijna verlaten geworden"
The king did not know what this monstrous bird was.
De koning wist niet wat voor monsterlijke vogel het was.
But the king's servant, the boy, said he knew.
Maar de dienaar van de koning, de jongen, zei dat hij het wist.
"I will kill the monstrous bird," he offered.
"Ik zal die monsterlijke vogel doden," bood hij aan.
"But the queen has to stand beside us," he added.
"Maar de koningin moet naast ons staan", voegde hij toe.
The king saw no reason to object to the proposal.
De koning zag geen reden om bezwaar te maken tegen het voorstel.
And so the queen was made to stand beside the king.
En dus werd de koningin naast de koning geplaatst.
The boy then took the bird out from its cage.
Vervolgens haalde de jongen de vogel uit zijn kooi.
On seeing the bird she fell into a fainting fit.
Toen ze de vogel zag, viel ze flauw.
Then the boy turned to the king, and spoke.
Toen keerde de jongen zich naar de koning en begon te spreken.
"King, you will soon perceive who the monstrous bird is"
"Koning, u zult spoedig ontdekken wie de monsterlijke vogel is"
"You will see what devours your people every evening"
"Je zult zien wat je volk elke avond verslindt"

"I tear off each limb of this bird"
"Ik scheur elk ledemaat van deze vogel af"
"The corresponding limb of the man-eater will fall off"
"Het overeenkomstige ledemaat van de menseneter zal afvallen"
The boy then tore off one leg of the bird in his hand.
Vervolgens trok de jongen een poot van de vogel af die hij in zijn hand had.
All assembled were astonished at what happened next.
Alle aanwezigen waren verbaasd over wat er toen gebeurde.
One of the legs of the queen fell off.
Eén van de benen van de koningin viel eraf.
Then the boy squeezed the throat of the bird.
Toen kneep de jongen de keel van de vogel dicht.
And as he squeezed the bird, the queen gave up the ghost.
En terwijl hij de vogel kneep, gaf de koningin de geest.
The boy then retold his history to the king.
Vervolgens vertelde de jongen zijn verhaal aan de koning.
"You used to have seven barren wives"
"Je had vroeger zeven onvruchtbare vrouwen"
"To treat their barrenness, you gave them each a mango"
"Om hun onvruchtbaarheid te behandelen, gaf je ze elk een mango"
"And each of your wives fell pregnant with a child"
"En elk van uw vrouwen werd zwanger van een kind"
"However, you then married an eighth wife"
"Maar toen trouwde je met een achtste vrouw"
"This wife ordered you to blind your other wives"
"Deze vrouw heeft je bevolen je andere vrouwen blind te maken"
"And she ordered you to have your other wives killed"
"En zij gaf opdracht om je andere vrouwen te laten doden"
"Your minister blinded your seven wives"
"Uw minister heeft uw zeven vrouwen verblind"
"But he was too good hearted to kill your wives"
"Maar hij was te goedhartig om jullie vrouwen te vermoorden"

"Your seven wives were taken to a hiding place"
"Uw zeven vrouwen zijn naar een schuilplaats gebracht"
"And in this hiding place they each gave birth"
"En op deze schuilplaats bevielen ze allebei"
"But they were forced to eat their newly born children"
"Maar ze werden gedwongen hun pasgeboren kinderen op te eten"
"Only my mother did not let me be eaten"
"Alleen mijn moeder liet mij niet opeten"
"Instead, I was suckled by seven mothers"
"In plaats daarvan werd ik door zeven moeders gezoogd"
"And I grew up strong and capable"
"En ik groeide op als een sterke en capabele jongen"
"Eventually I came to work in your palace"
"Uiteindelijk kwam ik in jouw paleis werken"
"Your wife, my stepmother, sent me on a mission"
"Uw vrouw, mijn stiefmoeder, heeft mij op een missie gestuurd"
"She sent me to her mother for a medicine"
"Ze stuurde me naar haar moeder voor medicijnen"
"However, her mother was a Rakshasi"
"Haar moeder was echter een Rakshasi"
"From her I found the secret of your wife's life"
"Bij haar ontdekte ik het geheim van het leven van je vrouw"
"And so I brought the bird that held your wife's life"
"En dus bracht ik de vogel die het leven van je vrouw vasthield"
The king had listened to the story his son told him.
De koning had geluisterd naar het verhaal dat zijn zoon hem vertelde.
The seven queens were brought back to the palace.
De zeven koninginnen werden teruggebracht naar het paleis.
And their eyes were miraculously restored.
En hun ogen werden op wonderbaarlijke wijze hersteld.
The boy that was suckled by seven mothers was crowned.
De jongen die door zeven moeders werd gezoogd, werd gekroond.

And he was recognized by the king as his rightful heir.
En hij werd door de koning erkend als zijn rechtmatige
erfgenaam.
And they lived together happily.
En ze leefden gelukkig samen.

The Story of Prince Sobur
Het verhaal van Prins Sobur

Once upon a time there lived a merchant.
Er was eens een koopman.
This merchant had seven daughters.
Deze koopman had zeven dochters.
One day the merchant asked them a question.
Op een dag stelde de koopman hun een vraag.
"From whose fortune do you live?"
"Van wiens fortuin leef jij?"
The eldest daughter answered first.
De oudste dochter antwoordde als eerste.
"Papa, I live from your fortune"
"Papa, ik leef van jouw fortuin"
The second daughter gave the same answer.
De tweede dochter gaf hetzelfde antwoord.
The same answer was given by the third daughter.
De derde dochter gaf hetzelfde antwoord.
His fourth daughter also lived from his fortune.
Ook zijn vierde dochter leefde van zijn fortuin.
His fifth daughter was no different.
Bij zijn vijfde dochter was het niet anders.
And his sixth daughter was like the rest.
En zijn zesde dochter was net als de rest.
But his youngest daughter surprised him.
Maar zijn jongste dochter verraste hem.
She had a very different answer.
Zij had een heel ander antwoord.
"I live from my own fortune"
"Ik leef van mijn eigen fortuin"
He did not like this answer.
Hij vond dit antwoord niet leuk.
Her answer made the merchant very angry.
Haar antwoord maakte de koopman erg boos.
"You are very ungrateful," he told her.
"Je bent erg ondankbaar," zei hij tegen haar.

"See how well you do on your own"
"Kijk hoe goed je het zelf doet"
"I am kicking you out of my house"
"Ik zet je uit mijn huis"
"You will not have a rupee in your pocket"
"Je zult geen roepie in je zak hebben"
He called his palanquins to come.
Hij riep zijn draagstoelen om te komen.
And he ordered them to take the girl away.
En hij gaf bevel het meisje mee te nemen.
"Leave her in the midst of a forest"
"Laat haar achter in het midden van een bos"
The girl begged to be allowed one thing.
Het meisje smeekte of ze één ding mocht doen.
"Please let me take my work-box"
"Laat mij alstublieft mijn werkdoos meenemen"
"In the box are my needles and threads"
"In de doos zitten mijn naalden en draden"
Her father allowed her to take her box.
Haar vader stond toe dat ze haar doos meenam.
She got into the seat of the palanquins.
Ze ging op de stoel van de draagstoelen zitten.
And the bearers lifted her up.
En de dragers tilden haar op.
And they put her onto their shoulders.
En ze zetten haar op hun schouders.
As the bearers ran they chanted.
Terwijl de dragers renden, zongen ze.
"hoon! hoon! hoon! hoon! hoon!"
"hoon! hoon! hoon! hoon! hoon!"
But they didn't get very far.
Maar ze kwamen niet ver.
An old woman stood in their way.
Een oude vrouw stond hen in de weg.
She came up to the carriage.
Ze liep naar de koets toe.
"Where are you taking my daughter?"

"Waar breng je mijn dochter naartoe?"
She was the maid of the child.
Zij was de meid van het kind.
"We have been given orders by the merchant"
"Wij hebben bevelen gekregen van de koopman"
"He told us to take her away"
"Hij zei dat we haar mee moesten nemen"
"We will leave her in a forest"
"We laten haar achter in een bos"
"We are going to do his bidding"
"We gaan zijn bevelen opvolgen"
"I must go with her," said the old woman.
"Ik moet met haar mee," zei de oude vrouw.
But the bearers were not sure.
Maar de dragers waren er niet zeker van.
Bearers run when they carry a sedan chair.
Dragers rennen als ze een draagstoel dragen.
"How will you be able to keep pace with us?"
"Hoe kun je ons bijhouden?"
The old woman was not deterred.
De oude vrouw liet zich niet afschrikken.
"It does not matter how I do it"
"Het maakt niet uit hoe ik het doe"
"I must go where my daughter goes"
"Ik moet gaan waar mijn dochter gaat "
The youngest daughter begged the bearers.
De jongste dochter smeekte de dragers.
"Please carry my mother with me"
"Draag alsjeblieft mijn moeder bij me"
And the bearers gracefully agreed.
En de dragers stemden daar graag mee in.
They carried mother and child to the forest.
Ze droegen moeder en kind naar het bos.
"hoon! hoon! hoon! hoon! hoon!"
"hoon! hoon! hoon! hoon! hoon!"
In the afternoon they reached a dense forest.
In de middag bereikten ze een dicht bos.

They went deeper and deeper into the forest.
Ze gingen steeds dieper het bos in.
Towards sunset they reached their goal.
Tegen zonsondergang bereikten ze hun doel.
They stopped at the foot of an old tree.
Ze stopten aan de voet van een oude boom.
They lowered the girl and the old woman.
Ze lieten het meisje en de oude vrouw zakken.
And they left them in the forest.
En ze lieten hen achter in het bos.
Then they retraced their steps home.
Daarna gingen ze weer huiswaarts.

The merchant's youngest daughter looked around.
De jongste dochter van de koopman keek om zich heen.
You would not have wanted to be in her shoes.
Je had niet in haar schoenen willen staan.
Her situation was truly pitiable.
Haar situatie was werkelijk erbarmelijk.
She was hardly fourteen years old.
Ze was amper veertien jaar oud.
She had grown up in luxury.
Ze was opgegroeid in weelde.
But now there was no luxury for her.
Maar nu had ze geen luxe meer.
She was in the heart of a dark forest.
Ze bevond zich midden in een donker bos.
She had not a rupee in her pocket.
Ze had geen roepie op zak.
And she had nothing for protection.
En ze had niets om zich te beschermen.
Nothing except an old, decrepit, woman.
Niets, behalve een oude, afgeleefde vrouw.
Even the trees of the forest pitied her.
Zelfs de bomen in het bos hadden medelijden met haar.
The young girl and old woman sat together.
Het jonge meisje en de oude vrouw zaten samen.

They were at the foot of an old tree.
Ze stonden aan de voet van een oude boom.
And together they cried over their situation.
En samen huilden ze over hun situatie.
I should say this all happened long ago.
Ik moet zeggen dat dit allemaal lang geleden is gebeurd.
In these times the trees could talk.
In die tijd konden de bomen praten.
And the old tree spoke to the girl.
En de oude boom sprak tot het meisje.
"Unhappy women, I much pity you"
"Ongelukkige vrouwen, ik heb veel medelijden met jullie"
"There are wild beasts in this forest"
"Er zijn wilde beesten in dit bos"
"Soon they will come out of their lairs"
"Binnenkort komen ze uit hun holen"
"They will roam about for prey"
"Ze zullen rondzwerven op zoek naar prooi"
"And they are sure to devour you two"
"En ze zullen jullie zeker verslinden"
"But I can help you, if you want"
"Maar ik kan je helpen, als je wilt."
"I will make an opening for you"
"Ik zal een opening voor je maken"
"When you see the opening, go into it"
"Als je de opening ziet, ga er dan in"
"And then I will close the opening up"
"En dan sluit ik de opening"
"As long as you are in me you'll be safe"
"Zolang je in mij bent, ben je veilig"
"This way the wild beasts can't touch you"
"Op deze manier kunnen de wilde dieren je niet aanraken"
And then the tree split itself in two.
En toen splitste de boom zichzelf in tweeën.
The two women went inside the tree.
De twee vrouwen gingen de boom binnen.
And the old tree resumed its natural shape.

En de oude boom nam zijn natuurlijke vorm weer aan.

The shade of night darkened the forest.
De schaduw van de nacht verduisterde het bos.
Everything the tree had said was true.
Alles wat de boom zei, was waar.
The wild beasts came out of their lairs.
De wilde dieren kwamen uit hun holen.
The fierce tiger came out at night.
De woeste tijger kwam 's nachts tevoorschijn.
The wild bear left his lair.
De wilde beer verliet zijn hol.
The rhinoceros roamed the forest.
De neushoorn zwierf door het bos.
The bushy bear was there that night.
De borstelige beer was er die nacht.
The great elephant could be heard.
De grote olifant was te horen.
And there was the horned buffalo.
En daar was de gehoornde bizon.
They all growled as they circled the tree.
Ze gromden allemaal terwijl ze rond de boom liepen.
They had gotten the scent of human blood.
Ze hadden de geur van mensenbloed geroken.
They could hear the growls of the beasts.
Ze konden het gegrom van de dieren horen.
The beasts came dashing against the tree.
De beesten stormden tegen de boom aan.
They broke the old tree's branches.
Ze braken de takken van de oude boom.
Their horns pierced the tree's trunk.
Hun hoorns doorboorden de stam van de boom.
They scratched its bark with their claws.
Ze krabden met hun klauwen over de bast.
But all their efforts were in vain.
Maar al hun inspanningen waren tevergeefs.
The girl and woman were safe in the tree.

Het meisje en de vrouw zaten veilig in de boom.
Towards dawn the wild beasts went away.
Tegen zonsopgang verdwenen de wilde dieren.
After sunrise the good tree spoke again.
Na zonsopgang sprak de goede boom opnieuw.
"The wild beasts have gone back"
"De wilde dieren zijn teruggegaan"
"They are in their lairs again"
"Ze zitten weer in hun holen"
"But they did their best to torment me"
"Maar ze deden hun best om mij te kwellen"
"The sun has risen up again"
"De zon is weer opgekomen"
"So you can come out now"
"Dus je kunt nu naar buiten komen"
The tree split itself into two again.
De boom splitste zich opnieuw in tweeën.
The girl and the old woman came out.
Het meisje en de oude vrouw kwamen naar buiten.
They saw the extent of the damage.
Ze zagen hoe groot de schade was.
The tree's branches had been broken off.
De takken van de boom waren afgebroken.
The tree's trunk had been pierced.
De stam van de boom was doorboord.
The bark had been stripped off.
De schors was eraf gehaald.
"Good mother, we thank you"
"Goede moeder, wij danken u"
"You have been very kind to us"
"Je bent erg aardig voor ons geweest"
"You gave us shelter from the beasts"
"Je gaf ons beschutting tegen de beesten"
"But it was at a great cost to yourself"
"Maar het heeft je veel gekost"
"You have many wounds from the wilds beasts"
"Je hebt veel wonden van de wilde beesten"

"You must be in great pain?"
"Je hebt vast veel pijn?"
Close by there was a flowing river.
Er stroomde vlakbij een rivier.
The young girl went to the river bank.
Het jonge meisje ging naar de oever van de rivier.
At the bank of the river she found mud.
Aan de oever van de rivier vond ze modder.
She covered the tree with the mud.
Ze bedekte de boom met modder.
She especially covered the damaged parts.
Ze bedekte vooral de beschadigde delen.
The tree thanked her for the treatment.
De boom bedankte haar voor de behandeling.
"My good girl, I thank you"
"Mijn goede meisje, ik dank je"
"I am greatly relieved of my pain"
"Ik ben enorm verlicht van mijn pijn"
"I am, however, more concerned for you"
"Ik maak me echter meer zorgen om jou"
"You must be hungry"
"Je moet honger hebben"
"You have not eaten since yesterday"
"Je hebt sinds gisteren niet gegeten"
"But what can I give you?"
"Maar wat kan ik je geven?"
"I have no fruit of my own"
"Ik heb geen eigen vrucht"
"But I do have some advice"
"Maar ik heb wel wat advies"
"Give the old woman whatever money you have"
"Geef de oude vrouw al het geld dat je hebt"
"Let her go into the city"
"Laat haar de stad ingaan"
"In the city she can buy some food"
"In de stad kan ze wat eten kopen"
They explained their situation to the tree.

Ze legden hun situatie uit aan de boom.
"We have been sent out with no money"
"Wij zijn zonder geld uitgezonden"
But she searched through her work-box anyway.
Maar ze zocht toch in haar werkdoos.
And in the box she found five cowries.
En in het doosje vond ze vijf kauri's.
The tree continued to give its advice.
De boom bleef zijn advies geven.
"Go with your cowries to the city"
"Ga met je kauri's naar de stad"
"Use the cowries to buy some fried rice"
"Gebruik de kauri's om gebakken rijst te kopen"
So the old woman went to the city.
Dus ging de oude vrouw naar de stad.
Fortunately the city was not far away.
Gelukkig was de stad niet ver weg.
She went to the first shopkeeper she found.
Ze ging naar de eerste de beste winkelier die ze tegenkwam.
"Please give me five cowries worth of rice"
"Geef mij alstublieft vijf kauri rijst"
The shopkeeper laughed at her.
De winkelier lachte haar uit.
"Where can rice be had for five cowries?"
"Waar kan ik voor vijf kauri's rijst krijgen?"
"Be off, you old hag," he told her.
"Ga weg, oude heks," zei hij tegen haar.
So she tried to barter at another shop.
Dus probeerde ze bij een andere winkel te ruilen.
This shopkeeper could see her distress.
Deze winkelier kon haar verdriet zien.
And the shopkeeper took pity on her.
En de winkelier had medelijden met haar.
She gave her a large quantity of rice.
Ze gaf haar een grote hoeveelheid rijst.
The old woman returned with the rice.
De oude vrouw kwam terug met de rijst.

And the tree gave further instructions.
En de boom gaf verdere instructies.
"Eat less than half of the rice"
"Eet minder dan de helft van de rijst"
"Go to the embankments of the river bank"
"Ga naar de oevers van de rivier"
"Cast the remaining rice on the river bank"
"Gooi de resterende rijst op de rivieroever"
They did not understand the sense of it.
Ze begrepen de betekenis ervan niet.
"Why sow the riverbank with rice?"
"Waarom de rivieroever met rijst bezaaien?"
But they did as they were advised.
Maar ze deden wat hun werd opgedragen.
And they threw their rice onto the ground.
En ze gooiden hun rijst op de grond.

They spent the day lamenting their fate.
Ze brachten de dag door met het betreuren van hun lot.
Just as before the beasts came out at night.
Net als voorheen kwamen de dieren 's nachts tevoorschijn.
The tree housed them inside of its trunk again.
De boom huisvestte ze weer in zijn stam.
Again they mutilated and tortured the tree.
Opnieuw verminkten en martelden ze de boom.
But that night something else happened.
Maar die nacht gebeurde er nog iets anders.
The women only saw it the next day.
De vrouwen zagen het pas de volgende dag.
The rice had attracted hundreds of peacocks.
De rijst trok honderden pauwen aan.
The peacocks competed for the rice.
De pauwen streden om de rijst.
And their feathers fell on the floor.
En hun veren vielen op de grond.
The tree had known what would happen.
De boom wist wat er zou gebeuren.

And the tree advised them what to do next.
En de boom vertelde hen wat ze vervolgens moesten doen.
"Go back to the bank of the river"
"Ga terug naar de oever van de rivier"
"Go to where you cast the rice"
"Ga naar de plek waar je de rijst hebt gegooid"
"There you will see many feathers"
"Daar zul je veel veren zien"
"Collect all the feathers you can find"
"Verzamel alle veren die je kunt vinden"
"Use the feathers to make a beautiful fan"
"Gebruik de veren om een mooie waaier te maken"
"And take the feather-fan to the city"
"En neem de verenwaaier mee naar de stad"
The two women did as they were advised.
De twee vrouwen deden wat hun werd opgedragen.
It was good the girl had taken her work-box.
Het was maar goed dat het meisje haar werkkist had
meegenomen.
In her work-box was some string.
Er lag een touwtje in haar werkkist.
The tied the feathers together.
Ze bonden de veren aan elkaar vast.
And she had made a fan from the feathers.
En van de veren had ze een waaier gemaakt.
She took the feather fan to the city.
Ze nam de verenwaaier mee naar de stad.
The son of the king happened to be there.
Toevallig was de zoon van de koning daar ook.
He admired the feathers greatly.
Hij bewonderde de veren enorm.
He paid a large sum of money for the feathers.
Hij betaalde een groot bedrag voor de veren.
Each morning a quantity of feathers was collected.
Elke ochtend werd een hoeveelheid veren verzameld.
And each day a feather fan was made and sold.
En elke dag werd er een verenwaaier gemaakt en verkocht.

Within a short time the two women got rich.
Binnen korte tijd werden de twee vrouwen rijk.
The tree then advised them to build a house.
De boom adviseerde hen toen om een huis te bouwen.
"Employ men to burn bricks for you"
"Laat mannen stenen voor je verbranden"
"Get them to cut beams and rafters"
"Laat ze balken en spanten zagen"
"Make them plaster the walls with lime"
"Laat ze de muren met kalk bepleisteren"
In a few months a stately house was built.
Binnen enkele maanden werd er een statig huis gebouwd.
The tree was pleased for the women.
De boom was blij voor de vrouwen.
"You should add a garden to your house"
"Je moet een tuin aan je huis toevoegen"
"And you want to be able to store water"
"En je wilt water kunnen opslaan"
"Dig a water tank in your garden"
"Graaf een watertank in je tuin"

The girl had not had much time.
Het meisje had niet veel tijd gehad.
So she didn't think of her family.
Ze dacht dus niet aan haar familie.
The merchant's luck had taken a turn.
Het geluk van de koopman was gekeerd.
The goddess of wealth frowned upon him.
De godin van de rijkdom keek hem fronsend aan.
He was struck by a sudden misfortune.
Hij werd plotseling door een tegenslag getroffen.
All at once he lost all of his money.
Ineens verloor hij al zijn geld.
He was forced to sell his house.
Hij werd gedwongen zijn huis te verkopen.
But he made a great loss on the property.
Maar hij leed een groot verlies op het onroerend goed.

He and his family were left penniless.
Hij en zijn familie bleven berooid achter.
So they were forced to live elsewhere.
Daarom werden ze gedwongen ergens anders te gaan wonen.
They happened to move to a nearby village.
Ze verhuisden toevallig naar een nabijgelegen dorp.
The palace was not far from their new house.
Het paleis lag niet ver van hun nieuwe huis.
But the merchant was not rich anymore.
Maar de koopman was niet meer rijk.
And he still had to support his family.
En hij moest nog steeds voor zijn gezin zorgen.
He had been reduced to doing manual labour.
Hij was gedwongen om handwerk te doen.
He applied for the job at the palace.
Hij solliciteerde naar de baan bij het paleis.
He was going to dig the hole for the water.
Hij ging het gat voor het water graven.
His wife also offered to work with him.
Ook zijn vrouw bood aan om met hem samen te werken.
But they got there too late to work.
Maar ze kwamen te laat om nog te kunnen werken.
The water tank had already been finished.
De watertank was al leeg.
And they did not know whose house it was.
En ze wisten niet van wie het huis was.
The merchant's daughter was looking out the window.
De dochter van de koopman keek uit het raam.
She happened to see her parents in the garden.
Ze zag toevallig haar ouders in de tuin.
She could see the rags they were wearing.
Ze kon de vodden zien die ze droegen.
Her eyes filled with tears at the sight.
Haar ogen vulden zich met tranen toen ze dit zag.
She could not believe what she saw.
Ze kon haar ogen niet geloven.
Her parents had come to her for work.

Haar ouders kwamen bij haar voor werk.
She immediately called her servants.
Ze riep onmiddellijk haar bedienden.
"Outside in the garden are my parents"
"Buiten in de tuin zijn mijn ouders"
"Please offer them these fine clothes"
"Bied ze alsjeblieft deze mooie kleren aan"
"And ask them to come into the palace"
"En vraag hen om naar het paleis te komen"
Her servants did as they were told.
Haar dienaren deden wat hun gezegd werd.
But her parents were frightened beyond measure.
Maar haar ouders waren doodsbang.
They had seen that the tank was finished.
Ze zagen dat de tank af was.
There used to be a strange tradition.
Er bestond een vreemde traditie.
In those days human sacrifices were offered.
In die tijd werden er mensenoffers gebracht.
One of those occasions was after digging a pool.
Eén van die gelegenheden was na het graven van een zwembad.
You can imagine her parents' fear.
Je kunt je de angst van haar ouders voorstellen.
They had come to dig the water tank.
Ze waren gekomen om de watertank te graven.
But now servants were calling them.
Maar nu werden ze geroepen door dienaren.
They thought they going to be sacrificed.
Ze dachten dat ze geofferd zouden worden.
"Throw away your rags" they said.
"Gooi je vodden weg", zeiden ze.
"Here, wear these fine clothes"
"Hier, draag deze mooie kleren"
And their fears increased even more.
En hun angsten werden steeds groter.
But they did not have to fear for long.

Maar ze hoefden niet lang bang te zijn.
Their rich daughter came out to meet them.
Hun rijke dochter kwam hen tegemoet.
She hugged and kissed her parents.
Ze omhelsde en kuste haar ouders.
And she told them everything that had happened.
En ze vertelde hun alles wat er gebeurd was.
The father felt that she had been right.
De vader vond dat ze gelijk had.
"You do live from your own fortune"
"Je leeft van je eigen fortuin"
The daughter did not blame her father.
De dochter gaf haar vader geen schuld.
And she gave him a large fortune.
En ze gaf hem een groot fortuin.
With the money he moved back to the city.
Met het geld verhuisde hij terug naar de stad.
Soon he became a merchant again.
Al snel werd hij weer koopman.
And he went to distant countries for trade.
En hij ging naar verre landen om handel te drijven.

One day he got ready for another business venture.
Op een dag maakte hij zich klaar voor een nieuwe zakelijke
onderneming.
But that day something strange happened.
Maar die dag gebeurde er iets vreemds.
The ship was ready to leave the port.
Het schip was klaar om de haven te verlaten.
But for some reason the ship did not move.
Maar om een of andere reden bewoog het schip niet.
No one could explain what was happening.
Niemand kon verklaren wat er gebeurde.
But the merchant had an idea.
Maar de koopman had een idee.
"Perhaps my daughters would like presents"
"Misschien willen mijn dochters wel cadeautjes"

"I need to ask them what they would like"
"Ik moet ze vragen wat ze willen"
He went to see his daughters.
Hij ging zijn dochters bezoeken.
He asked them what they would like.
Hij vroeg hun wat ze wilden.
And he promised to bring them presents.
En hij beloofde hen cadeautjes mee te brengen.
But the ship would still not move.
Maar het schip kwam nog steeds niet van zijn plaats.
He had not asked all his daughters.
Hij had niet al zijn dochters gevraagd.
His youngest daughter was not there.
Zijn jongste dochter was er niet.
She was living in a different city.
Ze woonde in een andere stad.
So he ordered his servants go to her palace.
Hij gaf zijn dienaren daarom bevel naar haar paleis te gaan.
The messenger came at the wrong time.
De boodschapper kwam op het verkeerde moment.
The young girl was engaged in devotions.
Het jonge meisje was verdiept in devotie.
But the messenger asked her anyway.
Maar de boodschapper vroeg het haar toch.
She just told him"sobur"
Ze zei gewoon tegen hem: "Sobur"
The meaning of this was"wait"
De betekenis hiervan was "wachten"
But the messenger didn't know this.
Maar de boodschapper wist dit niet.
He thought she wanted something called"sobur"
Hij dacht dat ze iets wilde dat 'sobur' heette
So he went back to the city of the merchant.
Hij ging dus terug naar de stad van de koopman.
And he delivered the message he received.
En hij bracht de boodschap die hij ontving over.
"Your daughter wants something called 'sobur'"

"Uw dochter wil iets dat 'sobur' heet"
This time the ship could move again.
Deze keer kon het schip weer varen.
So the merchant started on his travels.
Dus de koopman ging op reis.
He visited many ports on his journey.
Tijdens zijn reis bezocht hij vele havens.
And he made good profits from his trades.
En hij verdiende goed met zijn transacties.
Finding the presents was not difficult.
Het was niet moeilijk om de cadeautjes te vinden.
He found everything his oldest daughters wanted.
Hij vond alles wat zijn oudste dochters wensten.
But his youngest daughter's wish was difficult.
Maar de wens van zijn jongste dochter was moeilijk te vervullen.
He could not find the thing called"sobur"
Hij kon het ding genaamd "sobur" niet vinden
He asked at every port he came to.
Hij vroeg ernaar bij elke haven die hij tegenkwam.
"Do you have something called 'sobur'?"
"Hebben jullie zoiets als 'sobur'?"
But the merchants all shook their heads.
Maar de kooplieden schudden allemaal hun hoofd.
"We've never heard of 'sobur'"
"We hebben nog nooit van 'sobur' gehoord"
His voyage had almost come to its end.
Zijn reis was bijna ten einde.
He was soon going to head back home.
Hij zou binnenkort weer naar huis gaan.
But he wanted"sobur" for his daughter.
Maar hij wilde "sobur" voor zijn dochter.
So he went calling through the streets.
Dus ging hij door de straten roepen.
"Sobur, does anyone have sobur?!"
"Sobur, heeft iemand sobur?!"
The son of the King was in his castle.

De zoon van de koning was in zijn kasteel.
He happened to be looking out the window.
Hij keek toevallig uit het raam.
And the calls attracted his attention.
En de telefoontjes trokken zijn aandacht.
Because his name happened to be Sobur.
Omdat zijn naam toevallig Sobur was.
He came to the merchant to speak with him.
Hij ging naar de koopman om met hem te praten.
"I have the Sobur that you want"
"Ik heb de Sobur die jij wilt"
"Take this box, but be careful with it"
"Neem deze doos, maar wees er voorzichtig mee"
"In the box is a magical feather fan and mirror"
"In de doos zit een magische verenwaaier en spiegel"
"This is the Sobur your daughter wishes for"
"Dit is de Sobur waar je dochter naar verlangt"
The merchant thanked the prince for the box.
De koopman bedankte de prins voor het doosje.
And he returned back to his country.
En hij keerde terug naar zijn land.

He gave the box to his daughter.
Hij gaf het doosje aan zijn dochter.
But the daughter didn't think about it.
Maar de dochter dacht er niet over na.
She thought it was just a common box.
Ze dacht dat het gewoon een gewone doos was.
She had forgotten about the messenger.
Ze was de boodschapper vergeten.
But one day she decided to open the box.
Maar op een dag besloot ze de doos toch te openen.
Inside the box she found a beautiful fan.
In de doos vond ze een prachtige waaier.
In the feather fan there was a beautiful mirror.
In de verenwaaier zat een mooie spiegel.
She waved the feather fan to cool herself.

Ze zwaaide met de veren waaier om zichzelf af te koelen.
And Prince Sobur appeared before her.
En Prins Sobur verscheen voor haar.
"You called me, so here I am," he said.
"Jij hebt mij geroepen, en hier ben ik," zei hij.
"What is it you wish for?" he asked.
"Wat wens je?" vroeg hij.
She was astonished at what she saw.
Ze was verbaasd door wat ze zag.
A handsome prince had suddenly appeared!
Er was plotseling een knappe prins verschenen!
"Who are you?" she asked the prince.
"Wie ben jij?" vroeg ze aan de prins.
"And how did you suddenly appear?"
"En hoe ben jij plotseling verschenen?"
The Prince explained what had happened.
De prins legde uit wat er gebeurd was.
"Your father was looking for 'sobur'"
"Je vader zocht naar 'sobur'"
"I am prince Sobur," he explained.
"Ik ben prins Sobur," legde hij uit.
"I gave your father a box"
"Ik gaf je vader een doos"
"In this box there is a feather fan and mirror"
"In deze doos zit een verenwaaier en een spiegel"
"When you shake the feather fan I will appear"
"Als je de verenwaaier schudt, zal ik verschijnen"
She asked the prince to stay as a guest.
Ze nodigde de prins uit om als gast te blijven.
And for two days the prince stayed with her.
En twee dagen lang bleef de prins bij haar.
And she entertained him in her palace.
En zij ontving hem in haar paleis.
During that time the two fell in love.
In die tijd werden de twee verliefd.
They made their vows to each.
Ze legden hun geloften aan elk van hen af.

And they became husband and wife.
En ze werden man en vrouw.
After this the prince returned to his father.
Hierna keerde de prins terug naar zijn vader.
He told him that he had selected a wife.
Hij vertelde hem dat hij een vrouw had uitgekozen.
The day for the wedding was decided.
De dag van de bruiloft werd bepaald.
All the family was invited.
De hele familie was uitgenodigd.
And they had a beautiful wedding.
En ze hadden een prachtige bruiloft.

But there was a death in the marriage bed.
Maar er was een sterfgeval op huwelijksbed.
The six daughters of the merchant were envious.
De zes dochters van de koopman waren jaloers.
They were jealous of their sister's success.
Ze waren jaloers op het succes van hun zus.
So they decided to destroy her happiness.
Daarom besloten ze haar geluk te vernietigen.
They broke several glass bottles.
Ze hebben meerdere glazen flessen kapotgemaakt.
And they ground the glass into fine powder.
En ze vermaalden het glas tot fijn poeder.
Then they scattered the powder on the bed.
Daarna strooiden ze het poeder op het bed.
The prince suspected no danger.
De prins vermoedde geen gevaar.
He laid himself down in the bed.
Hij ging op bed liggen.
Soon he felt an acute pain.
Al snel voelde hij een hevige pijn.
All of his whole body ached.
Zijn hele lichaam deed pijn.
The powder had gone through his skin.
Het poeder was door zijn huid heen gegaan.

The prince became restless through pain.
De prins werd onrustig van de pijn.
And he started to kick and scream.
En hij begon te schoppen en te schreeuwen.
He was taken away to his own country.
Hij werd naar zijn eigen land afgevoerd.
The king and queen were very worried.
De koning en koningin maakten zich grote zorgen.
They consulted all the kingdom's physicians.
Zij raadpleegden alle artsen van het koninkrijk.
But their efforts were in vain.
Maar hun pogingen waren tevergeefs.
Day and night the young prince was screaming.
De jonge prins schreeuwde dag en nacht.
No one could ascertain the disease.
Niemand kon vaststellen om welke ziekte het ging.
So they had no way of knowing the remedy.
Ze wisten dus niet wat het medicijn was.
You can imagine the grief of his wife.
Je kunt je het verdriet van zijn vrouw voorstellen.
The marriage knot had only just been tied.
De huwelijkssluiting was nog maar net gesloten.
She thought a terrible disease had attacked him.
Ze dacht dat hij getroffen was door een vreselijke ziekte.
Then he was carried hundreds of miles away.
Vervolgens werd hij honderden kilometers ver weggevoerd.
She had never been to his country.
Ze was nog nooit in zijn land geweest.
But she was determined to go there.
Maar ze was vastbesloten om erheen te gaan.
And she was determined to nurse him better.
En ze was vastbesloten om hem beter te verzorgen.
She put on the garb of a Sannyasi.
Ze trok het gewaad van een sannyasi aan.
And she carried a dagger in her hand.
En ze droeg een dolk in haar hand.
And then she set out on her journey.

En toen ging ze op reis.

The princess was still relatively young.
De prinses was nog relatief jong.
She was unaccustomed to long journeys.
Ze was niet gewend aan lange reizen.
And she wasn't used to walking so far.
En ze was niet gewend om zo ver te lopen.
She soon got weary of walking.
Al snel werd ze moe van het lopen.
So she sat under a tree to rest.
Dus ging ze onder een boom zitten om uit te rusten.
On the top of the tree there was a nest.
Boven in de boom zat een nest.
It was the nest of two divine birds.
Het was het nest van twee goddelijke vogels.
Bihangami and Bihangama lived here.
Bihangami en Bihangama woonden hier.
They were not in their nest at the time.
Ze zaten op dat moment niet in hun nest.
But two of their chicks were in the nest.
Maar twee van hun kuikens zaten in het nest.
Suddenly the chicks gave a scream.
Opeens begonnen de kuikens te schreeuwen.
This roused the half-drowsy princess.
Dit wekte de half-slaperige prinses.
The little birds had seen huge serpent.
De kleine vogels hadden een enorme slang gezien.
The snake was about to climb the tree.
De slang stond op het punt om in de boom te klimmen.
This would have been the end of the birds.
Dit zou het einde van de vogels zijn geweest.
But the Sannyasi took out her dagger.
Maar de Sannyasi haalde haar dolk tevoorschijn.
And she cut the serpent in two.
En ze sneed de slang doormidden.
Of course even this frightened the young birds.

Natuurlijk schrok ook dit de jonge vogels af.
And they flew from the nest screaming.
En ze vlogen schreeuwend uit het nest.
Bihangama and Bihangami were on their way back.
Bihangama en Bihangami waren op de terugweg.
They came sailing through the air.
Ze kwamen zeilend door de lucht aan.
They thought they already knew what had happened.
Ze dachten dat ze al wisten wat er gebeurd was.
"I don't expect to see our children"
"Ik verwacht niet dat we onze kinderen nog zullen zien"
"The nest will be empty again"
"Het nest zal weer leeg zijn"
"All our previous children were eaten"
"Al onze vorige kinderen zijn opgegeten"
"They were eaten by our great enemy the serpent"
"Ze werden opgegeten door onze grote vijand, de slang"
"They will have met the same fate"
"Zij zullen hetzelfde lot hebben ondergaan"
"I do not hear the cries of my young ones"
"Ik hoor het gehuil van mijn jongen niet"
The two birds got to their nest.
De twee vogels bereikten hun nest.
And as predicted, the nest was empty.
En zoals voorspeld, was het nest leeg.
This seemed to confirm their suspicions.
Dit leek hun vermoedens te bevestigen.
But soon the young birds returned.
Maar al snel kwamen de jongen terug.
The divine birds were pleasantly surprised.
De goddelijke vogels waren aangenaam verrast.
The young birds told them what had happened.
De jonge vogels vertelden hen wat er gebeurd was.
"There was a young Sannyasi under the tree"
"Er was een jonge Sannyasi onder de boom"
"He destroyed the serpent"
"Hij vernietigde de slang"

"He cut the snake in two with his dagger"
"Hij sneed de slang met zijn dolk in tweeën"
The parents went to foot of the tree.
De ouders gingen naar de voet van de boom.
Two halves of the snake were still there.
Er zaten nog steeds twee helften van de slang in.
"The young Sannyasi has saved our offspring"
"De jonge Sannyasi heeft onze nakomelingen gered"
"I wish we could do him some service in return"
"Ik wou dat we hem iets terug konden doen"
The divine bird Bihangama replied.
De goddelijke vogel Bihangama antwoordde.
"We shall do our service to HER"
"Wij zullen HAAR onze dienst bewijzen"
"The Sannyasi under the tree is not a man"
"De sannyasi onder de boom is geen man"
"The Sannyasi under the tree is a woman"
"De sannyasi onder de boom is een vrouw"
"Last night she got married to Prince Sobur"
"Gisteravond is ze getrouwd met Prins Sobur"
"Shortly after their marriage he was poisoned"
"Kort na hun huwelijk werd hij vergiftigd"
"His skin was pierced with small shards of glass"
"Zijn huid was doorboord met kleine glasscherven"
"His sisters-in-law envied his wife"
"Zijn schoonzussen waren jaloers op zijn vrouw"
"Her sisters spread the powder over the bed"
"Haar zussen strooiden het poeder over het bed"
"He is still suffering from his pain"
"Hij heeft nog steeds last van zijn pijn"
"But he is in his native land"
"Maar hij is in zijn geboorteland"
"And now he is at the point of death"
"En nu staat hij op het punt te sterven"
"Beneath the tree is his heroic bride"
"Onder de boom is zijn heldhaftige bruid"
"She is wearing the garb of a Sannyasi"

"Ze draagt het gewaad van een sannyasi"
"And she is going to nurse him"
"En ze gaat hem verzorgen"
The Bihangami asked the Bihangama.
De Bihangami vroegen het aan de Bihangama.
"Is there no cure for the prince?"
"Is er geen genezing voor de prins?"
"Yes, there is a cure" replied the Bihangama.
"Ja, er is een remedie", antwoordde de Bihangama.
"There is hardened dung lying on the ground"
"Er ligt verharde mest op de grond"
"She must take this hardened dung"
"Ze moet deze verharde mest nemen"
"Then she must reduce the dung to powder"
"Dan moet ze de mest tot poeder vermalen"
"And then she must bathe the prince"
"En dan moet ze de prins wassen"
"She must bathe him in seven jars of water"
"Zij moet hem wassen in zeven kruiken water"
"Then she must bathe him in seven jars of milk"
"Dan moet ze hem in zeven kruiken melk baden"
"Then she must apply the powder to his body"
"Dan moet ze het poeder op zijn lichaam aanbrengen "
"After this Prince Sobur will get well"
"Hierna zal Prins Sobur beter worden"
"I have no doubts about this remedy"
"Ik heb geen twijfels over dit middel"
The Bihangami saw a problem though.
De Bihangami zagen echter een probleem.
"The princess is but a young girl"
"De prinses is nog maar een jong meisje"
"She cannot walk such a distance"
"Ze kan zo'n afstand niet lopen"
"The journey would take her many days"
"De reis zou haar vele dagen kosten"
"By that time the poor prince will have died"
"Tegen die tijd zal de arme prins gestorven zijn"

"I can," replied the Bihangama.

"Dat kan ik," antwoordde de Bihangama.

"I will take the young lady on my back"

"Ik neem de jonge dame op mijn rug"

"I will fly her to Prince Sobur's city"

"Ik zal haar naar de stad van Prins Sobur vliegen"

"If she takes no presents, I will fly her back"

"Als ze geen cadeautjes aanneemt, vlieg ik haar terug"

The merchant's daughter heard this conversation.

De dochter van de koopman hoorde dit gesprek.

She begged the Bihangama to take her on his back.

Ze smeekte de Bihangama om haar op zijn rug te nemen.

And of course the bird willingly consented.

En natuurlijk stemde de vogel er vrijwillig mee in.

First she gathered some of the birds dung.

Eerst verzamelde ze wat vogelpoep.

And then she reduced the dung to fine powder.

En vervolgens verpulverde ze de mest tot fijn poeder.

She was armed with this potent drug.

Ze was gewapend met dit krachtige medicijn.

And she got on the back of the kind bird.

En ze klom op de rug van de vriendelijke vogel.

The Bihangama flew as fast as lightning.

De Bihangama vloog zo snel als het licht.

They soon reached Prince Sobur's city.

Al snel bereikten ze de stad van Prins Sobur.

The young Sannyasi went up to the palace.

De jonge Sannyasi ging naar het paleis.

And she spoke to the guards at the gate.

En ze sprak tot de bewakers bij de poort.

"Send word to the king that I have a drug"

"Laat de koning weten dat ik een drug heb"

"This drug will save the prince's life"

"Dit medicijn zal het leven van de prins redden"

"Within hours I will have cured the prince"

"Binnen enkele uren zal ik de prins genezen hebben"

The king had tried all the best doctors.
De koning had alle beste dokters geprobeerd.
But no doctor had been able to cure his son.
Maar geen enkele dokter kon zijn zoon genezen.
So he didn't believe the Sannyasi's words.
Hij geloofde de woorden van de Sannyasi dus niet.
But his councilors advised him otherwise.
Maar zijn raadgevers adviseerden hem anders.
The Sannyasi ordered for seven jars of water.
De Sannyasi bestelde zeven kruiken water.
And seven jars of milk were ordered.
En er werden zeven kannen melk besteld.
He poured a jar of water on the prince.
Hij goot een kruik water over de prins heen.
And he poured a jar of milk on the prince.
En hij gooide een kruik melk over de prins heen.
He had a feather from the divine bird.
Hij had een veer van de goddelijke vogel.
And he used the feather to apply the powder.
En hij gebruikte de veer om het poeder aan te brengen.
All of the prince's body was covered.
Het hele lichaam van de prins was bedekt.
This was repeated another six times.
Dit werd nog zes keer herhaald.
The last treatment did the magic.
De laatste behandeling deed wonderen.
The prince started to feel well again.
De prins begon zich weer beter te voelen.
The king was happier than words can describe.
De koning was gelukkiger dan woorden kunnen beschrijven.
"Give the Sannyasi the finest treasures"
"Geef de Sannyasi de mooiste schatten"
But the Sannyasi refused to take presents.
Maar de Sannyasi weigerden geschenken aan te nemen.
"Let me have the ring on the prince's finger"
"Geef mij de ring aan de vinger van de prins"
The king and the prince were happy.

De koning en de prins waren gelukkig.
And they gave him what he wanted.
En ze gaven hem wat hij wilde.
The merchant's daughter hastened back.
De dochter van de koopman haastte zich terug.
The Bihangama was waiting at the sea-shore.
De Bihangama wachtte aan de kust.
They reached the tree of the divine birds.
Ze bereikten de boom met de goddelijke vogels.
The young bride walked back to her palace.
De jonge bruid liep terug naar haar paleis.

The following day she shook the magical feather fan.
De volgende dag schudde ze de magische verenwaaier.
Just as before, her husband appeared.
Net als voorheen verscheen haar man.
Of course he was happy to see his wife.
Natuurlijk was hij blij zijn vrouw te zien.
But he was infinitely surprised.
Maar hij was enorm verrast.
She had his ring on her finger.
Ze droeg zijn ring aan haar vinger.
His own wife was his doctor.
Zijn eigen vrouw was zijn dokter.
It was his wife that had cured him!
Het was zijn vrouw die hem had genezen!
The prince took his bride to his palace.
De prins nam zijn bruid mee naar zijn paleis.
He forgave his sisters-in-law.
Hij vergaf zijn schoonzussen.
They lived happily for many years.
Ze leefden nog vele jaren gelukkig.
And they were blessed with children.
En ze werden gezegend met kinderen.

The Origins of Opium
De oorsprong van opium

Once upon on a time there lived a Rishi.
Er was eens een Rishi.
He lived on the banks of the holy Ganges.
Hij woonde aan de oevers van de heilige Ganges.
This Rishi was a very religious man.
Deze Rishi was een zeer religieus man.
He spent his days performing religious rites.
Hij bracht zijn dagen door met het uitvoeren van religieuze rituelen.
From sunrise to sunset he sat on the river bank.
Van zonsopgang tot zonsondergang zat hij aan de oever van de rivier.
For the whole time he sat engaged in devotion.
Hij zat de hele tijd in gebed verzonken.
At night he took shelter in his hut.
's Nachts zocht hij beschutting in zijn hut.
His hut was made from palm-leaves.
Zijn hut was gemaakt van palmbladeren.
The palms he had grown from saplings.
De palmen had hij uit jonge boompjes laten groeien.
There was no one around for miles.
Er was kilometers ver niemand te zien.
However, in the hut there was a mouse.
Er zat echter een muis in de hut.
She lived from what the Rishi left for her.
Ze leefde van wat de Rishi haar nalieten.
The Rishi was a kind-hearted man.
De Rishi was een goedhartige man.
He would not hurt any living thing.
Hij zou geen enkel levend wezen kwaad doen.
So our mouse never ran away from him.
Onze muis is dus nooit van hem weggelopen.
In fact, our mouse went to him.
Sterker nog, onze muis ging naar hem toe.

She touched his feet when he was sitting.
Ze raakte zijn voeten aan toen hij zat.
And she enjoyed playing with him.
En ze vond het leuk om met hem te spelen.
The Rishi also liked the little mouse.
De Rishi vond het muisje ook leuk.
So he wanted to be kind to her.
Dus hij wilde aardig tegen haar zijn.
And he wanted someone to talk to.
En hij wilde iemand hebben om mee te praten.
So he gave her the power of speech.
Daarom gaf hij haar het vermogen om te spreken.

One night the mouse stood up.
Op een nacht stond de muis op.
She got onto her hind legs.
Ze ging op haar achterpoten staan.
And she stood in front of the Rishi.
En ze stond voor de Rishi.
And she put her front paws together.
En ze zette haar voorpoten bij elkaar.
"Holy Sage, you have been kind to me"
"Heilige Wijze, u bent vriendelijk voor mij geweest"
"And you have given me human language"
"En jij hebt mij de menselijke taal gegeven"
"I hope it doesn't displease your reverence"
"Ik hoop dat het uw eerwaarde niet mishaagt."
"But I have one more boon to ask"
"Maar ik heb nog één gunst te vragen"
The Rishi listened to his mouse.
De Rishi luisterde naar zijn muis.
"What is it?" asked the Rishi.
"Wat is er?" vroeg de Rishi.
"Say what you want, little mouse"
"Zeg wat je wilt, kleine muis"
The mouse answered the Rishi.
De muis antwoordde de Rishi.

"By day your reverence goes to the river"
"Overdag gaat uw eerbied naar de rivier"
"And there you practice your devotions"
"En daar beoefen je je devoties "
"During this time a cat comes to the hut"
"Gedurende deze tijd komt er een kat naar de hut"
"This cat has been trying to catch me"
"Deze kat probeert mij te vangen"
"She still has some fear of your reverence"
"Ze is nog steeds een beetje bang voor jouw eerbied"
"Otherwise she would have eaten me long ago"
"Anders had ze me allang opgegeten"
"But I fear the cat will eat me someday"
"Maar ik ben bang dat de kat mij ooit zal opeten"
"So I have one prayer to ask of you"
"Ik heb dus één gebed voor je"
"Please may I be changed into a cat!"
"Mag ik alstublieft in een kat veranderen!"
"Then I would be a match for my foe"
"Dan zou ik een partij zijn voor mijn vijand"
The Rishi understood the mouse's plight.
De Rishi begreep de benarde situatie van de muis.
He threw some holy water on the mouse.
Hij gooide wat wijwater over de muis.
And the mouse instantly turned into a cat.
En de muis veranderde in een oogwenk in een kat.

She had lived as a cat for some days.
Ze had een aantal dagen als kat geleefd.
One night she went to the Rishi again.
Op een avond ging ze weer naar de Rishi.
And the Rishi spoke to his pet.
En de Rishi sprak tegen zijn huisdier.
"Well, little kitty, how are you!"
"Nou, klein poesje, hoe gaat het met je!"
"How do you like your present life!"
"Hoe bevalt je huidige leven?"

The cat thought about what to say.
De kat dacht na over wat hij zou zeggen.
But she didn't have to say anything.
Maar ze hoefde niets te zeggen.
The Rishi could tell by her expression.
De Rishi kon het aan haar gezichtsuitdrukking zien.
"Why don't you like it?" asked the sage.
"Waarom vind je het niet leuk?" vroeg de wijze.
"Are you not as strong as the other cats!"
"Ben jij niet net zo sterk als de andere katten!"
"Yes, I am strong enough," answered the cat.
"Ja, ik ben sterk genoeg," antwoordde de kat.
"Your reverence has made me a strong cat"
"Uw eerbied heeft van mij een sterke kat gemaakt"
"As strong as any cat in the world"
"Zo sterk als elke kat ter wereld"
"Now I do not fear cats anymore"
"Nu ben ik niet meer bang voor katten"
"But now I have got a new foe"
"Maar nu heb ik een nieuwe vijand"
"By day your reverence goes to the river"
"Overdag gaat uw eerbied naar de rivier"
"During this time dogs come to the hut"
"Gedurende deze tijd komen er honden naar de hut"
"These dogs have been barking at me"
"Deze honden blaffen naar mij"
"And I have been frightened for my life"
"En ik ben bang geweest voor mijn leven"
"So I have one more prayer to ask of you"
"Ik heb nog één gebed voor je"
"Please may I be changed into a dog!"
"Mag ik alstublieft in een hond veranderen!"
The Rishi understood the cat's plight.
De Rishi begreep de benarde situatie van de kat.
He threw some holy water on the cat.
Hij gooide wat heilig water over de kat.
And the cat instantly became a dog.

En de kat veranderde in een oogwenk in een hond.

She lived as a dog for some days.
Ze leefde een aantal dagen als een hond.
But one night she spoke to the Rishi.
Maar op een nacht sprak ze met de Rishi.
"I cannot thank your reverence enough"
"Ik kan uw eerbied niet genoeg bedanken"
"You have been most kind to me"
"Je bent heel aardig voor me geweest"
"I was but a poor mouse"
"Ik was maar een arme muis"
"You not only gave me speech"
"Je hebt me niet alleen het woord gegeven"
"But you also turned me into a cat"
"Maar je hebt mij ook in een kat veranderd"
"And your kindness didn't end there"
"En uw vriendelijkheid hield daar niet op"
"Then you changed me into a dog"
"Toen veranderde je mij in een hond"
"As a dog, however, I suffer greatly"
"Als hond lijd ik echter enorm"
"I do not get enough to eat"
"Ik krijg niet genoeg te eten"
"My only food is what you leave me"
"Mijn enige voedsel is wat jij mij laat"
"That was fine when I was a mouse"
"Dat was prima toen ik een muis was"
"But you have made me much larger"
"Maar jij hebt mij veel groter gemaakt "
"And it is not enough to fill my mouth"
"En het is niet genoeg om mijn mond te vullen"
"OH your reverence, how I envy those monkeys"
"Oh, eerwaarde, wat ben ik jaloers op die apen"
"They jump about from tree to tree"
"Ze springen van boom tot boom"
"They eat all sorts of delicious fruits!"

"Ze eten allerlei heerlijke soorten fruit!"
"Please may reverence not get angry"
"Moge de eerwaarde alstublieft niet boos worden"
"I pray to be changed into an monkey"
"Ik bid dat ik in een aap veranderd word"
The sage was a very understanding man.
De wijze was een heel begripvol man.
His heart was filled with patience.
Zijn hart was vervuld van geduld.
He was happy to grant his pet's wish.
Hij was blij dat hij de wens van zijn huisdier kon vervullen.
He threw some holy water on the dog.
Hij gooide wat heilig water over de hond.
And the dog instantly became an monkey.
En de hond veranderde in een oogwenk in een aap.

Our monkey was at first wild with joy.
Onze aap was in eerste instantie wild van vreugde.
She leaped from one tree to another.
Ze sprong van de ene boom naar de andere.
She sucked every luscious fruit.
Ze zoog aan elk lekker stuk fruit.
But her joy was short-lived again.
Maar haar vreugde was wederom van korte duur.
Summer had brought with it its drought.
De zomer bracht droogte met zich mee.
Monkeys find it hard to climb down.
Apen vinden het lastig om naar beneden te klimmen.
So she couldn't drink from the river.
Ze kon dus niet uit de rivier drinken.
She saw how the wild boars lived.
Ze zag hoe de wilde zwijnen leefden.
All day they splashed in the water.
Ze spetterden de hele dag in het water.
She envied their life now.
Ze benijdde hen om het leven dat ze nu leidden.
"Oh how happy those wild boars are!"

"Oh, wat zijn die wilde zwijnen toch blij!"
"All day their bodies are cooled"
"Hun lichamen worden de hele dag gekoeld"
"All day they are refreshed by water"
"De hele dag worden ze verfrist door water"
"How I wish I were a wild boar"
"Wat zou ik graag een wild zwijn zijn"
That night she went to the Rishi.
Die nacht ging ze naar de Rishi.
She recounted her troubles to him.
Ze vertelde hem over haar problemen.
She told him all about the wild boars.
Ze vertelde hem alles over de wilde zwijnen.
"Oh how pleasant their lives must be"
"Oh, wat moet hun leven aangenaam zijn"
And she begged to be changed again.
En ze smeekte om opnieuw veranderd te worden.
"I pray to be changed into a wild boar"
"Ik bid dat ik in een wild zwijn veranderd word"
The sage's kindness knew no bounds.
De vriendelijkheid van de wijze kende geen grenzen.
and he complied with his pet's request.
en hij voldeed aan het verzoek van zijn huisdier.
He threw some holy water on the monkey.
Hij gooide wat heilig water over de aap.
And the monkey instantly became a wild boar.
En de aap veranderde in een oogwenk in een wild zwijn.

Our boar was now very content.
Ons everzwijn was nu zeer tevreden.
She kept her body soaking wet.
Ze hield haar lichaam kletsnat.
Every day she went to the river.
Elke dag ging ze naar de rivier.
She splashed about in her favorite element.
Ze spetterde rond in haar favoriete spelelement.
But life is not safe for wild boars.

Maar het leven is niet veilig voor wilde zwijnen.
One day the king was out hunting.
Op een dag was de koning aan het jagen.
He was riding on an adorned elephant.
Hij reed op een versierde olifant.
Only by luck did our wild boar escape.
Alleen door geluk kon ons everzwijn ontsnappen.
She thought a lot about her experience.
Ze dacht veel na over haar ervaring.
She dwelt on the dangers of her life.
Ze bleef stilstaan bij de gevaren in haar leven.
And she envied the stately elephant.
En ze benijdde de statige olifant.
The elephant was more fortunate than her.
De olifant had meer geluk dan zij.
He got to carry the king on his back.
Hij mocht de koning op zijn rug dragen.
Now she longed to be an elephant.
Nu verlangde ze ernaar om een olifant te zijn.
And at night she besought the Rishi.
En 's nachts smeekte ze de Rishi.

Our elephant was roaming the wilderness.
Onze olifant zwierf door de wildernis.
On her adventures she saw the king.
Tijdens haar avonturen kwam ze de koning tegen.
Our elephant went towards the king's suite.
Onze olifant ging naar de suite van de koning.
She had every intention of being caught.
Ze wilde per se gepakt worden.
The king saw the elephant from a distance.
De koning zag de olifant van een afstand.
He couldn't help but admire her beauty.
Hij kon niet anders dan haar schoonheid bewonderen.
He gave his orders to his servants.
Hij gaf zijn bevelen aan zijn dienaren.
"Catch and tame this elephant"

"Vang en tem deze olifant"
Our elephant was easily caught.
Onze olifant was makkelijk te vangen.
She was taken into the royal stables.
Ze werd naar de koninklijke stallen gebracht.
And she was tamed without any trouble.
En ze werd zonder problemen getemd.

One day the queen had a wish.
Op een dag had de koningin een wens.
She wished to go to the holy Ganges.
Ze wilde naar de heilige Ganges gaan.
She wished to bathe in the holy waters.
Ze wilde baden in het heilige water.
The king wanted to accompany his wife.
De koning wilde zijn vrouw vergezellen.
So he made his orders to his servants.
Hij gaf zijn bevelen aan zijn dienaren.
"Bring us the newly caught elephant"
"Breng ons de pas gevangen olifant"
The king and queen mounted on her back.
De koning en koningin bestegen haar rug.
Our elephant had gotten her wish.
De wens van onze olifant is uitgekomen.
Well... she seemed to have gotten her wish.
Nou... het lijkt erop dat haar wens in vervulling is gegaan.
The king had mounted on her back.
De koning was op haar rug geklommen.
But no, the elephant didn't get her wish.
Maar nee, de wens van de olifant werd niet vervuld.
She looked upon herself as a lordly beast.
Ze beschouwde zichzelf als een vorstelijk beest.
She could not a woman riding on her back.
Ze kon geen vrouw op haar rug laten rijden.
It wasn't enough that she was a queen.
Het was niet genoeg dat ze een koningin was.
She could not bear the idea of it.

Ze kon het idee ervan niet verdragen.
She felt she had been degraded.
Ze voelde zich vernederd.
She jumped up as violently as elephants can.
Ze sprong zo heftig op als een olifant maar kan.
Both the king and queen fell to the ground.
Zowel de koning als de koningin vielen op de grond.
The king carefully picked up the queen.
De koning tilde de koningin voorzichtig op.
He took the queen in his arms.
Hij nam de koningin in zijn armen.
He asked her whether she had been hurt.
Hij vroeg haar of ze gewond was.
He wiped off the dust from her clothes.
Hij veegde het stof van haar kleren.
And he tenderly kissed her a hundred times.
En hij kuste haar honderd keer teder.
Our elephant witnessed the king's caresses.
Onze olifant was getuige van de liefkozingen van de koning.
And she scampered off to the woods.
En ze rende weg naar het bos.
She ran as fast as her legs could carry her.
Ze rende zo snel als haar benen haar konden dragen.
As she ran, she thought within herself;
Terwijl ze rende, dacht ze bij zichzelf:
"I have experienced many different lives"
"Ik heb veel verschillende levens ervaren"
"And I have experienced different happiness"
"En ik heb verschillende soorten geluk ervaren"
"But those lives cannot be compared"
"Maar die levens zijn niet te vergelijken"
"A queen is the happiest creature of all"
"Een koningin is het gelukkigste wezen van allemaal"
"Of what infinite regard is she the object of!"
"Van welk oneindige waarde is zij het voorwerp!"
"The king lifted her off the ground"
"De koning tilde haar van de grond"

"And he carefully took her in his arms"
"En hij nam haar voorzichtig in zijn armen"
"He made many tender inquiries to her"
"Hij stelde haar veel tedere vragen"
"And he wiped off the dust from her clothes"
"En hij veegde het stof van haar kleren"
"And he kissed her a hundred times!"
" En hij kuste haar honderd keer!"
"Oh, the happiness of being a queen!"
"Oh, het geluk om koningin te zijn!"
"I must ask the Rishi to make me a queen!"
"Ik moet de Rishi vragen mij tot koningin te maken!"

The sun was just about to set.
De zon stond op het punt onder te gaan.
Our elephant made it back to the hut.
Onze olifant is terug bij de hut.
The Rishi had just finished his devotions.
De Rishi had net zijn gebeden beëindigd.
She fell on the ground at his feet.
Ze viel aan zijn voeten op de grond.
She was still the little mouse.
Ze was nog steeds het kleine muisje.
And he was still the holy sage.
En hij was nog steeds de heilige wijze.
"What's the news?" inquired the Rishi.
"Wat is het nieuws?" vroeg de Rishi.
"Why have you left the king's palace!"
"Waarom heb je het paleis van de koning verlaten!"
Our elephant thought about her words.
Onze olifant dacht na over haar woorden.
"What shall I say to your reverence!"
"Wat moet ik tegen uw eerwaarde zeggen!"
"You have been very kind to me"
"Je bent heel aardig voor me geweest"
"You have granted every wish of mine"
"Je hebt al mijn wensen vervuld"

"I was a mouse and you gave me speech"
"Ik was een muis en jij gaf mij spraak"
"But as a mouse my life was in danger"
"Maar als muis was mijn leven in gevaar"
"You saved me by turning me into a cat"
"Je hebt me gered door me in een kat te veranderen"
"But as a cat my life was no safer"
"Maar als kat was mijn leven niet veiliger"
"And you helped me become a dog"
"En jij hielp mij een hond te worden"
"But as a dog I had not enough to eat"
"Maar als hond had ik niet genoeg te eten"
"You provided for me again"
"Je hebt weer voor mij gezorgd"
"And you turned my into a monkey"
"En jij veranderde mij in een aap"
"I had all I could wish to eat"
"Ik had alles wat ik maar kon wensen te eten"
"But I had no way of cooling my body"
"Maar ik had geen manier om mijn lichaam te koelen"
"You helped me with this too"
"Jij hebt mij hier ook mee geholpen"
"And you turned me into a wild boar"
"En jij veranderde mij in een wild zwijn"
"Wild boars have a comfortable life"
"Wilde zwijnen hebben een comfortabel leven"
"But they don't live without danger"
"Maar ze leven niet zonder gevaar"
"And again you protected me"
"En opnieuw beschermde je mij"
"And you turned me into an elephant"
"En jij veranderde mij in een olifant"
"Being an elephant has increased my bulk"
"Doordat ik een olifant ben, ben ik groter geworden"
"But being an elephant has not increased my happiness"
"Maar een olifant zijn heeft mijn geluk niet vergroot"
"I have one more boon to ask of you"

"Ik heb nog één gunst van u te vragen"
"It will be the last boon I ask for"
"Het zal de laatste gunst zijn die ik vraag"
"I see now who the happiest creature is"
"Ik zie nu wie het gelukkigste wezen is"
"A queen is the happiest in the world"
"Een koningin is de gelukkigste ter wereld"
"Holy father, please make me a queen"
"Heilige Vader, maak mij alstublieft een koningin"
"Silly child," answered the Rishi.
"Dwaas kind," antwoordde de Rishi.
"How can I make you a queen!"
"Hoe kan ik van jou een koningin maken!"
"Where can I get a kingdom for you!"
"Waar kan ik een koninkrijk voor je krijgen!"
"Where would I find a royal husband!"
"Waar vind ik een koninklijke echtgenoot!"
But the Rishi was still patient.
Maar de Rishi bleef geduldig.
"There is one thing I can do for you"
"Er is één ding dat ik voor je kan doen"
"I can change you into a beautiful girl"
"Ik kan je veranderen in een mooi meisje"
"You will be as beautiful as a queen"
"Je zult zo mooi zijn als een koningin"
"You will possess all the charms you need"
"Je zult alle charmes bezitten die je nodig hebt"
"Your charms can captivate a prince's heart"
"Je charmes kunnen het hart van een prins veroveren"
"But you must wait for what the gods decide"
"Maar je moet wachten op wat de goden beslissen"
"They will grant you an interview"
"Ze zullen je een interview geven"
"Tou will have your chance with a prince!"
"Je krijgt je kans bij een prins!"
Our elephant agreed to the change.
Onze olifant ging akkoord met de verandering.

The beast was transformed by the Rishi.
Het beest werd getransformeerd door de Rishi.
And now she was a beautiful young lady.
En nu was ze een mooie jonge dame.
The holy sage named her Postomani.
De heilige wijze noemde haar Postomani.
Her name meant 'the poppy-seed lady'.
Haar naam betekent 'de maanzaaddame'.

Postomani lived in the Rishi's hut.
Postomani woonde in de hut van de Rishi.
She spent her time tending the flowers.
Ze bracht haar tijd door met het verzorgen van de bloemen.
And she watered the plants in the garden.
En ze gaf de planten in de tuin water.
One day she was sitting at the hut.
Op een dag zat ze bij de hut.
The Rishi was at the holy Ganges.
De Rishi bevond zich bij de heilige Ganges.
A richly dressed man came towards the cottage.
Een rijk geklede man kwam naar het huisje toe.
She stood up to welcome the man.
Ze stond op om de man te verwelkomen.
And she asked the stranger who he was.
En ze vroeg de vreemdeling wie hij was.
"What have you come for?" she asked.
"Waar kom je voor?" vroeg ze.
"I have been on a hunt"
"Ik ben op jacht geweest"
"But we chased the deer in vain"
"Maar we hebben het hert tevergeefs achtervolgd"
"Now I am thirsty from the heat"
"Nu heb ik dorst van de hitte"
"I thought that a Rishi lives here"
"Ik dacht dat hier een Rishi woonde"
"I had come to ask him for water"
"Ik was gekomen om hem om water te vragen"

"But now I see you live here"
"Maar nu zie ik dat je hier woont"
Postomani answered the stranger.
Postomani antwoordde de vreemdeling.
"Look upon this hut as your own"
"Beschouw deze hut als de jouwe"
"I am sorry, but we are poor"
"Het spijt me, maar we zijn arm"
"We cannot offer you any entertainment"
"Wij kunnen u geen entertainment bieden"
"But let me make your visit comfortable"
"Maar laat mij uw bezoek aangenaam maken"
"Because, I believe you are a king"
"Omdat ik geloof dat jij een koning bent"
"If I am not mistaken," she added.
"Als ik me niet vergis", voegde ze eraan toe.
The stranger smiled in recognition.
De vreemdeling glimlachte ter bevestiging.

Postomani then brought a pot of water.
Vervolgens haalde Postomani een pot water.
She went to wash her royal guest's feet.
Ze ging de voeten van haar koninklijke gast wassen.
But the visitor did not let her do this.
Maar de bezoeker stond dit niet toe.
"Holy maid, do not touch my feet"
"Heilige maagd, raak mijn voeten niet aan"
"I am only a Kshatriya," he confessed.
"Ik ben slechts een Kshatriya," bekende hij.
"And you are the daughter of a holy sage"
"En jij bent de dochter van een heilige wijze"
"Noble sir;" Postomani begun to confess.
"Edele heer," begon Postomani te bekennen.
"I am not the daughter of the Rishi"
"Ik ben niet de dochter van de Rishi"
"And am I not a Brahmani girl either"
"En ben ik dan geen Brahmani-meisje?"

"There is no harm in me touching your feet"
"Het kan geen kwaad dat ik je voeten aanraak"
"Besides, you are my guest"
"Bovendien ben je mijn gast"
"And I am bound to wash your feet"
"En ik zal je voeten wassen"
"Forgive my impertinence," the king wished.
"Vergeef me mijn onbeschaamdheid," wenste de koning.
"What caste do you belong to?" he asked.
"Tot welke kaste behoort u?" vroeg hij.
"I only know what the sage told me"
"Ik weet alleen wat de wijze mij vertelde"
"I heard my parents were Kshatriyas"
"Ik hoorde dat mijn ouders Kshatriya's waren"
The stranger wanted to know more.
De vreemdeling wilde meer weten.
"May I ask whether your father was a king!"
"Mag ik vragen of uw vader een koning was!"
"You have an uncommon beauty," he said.
"Je bent buitengewoon mooi", zei hij.
"And you possess a stately demeanor"
"En je hebt een statige uitstraling"
"These qualities cannot be worked for"
"Deze kwaliteiten kun je niet gebruiken om mee te werken "
"It shows that you were born a princess"
"Het laat zien dat je als prinses geboren bent"
Postomani avoided answering the question.
Postomani ontweek de vraag.
Instead she went inside the hut.
In plaats daarvan ging ze de hut binnen.
She brought out a tray of delicious fruits.
Ze haalde een schaal vol heerlijk fruit tevoorschijn.
And she set the fruits before the king.
En zij zette de vruchten voor de koning neer.
The king, however, did not touch the fruits.
De koning raakte de vruchten echter niet aan.
He waited until his question was answered.

Hij wachtte totdat zijn vraag beantwoord werd.
"I only know what the holy sage says"
"Ik weet alleen wat de heilige wijze zegt"
"He says that my father was a king"
"Hij zegt dat mijn vader een koning was"
"But he was overcome in a battle"
"Maar hij werd in een strijd overwonnen"
"So he, with my mother, fled into the woods"
"Dus hij vluchtte met mijn moeder het bos in"
"My poor father was eaten by a tiger"
"Mijn arme vader werd door een tijger opgegeten"
"My mother closed her eyes as I opened mine"
"Mijn moeder sloot haar ogen toen ik de mijne opende"
"There was a bee-hive on the tree"
"Er zat een bijenkorf in de boom"
"I lay at the foot of that tree"
"Ik lag aan de voet van die boom"
"Drops of honey fell into my mouth"
"Druppels honing vielen in mijn mond"
"The honey maintained the spark inside me"
"De honing hield de vonk in mij vast"
"And then the kind Rishi found me"
"En toen vond de vriendelijke Rishi mij"
"The holy sage brought me into his hut"
"De heilige wijze bracht mij in zijn hut"
"This is the simple story of this wretched girl"
"Dit is het eenvoudige verhaal van dit ellendige meisje"
"The girl who now stands before the king"
"Het meisje dat nu voor de koning staat"
"Call not yourself wretched," replied the king.
"Noem uzelf niet ellendig," antwoordde de koning.
"You are the most beautiful of women"
"Jij bent de mooiste van alle vrouwen"
"And you are the loveliest of women"
"En jij bent de mooiste van alle vrouwen"
"You would adorn the grandest palaces"
"Je zou de meest indrukwekkende paleizen sieren"

Postomani had gotten her interview.
Postomani had haar interview gekregen.
She fell in love with the king.
Ze werd verliefd op de koning.
And the king fell in love with her.
En de koning werd verliefd op haar.
The Rishi joined them in marriage.
De Rishi trouwden met hen.
Postomani became the king's favourite queen.
Postomani werd de favoriete koningin van de koning.
And the former queen was in disgrace.
En de voormalige koningin was in ongenade gevallen.
But Postomani's happiness was short-lived.
Maar Postomani's geluk was van korte duur.
One day as she was standing by a well.
Op een dag stond ze bij een waterput.
She was overcome by a moment of giddiness.
Ze werd even overvallen door duizeligheid.
Fortune had her fall into the water.
Het lot liet haar in het water vallen.
And she died in the water of the well.
En zij stierf in het water van de put.
The Rishi then came to the king.
Vervolgens ging de Rishi naar de koning.
"O king, grieve not over the past"
"O koning, treur niet om het verleden"
"What is fixed by fate must come to pass"
"Wat door het lot is vastgelegd, moet gebeuren"
"The queen drowned in your well"
"De koningin is in jouw put verdronken"
"But she was not of royal blood"
"Maar ze was niet van koninklijke bloede"
"She was born to a family of mice"
"Ze werd geboren in een muizenfamilie"
"Each evening she came to my hut"
"Elke avond kwam ze naar mijn hut"

"And I gave her the power of speech"
"En ik gaf haar het vermogen om te spreken"
"With speech she could express her wishes"
"Met spraak kon ze haar wensen uiten"
"I changed her according to her wishes"
"Ik heb haar veranderd volgens haar wensen"
"As a mouse she feared the cat"
"Als muis was ze bang voor de kat"
"And so I changed her into a cat"
"En dus veranderde ik haar in een kat"
"As a cat she feared the dogs"
"Als kat was ze bang voor honden"
"And so I changed her into a dog"
"En dus veranderde ik haar in een hond "
"As a dog she had not enough to eat"
"Als hond had ze niet genoeg te eten"
"And so I changed her into a monkey"
"En dus veranderde ik haar in een aap"
"As a monkey she couldn't bear the heat"
"Als aap kon ze de hitte niet verdragen"
"And so I changed her into a wild boar"
"En dus veranderde ik haar in een wild zwijn"
"As a boar her life was not safe"
"Als everzwijn was haar leven niet veilig"
"And so I changed her into an elephant"
"En dus veranderde ik haar in een olifant"
"That was the elephant you caught"
"Dat was de olifant die je hebt gevangen"
"But as an elephant she was not loved"
"Maar als olifant werd ze niet geliefd"
"And so I changed her one last time"
"En dus veranderde ik haar nog een laatste keer"
"I changed her into a beautiful girl"
"Ik heb haar veranderd in een mooi meisje"
"That is the girl that you married"
"Dat is het meisje met wie je getrouwd bent"
"And that is the girl that drowned"

"En dat is het meisje dat verdronk"
"Take into favor your former queen"
"Neem uw voormalige koningin in de gunst"
"And don't worry for my daughter"
"En maak je geen zorgen om mijn dochter"
"I will make her name immortal"
"Ik zal haar naam onsterfelijk maken"
"Let her body remain in the well"
"Laat haar lichaam in de put blijven"
"Fill the well up with earth"
"Vul de put met aarde"
"In her flesh there is a seed"
"In haar vlees zit een zaadje"
"From her bones a tree will grow"
"Uit haar botten zal een boom groeien"
"We will name this tree after her"
"We zullen deze boom naar haar vernoemen"
"The tree shall be called 'Posto'"
"De boom zal 'Posto' heten"
"This means 'the Poppy tree'"
"Dit betekent 'de papaverboom'"
"From this tree there will come a drug"
"Van deze boom zal een medicijn komen"
"This drug will be called opium"
"Dit medicijn zal opium heten"
"Opium will be a powerful medicine"
"Opium zal een krachtig medicijn zijn"
"People will consume opium in every epoch"
"Mensen zullen in elk tijdperk opium consumeren"
"Opium will either be swallowed or smoked"
"Opium wordt óf ingeslikt óf gerookt"
"And opium will be a wonderful narcotic"
"En opium zal een geweldig verdovend middel zijn"
"Opium will be used till the end of time"
"Opium zal tot het einde der tijden gebruikt worden"
"You will recognize the opium smoker"
"Je herkent de opiumroker"

"He will have many different qualities"
"Hij zal veel verschillende kwaliteiten hebben"
"One quality for each of the animals"
"Eén kwaliteit voor elk dier"
"The animals which Postomani had lived as"
"De dieren waarmee Postomani had geleefd"
"He will be mischievous, like a mouse"
"Hij zal ondeugend zijn, als een muis"
"He will be fond of milk, like a cat"
"Hij zal dol zijn op melk, net als een kat"
"He will be quarrelsome, like a dog"
"Hij zal twistziek zijn, als een hond"
"He will be filthy, like a monkey"
"Hij zal vuil zijn, als een aap"
"He will be savage, like a boar"
"Hij zal wild zijn, als een everzwijn"
"He will be confident, like an elephant"
"Hij zal zelfverzekerd zijn, als een olifant"
"And he will be high-tempered, like a queen"
"En hij zal opvliegend zijn, als een koningin"

Strike, but Listen First
Staken, maar eerst luisteren

There was once a king who had three sons.
Er was eens een koning die drie zonen had.
His royal subjects came to him one day and said;
Op een dag kwamen zijn koninklijke onderdanen naar hem toe en zeiden:
"Oh incarnation of justice! hear our plea"
"O incarnatie van gerechtigheid! Hoor onze smeekbede"
"The kingdom is infested with thieves and robbers"
"Het koninkrijk is geteisterd door dieven en rovers"
"Our property is not safe from their thievery"
"Ons eigendom is niet veilig voor hun diefstal"
"We pray your majesty to catch hold of these thieves"
"Wij bidden Uwe Majesteit om deze dieven te pakken"
"We beg you punish them to the full extent of the law"
"Wij smeken u om hen te straffen met de volle reikwijdte van de wet"
The king said to his sons, "Oh, my sons, I am old"
De koning zei tegen zijn zonen: 'Oh, mijn zonen, ik ben oud.'
"But you are all in the prime of manhood"
"Maar jullie zijn allemaal in de bloei van jullie volwassenheid"
"How is it that my kingdom is full of thieves?"
"Hoe kan het dat mijn koninkrijk vol dieven is?"
"I look to you to catch hold of these thieves"
"Ik verwacht dat jij deze dieven te pakken krijgt"
The three princes then made up their minds.
Toen namen de drie prinsen een besluit.
They were going to patrol the city every night.
Ze gingen elke nacht door de stad patrouilleren.
They set up a watch out in the outskirts of the city.
Ze plaatsten een wachtpost aan de rand van de stad.
The early part of the night had arrived.
Het was al vroeg in de nacht.
So the eldest prince took on his duties.
Dus de oudste prins nam zijn taken op zich.

He rode upon his horse through the whole city.
Hij reed op zijn paard door de hele stad.
But did not see a single thief anywhere he looked.
Maar hij zag nergens een dief.
He came back to the policing station.
Hij kwam terug naar het politiebureau.
The middle part of the night had arrived.
Het was halverwege de nacht.
So the second prince took on his duties.
Dus de tweede prins nam zijn taken op zich.
And he too rode through every part of the city.
En ook hij reed door alle delen van de stad.
But he did not see or hear of a single thief.
Maar hij zag of hoorde geen enkele dief.
He came also back to the policing station.
Hij kwam ook terug naar het politiebureau.
The latter part of the night had arrived.
Het was inmiddels het laatste deel van de nacht.
So the youngest prince took on his duties.
De jongste prins nam zijn taken op zich.
He went near the gate of his father's palace.
Hij liep naar de poort van het paleis van zijn vader.
There he saw a beautiful woman leaving the palace.
Daar zag hij een mooie vrouw het paleis verlaten.
The prince asked the woman, "who are you?"
De prins vroeg aan de vrouw: "Wie ben jij?"
"Where are you going at this hour of the night?"
"Waar ga je heen op dit uur van de nacht?"
The woman answered the young prince.
De vrouw antwoordde de jonge prins.
"I am Rajlakshmi, the guardian deity of this palace"
"Ik ben Rajlakshmi, de beschermgod van dit paleis"
"The king will be killed this night"
"De koning zal vannacht gedood worden"
"I am therefore not needed here"
"Ik ben hier dus niet nodig"
"And that is why I am going away"

"En daarom ga ik weg"
The prince did not know what to make of this message.
De prins wist niet wat hij met deze boodschap aan moest.
After a moment's reflection he said to the goddess;
Na een moment van nadenken zei hij tegen de godin:
"But, suppose the king is not killed tonight"
"Maar stel dat de koning vanavond niet wordt gedood"
"Have you any objection to return to the palace?"
"Hebt u er bezwaar tegen om terug te keren naar het paleis?"
"I have no objection," replied the goddess.
"Ik heb er geen bezwaar tegen," antwoordde de godin.
The prince then begged the goddess to go back.
De prins smeekte de godin vervolgens om terug te gaan.
And he promised to do his best to protect the king.
En hij beloofde zijn best te doen om de koning te beschermen.
Then the goddess entered the palace again.
Toen kwam de godin weer het paleis binnen.
Within a moment she disappeared into the palace.
Binnen een moment verdween ze in het paleis.

The prince went straight into the palace too.
De prins ging ook meteen naar het paleis.
And he went into the bedroom of his royal father.
En hij ging naar de slaapkamer van zijn koninklijke vader.
There his father lay immersed in deep sleep.
Daar lag zijn vader verzonken in een diepe slaap.
The king had a second, younger wife.
De koning had een tweede, jongere vrouw.
This woman was the stepmother of our prince.
Deze vrouw was de stiefmoeder van onze prins.
She was sleeping in another bed in the room.
Ze sliep in een ander bed in de kamer.
There was a light that was burning dimly.
Er was een licht dat zwak brandde.
But then the prince saw something that surprised him!
Maar toen zag de prins iets wat hem verraste!
A huge cobra going round and round the golden bedstead.

Een enorme cobra loopt rondjes om het gouden bed.
The bedstead on which his father was sleeping.
Het bed waarop zijn vader sliep.
The prince with his sword cut the serpent in two.
De prins sneed de slang met zijn zwaard in tweeën.
But he was not satisfied with killing the cobra.
Maar hij was niet tevreden met het doden van de cobra.
So he cut the cobra up into a hundred pieces.
Toen sneed hij de cobra in honderd stukken.
And he put the pieces of the cobra inside a pan.
En hij deed de stukken van de cobra in een pan.
But while cutting the cobra a misfortune happened.
Maar terwijl ik de cobra aan het snijden was, gebeurde er iets vervelends.
A drop of blood fell on the breast of his stepmother.
Een druppel bloed viel op de borst van zijn stiefmoeder.
The prince was in great distress by what had happened.
De prins was zeer ontdaan door wat er gebeurd was.
"I have saved my father, but killed my stepmother"
"Ik heb mijn vader gered, maar mijn stiefmoeder vermoord"
How could he remove the drop of blood from her breast?
Hoe kon hij de druppel bloed uit haar borst verwijderen?
He wrapped round his tongue a piece of cloth sevenfold.
Hij wikkelde een stuk stof zevenvoudig om zijn tong.
And with the cloth he licked up the drop of blood.
En met de doek likte hij de druppel bloed op.
But his stepmother's sleep was not so deep.
Maar de slaap van zijn stiefmoeder was niet zo diep.
And in his attempt to save her he awoke her.
En in zijn poging haar te redden, maakte hij haar wakker.
When opening her eyes she saw it was her stepson.
Toen ze haar ogen opende, zag ze dat het haar stiefzoon was.
The young prince rushed out of the room.
De jonge prins snelde de kamer uit.
The queen, hated her stepson, the youngest prince.
De koningin haatte haar stiefzoon, de jongste prins.
And she had every intention to ruin his reputation.

En ze was vastbesloten om zijn reputatie te ruïneren.
She called out to her husband, "My lord, my lord"
Ze riep naar haar man: "Mijn heer, mijn heer"
"Are you awake? are you awake? Rouse yourself up"
"Ben je wakker? Ben je wakker? Word wakker."
"Here is a nice piece of news for you"
"Hier is een leuk stukje nieuws voor u"
The king on awaking inquired what the matter was.
Toen de koning wakker werd, vroeg hij wat er aan de hand
was.
"What the matter is, my lord, let me tell you"
"Wat er aan de hand is, mijn heer, laat mij u vertellen"
"Your worthy son was just here in this room"
"Uw waardige zoon was net hier in deze kamer"
"The youngest prince, of whom you speak so highly"
"De jongste prins, over wie je zo hoog opkijkt"
"I caught him in the act of touching my breast"
"Ik betrapte hem terwijl hij mijn borst aanraakte"
"I don't doubt he came with wicked intents"
"Ik twijfel er niet aan dat hij met kwade bedoelingen kwam"
The king was horror-struck by what he heard.
De koning was geschokt door wat hij hoorde.
The prince went back to where his brothers kept watch.
De prins ging terug naar de plek waar zijn broers de wacht
hielden.
But he told them nothing of what had happened.
Maar hij vertelde hun niets over wat er gebeurd was.

Early in the morning the king called his eldest son.
Vroeg in de ochtend riep de koning zijn oudste zoon bij zich.
"I entrust my life and my honor to men"
"Ik vertrouw mijn leven en mijn eer toe aan mannen"
"But what if one of these men prove faithless?
"Maar wat als een van deze mannen ontrouw blijkt te zijn?
"How should such a man be punished?"
"Hoe moet zo'n man gestraft worden?"
The eldest prince replied to his father, the king.

De oudste prins antwoordde aan zijn vader, de koning.
"Doubtless such a man's head should be cut off"
"Ongetwijfeld moet het hoofd van zo'n man worden afgehakt"
"But first you should establish the facts"
"Maar eerst moet je de feiten vaststellen"
"You must see whether the man is really faithless"
"Je moet nagaan of de man werkelijk ontrouw is"
"What do you mean?" inquired the king.
"Wat bedoel je?" vroeg de koning.
"Let your majesty be pleased to listen"
"Laat Uwe Majesteit met genoegen luisteren"
Once upon on a time there lived a goldsmith.
Er was eens een goudsmid.
This goldsmith had a son who had a wife.
Deze goudsmid had een zoon die getrouwd was.
His wife had the rare faculty of understanding beasts.
Zijn vrouw had het zeldzame vermogen om dieren te begrijpen.
But she never told anyone about her uncommon gift.
Maar ze heeft nooit iemand over haar bijzondere gave verteld.
Not even her husband knew she could understand animals.
Zelfs haar man wist niet dat zij dieren kon begrijpen.
One night she was lying in bed beside her husband.
Op een nacht lag ze naast haar man in bed.
From the river by their house she heard a jackal howl.
Vanuit de rivier bij hun huis hoorde ze een jakhals huilen.
"There goes a carcass floating on the river"
"Daar drijft een karkas op de rivier"
"There's a diamond ring on the dead man's finger"
"Er zit een diamanten ring aan de vinger van de dode man"
"Will anyone take the ring and give me the corpse?"
"Zal iemand de ring aannemen en mij het lijk geven?"
The woman understood the jackal's language.
De vrouw begreep de taal van de jakhals.
She got up from bed and went to the river-side.
Ze stond op uit bed en liep naar de rivieroever.

The husband had not been in deep sleep.
De man had niet diep geslapen.
So with his wife's movements he woke up too.
Door de bewegingen van zijn vrouw werd hij ook wakker.
And he followed his wife to see where she went.
En hij volgde zijn vrouw om te zien waar ze heen ging.
But he kept his distance, so that he could observe her.
Maar hij hield afstand, zodat hij haar kon observeren.
The woman went into the water next to their house.
De vrouw ging het water in naast hun huis.
She tugged the floating corpse towards the shore.
Ze trok het drijvende lijk naar de oever.
And she saw the diamond ring on the finger.
En ze zag de diamanten ring aan haar vinger.
She was unable to loosen the ring with her hand.
Ze kon de ring met haar hand niet losmaken.
Because the fingers of the dead body had swelled.
Omdat de vingers van het lijk opgezwollen waren.
So she bit off the finger with her teeth.
Dus beet ze met haar tanden de vinger eraf.
And she put the dead body upon land, for the jackal.
En ze legde het lijk op het land, voor de jakhals.
Then she returned to bed, where her husband already was.
Daarna ging ze terug naar bed, waar haar man al lag.
The young goldsmith lay almost petrified with fear.
De jonge goudsmid lag bijna verstijfd van angst.
He was convinced he was lying next to a Rakshasi.
Hij was ervan overtuigd dat hij naast een Rakshasi lag.
He spent the rest of the night tossing in his bed.
De rest van de nacht lag hij woelend in zijn bed.
And early in the morning spoke to his father.
En vroeg in de morgen sprak hij met zijn vader.
"The woman thou hast given me is not a real woman"
"De vrouw die jij mij gegeven hebt is geen echte vrouw"
"The woman thou hast given me to wife is a Rakshasi"
"De vrouw die je mij tot vrouw hebt gegeven is een Rakshasi"
"Last night I was lying in bed with her"

"Gisteravond lag ik bij haar in bed"
"By the river I heard the howl of a jackal"
"Bij de rivier hoorde ik het gehuil van een jakhals"
"My wife too, heard the howl of the jackal"
"Ook mijn vrouw hoorde het gehuil van de jakhals"
"Thinking I was asleep; she went towards the howl"
"Denkend dat ik sliep, ging ze naar het gehuil toe"
"I was surprised to see her go out of bed alone"
"Ik was verrast toen ik haar alleen uit bed zag komen"
"Suspecting some sort of evil, I followed her outside"
"Ik vermoedde iets kwaads en volgde haar naar buiten"
"But she could not see that I had followed her"
"Maar ze kon niet zien dat ik haar gevolgd had"
"What did she do, do you think? O horror of horrors!"
"Wat denk je dat ze gedaan heeft? O, wat een gruwel!"
"From the stream she dragged a dead body out"
"Ze sleepte een lijk uit de beek"
"And what do you think she did with the dead body?"
"En wat denk je dat ze met het dode lichaam heeft gedaan?"
"She wasted no time devouring the dead man!"
"Ze verspilde geen tijd en verslond de dode man!"
"All this I had the misfortune to see with my own eyes"
"Dit alles heb ik met eigen ogen moeten aanschouwen"
"While she feasted on the carcass I went back to bed"
"Terwijl zij zich tegoed deed aan het karkas, ging ik terug naar bed"
"In a few minutes she also returned to bed"
"Een paar minuten later lag ze ook weer in bed"
"She bolted the door shut, and lay beside me"
"Ze deed de deur op slot en ging naast me liggen"
"Oh my father, how can I live with a Rakshasi?"
"Oh mijn vader, hoe kan ik met een Rakshasi leven?"
"She will certainly kill me and eat me up one night"
"Ze zal me zeker doden en op een nacht opeten"
You can imagine the shock of the old goldsmith.
Je kunt je de schok van de oude goudsmid voorstellen.
Both father and son agreed about what should be done.

Vader en zoon waren het eens over wat er moest gebeuren.
The woman should be taken deep into the forest.
De vrouw moet diep het bos in worden gebracht.
And she should be left for wild beasts to devoured.
En zij zou aan de wilde dieren overgelaten moeten worden om verslonden te worden.
Accordingly, the young goldsmith spoke to his wife.
De jonge goudsmid sprak dus met zijn vrouw.
"My dear love," he said to his wife.
"Mijn lieve liefde," zei hij tegen zijn vrouw.
"You had better not cook much this morning"
"Je kunt beter niet veel koken vanmorgen"
"Boil a little rice and burn a brinjal"
"Kook een beetje rijst en verbrand een aubergine"
"Because today we are going to see your parents"
"Want vandaag gaan we je ouders zien"
"Your mother and father are dying to see you"
"Je moeder en vader willen je dolgraag zien"
The woman was full of joy at the unexpected news.
De vrouw was vervuld van vreugde toen ze het onverwachte nieuws hoorde.
She loved returning to her father's house.
Ze hield ervan om terug te keren naar het huis van haar vader.
And she finished the cooking in no time.
En ze was in een mum van tijd klaar met koken.
The husband and wife snatched a hasty breakfast.
Het echtpaar at snel een ontbijt.
And soon after breakfast they started their journey.
En kort na het ontbijt begonnen ze aan hun reis.
The way to her father's house was through dense jungle.
De weg naar het huis van haar vader leidde door dichte jungle.
It was the perfect place to abandon his wife.
Het was de ideale plek om zijn vrouw achter te laten.
She was bound to be eaten up by wild beasts there.
Het was voorbestemd dat ze daar door wilde dieren zou worden opgegeten.

But while they were walking the woman heard a snake.
Maar terwijl ze liepen, hoorde de vrouw een slang.
"Oh passer-by, in yonder hole there is a frog"
"Oh voorbijganger, in dat gat daar zit een kikker"
"How thankful I would be if you caught the frog"
"Wat zou ik dankbaar zijn als je de kikker zou vangen"
"And the hole is full of gold and precious stones"
"En het gat zit vol goud en edelstenen"
"Give me the frog, and take the treasure for yourself"
"Geef mij de kikker, en neem de schat voor jezelf"
The woman forthwith went to the frog's hole.
De vrouw ging onmiddellijk naar het kikkergat.
And she began digging the hole with a stick.
En ze begon met een stok het gat te graven.
The young goldsmith was now quaking with fear.
De jonge goudsmid beefde van angst.
He thought his Rakshasi-wife was about to kill him.
Hij dacht dat zijn Rakshasi-vrouw hem ging vermoorden.
And then his wife called for him to help her.
En toen riep zijn vrouw hem om hulp.
"Take all this gold and these precious stones"
"Neem al dit goud en deze edelstenen"
The goldsmith did not understand her request.
De goudsmid begreep haar verzoek niet.
Timidly he went to where she had dug the hole.
Hij liep verlegen naar de plek waar zij het gat had gegraven.
But he was infinitely surprised by what he saw.
Maar wat hij zag, verraste hem mateloos.
The hole was full of gold and precious stones.
Het gat zat vol goud en edelstenen.
"How did you know there was a treasure here?"
"Hoe wist je dat hier een schat lag?"
And finally his wife told him of her gift.
En uiteindelijk vertelde zijn vrouw hem over haar geschenk.
"I can understand all the beasts in the forest"
"Ik kan alle beesten in het bos verstaan"
"Just over there, there is a snake coiled up"

"Daar net daar ligt een slang opgerold"
"She had told me there was a treasure here"
"Ze had me verteld dat hier een schat lag"
The husband now felt very blessed with his wife.
De man voelde zich nu zeer gezegend met zijn vrouw.
"My love, it has gotten very late today"
"Mijn liefste, het is vandaag al heel laat geworden"
"I don't think we will reach your father's house"
"Ik denk niet dat we het huis van je vader zullen bereiken."
"Nightfall will catch us before we get there"
"De nacht zal ons inhalen voordat we er zijn"
"If we stay we might be devoured by wild beasts"
"Als we blijven, worden we misschien verslonden door wilde
dieren"
"I propose therefore that we both return home"
"Ik stel daarom voor dat we beiden naar huis terugkeren"
You can imagine the wife's disappointment.
Je kunt je de teleurstelling van de vrouw voorstellen.
But she agreed with her husband's assessment.
Maar ze was het eens met de beoordeling van haar man.
It took them a long time to reach home.
Het duurde lang voordat ze thuiskwamen.
They were laden with a large quantity of gold.
Ze waren beladen met een grote hoeveelheid goud.
And they were carrying many precious stones.
En zij droegen veel edelstenen bij zich.
But eventually the got close to their home.
Maar uiteindelijk kwamen ze toch dicht bij huis.
"My dear, go by the back door," said the goldsmith.
"Mijn liefste, ga via de achterdeur," zei de goudsmid.
"I will go by the front door and see my father"
"Ik ga via de voordeur naar mijn vader"
"And I will show him all this treasure"
"En ik zal hem al deze schatten laten zien"
So she entered the house by the back door.
Ze ging dus via de achterdeur het huis binnen.
But the old goldsmith had reason to be there too.

Maar de oude goudsmid had ook een reden om daar te zijn.
He had gone there to collect a hammer.
Hij was daarheen gegaan om een hamer op te halen.
The old goldsmith saw his Rakshasi daughter-in-law.
De oude goudsmid zag zijn schoondochter, Rakshasi.
He concluded she had swallowed up his son.
Hij concludeerde dat ze zijn zoon had opgeslokt.
And he therefore struck her with the hammer.
En daarom sloeg hij haar met de hamer.
The blow immediately killed his daughter-in-law.
De klap kostte zijn schoondochter onmiddellijk het leven.
At that moment the son came into the house.
Op dat moment kwam de zoon het huis binnen.
But it was too late for him to explain.
Maar het was te laat voor hem om het uit te leggen.
And so the eldest prince's story concluded.
En zo eindigde het verhaal van de oudste prins.
"You might have to cut a man's head off"
"Je moet misschien wel iemands hoofd afhakken"
"But first you should establish the facts"
"Maar eerst moet je de feiten vaststellen"
"You must see whether the man is really faithless"
"Je moet nagaan of de man werkelijk ontrouw is"

The king then called his second son to him.
Toen riep de koning zijn tweede zoon bij zich.
"I entrust my life and my honor to men"
"Ik vertrouw mijn leven en mijn eer toe aan mannen"
"But what if one of these men prove faithless?
"Maar wat als een van deze mannen ontrouw blijkt te zijn?
"How should such a man be punished?"
"Hoe moet zo'n man gestraft worden?"
The second prince replied to his father, the king.
De tweede prins antwoordde aan zijn vader, de koning.
"Doubtless such a man's head should be cut off"
"Ongetwijfeld moet het hoofd van zo'n man worden
afgehakt"

"But first you should establish the facts"
"Maar eerst moet je de feiten vaststellen"
"What do you mean?" inquired the king.
"Wat bedoel je?" vroeg de koning.
"Let your majesty be pleased to listen"
"Laat Uwe Majesteit met genoegen luisteren"
Once upon a time there reigned a king.
Er was eens een koning.
This king was very fond of going out hunting.
Deze koning hield erg van jagen.
One day his horse took him into a dense forest.
Op een dag bracht zijn paard hem naar een dicht bos.
He went far from his followers, deep into the woods.
Hij trok zich terug, ver weg van zijn volgelingen, diep het bos
in.
He rode on and on through the endless, quiet forest.
Hij reed steeds verder door het eindeloze, stille bos.
He saw neither villages nor towns, only trees.
Hij zag geen dorpen of steden, alleen bomen.
On the long, lonely journey he became very thirsty.
Tijdens de lange, eenzame reis kreeg hij grote dorst.
He could see no pond, nor lake, nor stream.
Hij zag geen vijver, meer of beek.
But then he saw something dripping from a tree.
Maar toen zag hij iets uit een boom druppelen.
He concluded it was rainwater resting in a cavity.
Hij concludeerde dat het regenwater was dat in een holte
stond.
He stood on horseback beneath the tree, cup in hand.
Hij stond te paard onder de boom, met een beker in zijn hand.
He caught the drops slowly dripping into the small cup.
Hij ving de druppels op die langzaam in het kleine kopje
druppelden.
The water, however, was not rain from the sky.
Het water was echter geen regenwater dat uit de lucht viel.
A huge cobra sat on top of the tall tree.
Een enorme cobra zat bovenop de hoge boom.

The snake had struck the tree in rage with its sharp fangs.
De slang had uit woede met zijn scherpe tanden op de boom
geslagen.
**The snake's poison came out and fell downward in heavy
drops.**
Het gif van de slang kwam eruit en viel in dikke druppels
naar beneden.
The king thought the falling liquid was simple rainwater.
De koning dacht dat het vallende water gewoon regenwater
was.
The horse sensed the danger and tried to warn him.
Het paard voelde het gevaar en probeerde hem te
waarschuwen.
The cup was nearly filled with the deadly snake-poison.
De beker was bijna gevuld met het dodelijke slangengif.
The king raised the cup and prepared to drink.
De koning hief de beker op en maakte zich gereed om te
drinken.
But the horse moved wildly, with the king on its back.
Maar het paard bewoog wild, met de koning op zijn rug.
The cup fell from his hand, and the poison spilled.
De beker viel uit zijn hand en het gif stroomde eruit.
The king became angry and struck the horse's neck.
De koning werd boos en sloeg het paard op de nek.
The blow from the sword immediately killed his horse.
De slag met het zwaard doodde zijn paard onmiddellijk.
And so the second prince's story concluded.
En zo eindigde het verhaal van de tweede prins.
"You might have to cut a man's head off"
"Je moet misschien wel iemands hoofd afhakken"
"But first you should establish the facts"
"Maar eerst moet je de feiten vaststellen"
"You must see whether the man is really faithless"
"Je moet nagaan of de man werkelijk ontrouw is"

The king then called to him his third youngest son.
Vervolgens riep de koning zijn derde jongste zoon bij zich.

"I entrust my life and my honor to men"
"Ik vertrouw mijn leven en mijn eer toe aan mannen"
"But what if one of these men prove faithless?
"Maar wat als een van deze mannen ontrouw blijkt te zijn?
"How should such a man be punished?"
"Hoe moet zo'n man gestraft worden?"
"Doubtless such a man's head should be cut off"
"Ongetwijfeld moet het hoofd van zo'n man worden afgehakt"
"But first you should establish the facts"
"Maar eerst moet je de feiten vaststellen"
"What do you mean?" inquired the king.
"Wat bedoel je?" vroeg de koning.
"Let your majesty be pleased to listen"
"Laat Uwe Majesteit met genoegen luisteren"
Once long ago there reigned a wise and noble king.
Lang geleden heerste er een wijze en nobele koning.
In his palace he kept a bird of Suka species.
In zijn paleis hield hij een vogel van het geslacht Suka.
One day the bird went out flying into the fields.
Op een dag vloog de vogel weg en vloog de velden in.
There he saw his father and mother calling from above.
Daar zag hij zijn vader en moeder van bovenaf roepen.
They asked him to come visit them in their nest.
Ze vroegen hem om bij hen op bezoek te komen in hun nest.
The nest was far away in a distant hidden land.
Het nest lag ver weg in een afgelegen, verborgen land.
The Suka said, "I'll come if I get king's leave"
De Suka zei: "Ik kom als ik toestemming van de koning krijg."
"I'll speak to the king today and return tomorrow"
"Ik zal vandaag met de koning spreken en morgen terugkomen "
"Please wait at this same spot in the morning"
"Wacht u morgenochtend alstublieft op deze plek"
That very day, Suka spoke with the gentle, kind king.
Diezelfde dag sprak Suka met de zachtaardige, vriendelijke koning.

The king gave permission for the bird to leave.
De koning gaf de vogel toestemming om te vertrekken.
Although he was sad to part with his bird.
Hoewel hij het jammer vond om afscheid te nemen van zijn
vogel.
The next morning, Suka met his parents again.
De volgende ochtend ontmoette Suka zijn ouders weer.
He flew with them to their nest on a tall tree.
Hij vloog met hen mee naar hun nest in een hoge boom.
The three birds lived together happily in peaceful joy.
De drie vogels leefden vredig en gelukkig samen.
They stayed like this for a fortnight of lovely days.
Ze bleven zo twee weken lang, en het waren prachtige dagen.
But even those quiet and pleasant days had to end.
Maar ook aan die rustige en aangename dagen kwam een
einde.
Suka said, "Beloved parents, the king gave me two weeks"
Suka zei: "Geliefde ouders, de koning gaf mij twee weken"
"That time is now over, so I must return tomorrow"
"Die tijd is nu voorbij, dus ik moet morgen terugkomen"
His father and mother agreed and blessed his decision.
Zijn vader en moeder waren het ermee eens en zegenden zijn
beslissing.
They told him to carry a gift for the king.
Ze zeiden hem dat hij een geschenk voor de koning moest
meenemen.
After some talk, they chose some fruit as a gift.
Na een tijdje gepraat te hebben, kozen ze wat fruit als
geschenk.
The fruit had grown from the Immortality Tree.
De vrucht was gegroeid aan de Onsterfelijkheidsboom.
Early the next morning, Suka went to the tree.
De volgende ochtend ging Suka vroeg naar de boom.
And he plucked a magical glowing fruit.
En hij plukte een magisch lichtgevende vrucht.
He held the fruit gently in his beak, full of care.
Hij hield de vrucht voorzichtig en vol zorg in zijn snavel.

The fruit was heavy and slowed his swift flying pace.
Het fruit was zwaar en belemmerde zijn snelle, vliegende
tempo.
He could not reach the city before night arrived.
Hij kon de stad niet bereiken voordat het donker werd.
Suka stopped to rest in a tree along the way.
Suka stopte onderweg in een boom om uit te rusten.
He feared the fruit might drop while he slept.
Hij was bang dat het fruit zou vallen terwijl hij sliep.
If he kept the fruit in his beak, it could fall.
Als hij het fruit in zijn snavel zou houden, zou het kunnen
vallen.
But he saw a hole in the trunk of the tree.
Maar hij zag een gat in de stam van de boom.
He placed the fruit safely inside the dark tree.
Hij legde het fruit veilig in de donkere boom.
But inside the hole, there lived a poisonous black snake.
Maar in het gat leefde een giftige zwarte slang.
In the night, the snake bit the fruit with venom.
's Nachts beet de slang met gif in de vrucht.
And the fruit became smeared with deadly poison.
En het fruit raakte besmeurd met dodelijk gif.
At dawn Suka took the fruit back in his beak.
Bij zonsopgang nam Suka de vrucht weer in zijn snavel.
He flew again on his journey to the king's palace.
Hij vloog opnieuw op weg naar het paleis van de koning.
As he reached the palace the king was sitting with ministers.
Toen de koning bij het paleis aankwam, zat hij daar met zijn
ministers.
The king was overjoyed to see Suka return once more.
De koning was dolblij toen hij Suka weer zag terugkeren.
He greatly admired the beautiful, shining fruit gift.
Hij bewonderde het prachtige, glanzende fruitgeschenk
enorm.
The fruit was lovely to look at and admire.
Het fruit was prachtig om te zien en bewonderen.
It was the finest fruit found across the earth.

Het was het beste fruit dat op aarde te vinden was.

And anyone who ate the fruit was granted immortality.

En iedereen die van de vrucht at, kreeg onsterfelijkheid.

The king was about to eat the beautiful fruit.

De koning stond op het punt om van de prachtige vrucht te eten.

But his ministers warned him the fruit might be poisoned"

Maar zijn ministers waarschuwden hem dat de vrucht vergiftigd zou kunnen zijn."

"It would be better to test the fruit before you eat it"

"Het is beter om de vrucht te testen voordat je hem eet"

He threw the fruit to a crow sitting on the wall.

Hij gooide het fruit naar een kraai die op de muur zat.

The crow ate from the fruit, and dropped dead instantly.

De kraai at van de vrucht en viel onmiddellijk dood neer.

The king, thinking Suka tried to kill him, grew furious.

De koning werd woedend, omdat hij dacht dat Suka hem wilde doden.

He seized the bird and killed him with his bare hands.

Hij greep de vogel en doodde hem met zijn blote handen.

He ordered the seed to be planted outside the city.

Hij gaf opdracht het zaad buiten de stad te planten.

The seed became a tree with the same glowing fruit.

Het zaadje groeide uit tot een boom met dezelfde glanzende vrucht.

The king feared the fruit would bring more death.

De koning vreesde dat de vrucht nog meer doden zou brengen.

So he had the tree fenced off and guarded.

Hij liet de boom dus afzetten en bewaken.

There lived in that city an old, poor Brahman man.

Er woonde in die stad een oude, arme brahmaan.

He and his wife survived only on the town's charity.

Hij en zijn vrouw overleefden enkel dankzij de liefdadigheid van de stad.

One day the Brahman mourned his long, miserable, life.

Op een dag rouwde de brahmaan om zijn lange, ellendige leven.

He said, "Instead of begging, I will eat poison fruit."

Hij zei: "In plaats van te bedelen, zal ik vergiftigde vruchten eten."

"I'll end my life beneath that deadly tree in silence."

"Ik zal mijn leven in stilte beëindigen onder die dodelijke boom."

That very night, he rose quietly and left his home.

Diezelfde nacht stond hij stilletjes op en verliet zijn huis.

His wife suspected and followed behind in silence.

Zijn vrouw vermoedde het en volgde haar zwijgend.

She had decided to die too, alongside her sad husband.

Zij had besloten om ook te sterven, samen met haar verdrietige man.

She loved him deeply and didn't wish to stay behind.

Ze hield heel veel van hem en wilde niet achterblijven.

The palace guard was asleep that night, unaware of visitors.

De paleiswacht sliep die nacht, zonder dat er bezoekers waren.

The Brahman reached the garden and plucked a hanging fruit.

De Brahman bereikte de tuin en plukte een hangende vrucht.

He looked at it once and ate the entire fruit.

Hij keek er een keer naar en at de hele vrucht op.

His wife cried, "If you die, my life becomes nothing"

Zijn vrouw huilde: "Als je sterft, is mijn leven niets meer waard."

"I will also eat and die here with you now"

"Ik zal nu ook hier met jou eten en sterven"

So saying she plucked a fruit and ate it.

Terwijl ze dat zei, plukte ze een vrucht en at die op.

They thought the poison would act slowly through the night.

Ze dachten dat het gif langzaam zou werken gedurende de nacht.

So they both went home and quietly lay down in bed.

Ze gingen dus allebei naar huis en gingen rustig op bed
liggen.
They believed they would never again rise from sleep.
Ze geloofden dat ze nooit meer uit hun slaap zouden
ontwaken.
To their surprise, they woke up feeling full of life.
Tot hun verbazing werden ze wakker met een leven vol
energie.
Not only were they alive, but they were young again.
Ze waren niet alleen levend, maar ook weer jong.
And they were strong and had new found energy.
En ze waren sterk en hadden nieuwe energie.
Neighbors hardly recognized them, so changed they looked.
De buren herkenden hen nauwelijks, zo veranderd zagen ze
eruit.
The old Brahman was now handsome and full of youth.
De oude brahmaan zag er nu knap en jeugdig uit.
His grey hair vanished, and had colour again.
Zijn grijze haar verdween en had weer kleur.
His wrinkled cheeks turned smooth, and his skin shone.
Zijn gerimpelde wangen werden glad en zijn huid glansde.
And as for his wife, she became extremely beautiful.
En wat zijn vrouw betreft, zij werd buitengewoon mooi.
She looked as beautiful as any lady of the kingdom.
Ze zag er net zo mooi uit als de andere dames van het
koninkrijk.
The king heard of their miraculous transformation.
De koning hoorde van hun wonderbaarlijke transformatie.
He asked his guards to send the Brahman to him.
Hij vroeg zijn bewakers om de Brahman naar hem toe te
sturen.
And he asked the Brahman the source of his youth.
En hij vroeg de Brahman naar de bron van zijn jeugd.
The Brahman told the king every detail of the story.
De brahmaan vertelde de koning elk detail van het verhaal.
The king then wept for his poor, loyal pet bird.

De koning huilde vervolgens om zijn arme, trouwe huisdiervogel.

He deeply regretted killing his faithful bird.

Hij had er spijt van dat hij zijn trouwe vogel had gedood.

And he wished he had known the bird's loyalty.

En hij wenste dat hij de loyaliteit van de vogel had geweten.

And so the second prince's story concluded.

En zo eindigde het verhaal van de tweede prins.

"You might have to cut a man's head off"

"Je moet misschien wel iemands hoofd afhakken"

"But first you should establish the facts"

"Maar eerst moet je de feiten vaststellen"

"You must see whether the man is really faithless"

"Je moet nagaan of de man werkelijk ontrouw is"

"I know Your Majesty suspects me of evil last night"

"Ik weet dat Uwe Majesteit mij gisteravond van kwaad verdacht"

"Please allow me to explain myself before punishing me"

"Sta mij toe mezelf uit te leggen voordat ik word gestraft."

"While making rounds I saw a woman leave the palace"

"Tijdens mijn ronde zag ik een vrouw het paleis verlaten"

"I stopped her, and she said her name was Rajlakshmi"

"Ik hield haar tegen en ze zei dat ze Rajlakshmi heette"

"She claimed to be the guardian deity of the palace"

"Ze beweerde de beschermgodin van het paleis te zijn"

"She said she was leaving because death was near"

"Ze zei dat ze wegging omdat de dood nabij was"

"The king," she said, "would be killed later that night"

'De koning,' zei ze, 'zou later die nacht vermoord worden'

"I begged her to go back into the palace"

"Ik smeekte haar om terug te gaan naar het paleis"

"And I promised to do my best to protect you."

"En ik heb beloofd mijn best te doen om je te beschermen."

"I ran quickly into Your Majesty's chamber without delay."

"Ik rende zonder uitstel snel naar de kamer van Uwe Majesteit."

"There I saw a cobra circling your golden bedstead."

"Daar zag ik een cobra rond uw gouden bed cirkelen."
"I fought the snake and killed it with my blade."
"Ik heb tegen de slang gevochten en hem met mijn mes gedood."
"I chopped the body into many exactly one hundred pieces."
"Ik heb het lichaam in precies honderd stukken gehakt."
"I placed those pieces inside the pan for proof."
"Ik heb die stukjes in de pan gelegd als bewijs."
"But something occurred as I was cutting up the snake."
"Maar er gebeurde iets terwijl ik de slang in stukken sneed."
"A drop of blood fell onto the breast of your wife."
" Er viel een druppel bloed op de borst van uw vrouw."
"I feared I had saved my father, but killed my stepmother."
"Ik vreesde dat ik mijn vader had gered, maar mijn stiefmoeder had vermoord."
"I wrapped my tongue tightly with cloth seven times."
"Ik heb mijn tong zeven keer stevig met een doek omwikkeld."
"Then I licked up the drop of venomous blood."
"Toen likte ik de druppel giftig bloed op."
"While I was licking the blood, my stepmother awoke."
"Terwijl ik het bloed oplikte, werd mijn stiefmoeder wakker."
"She saw me and opened her eyes with confusion."
"Ze zag mij en opende haar ogen vol verwarring."
"This is the truth of what I did last night."
"Dit is de waarheid over wat ik gisteravond heb gedaan."
"If Your Majesty commands, then cut off my head now."
"Als Uwe Majesteit het beveelt, hak dan nu mijn hoofd af."
The king, full of love and joy, embraced his son.
De koning, vol liefde en vreugde, omhelsde zijn zoon.
From that moment, he loved him more than ever before.
Vanaf dat moment hield hij meer van hem dan ooit tevoren.